CHARACTER FILE

Misfortune † Seven

孫蘭

PROFILE

Age ?

稱號：狼蛛
樣貌：看上去像年幼的男孩，
　　　真實年齡不清楚。

「我的情報很貴喔，你打算拿什麼跟我交換呢？」

性格

善於說謊，情報者。
體制內與體制外的雙面角色，有時會給予假消息。
對於自己的督導教士卡麥兒意外寵愛。

C H A R A C T E R F I L E

Misfortune † Seven

卡麥兒·克萊門汀

Age 23

PROFILE

職稱：絲蘭的督導教士
派別：獅
樣貌：非常短的淺亞麻色短髮，高瘦，胸部豐滿。

「我們家絲蘭先生什麼都知道，非常厲害喔！」

性格

溫和的傻妹。和平擔任絲蘭的督導教士多年，與絲蘭算合作愉快。（絲蘭都私下辦事，不會給卡麥兒知道）與其說是督導教士，比較像是絲蘭的祕書。

CHARACTER FILE

Misfortune † Seven

威廉

Age 16

PROFILE

稱謂：嗚蟾
樣貌：粉紅色的長髮，綠瞳，
美貌英俊。

「教士是群人渣、狩貓是隻畜牲、夜鴉是坨爛黑泥！」

性格

善妒。崇拜鴉家的美貌與魅力，卻極度討厭柯羅，憎惡其督導教士，與格雷關係極差。因女性化的外貌所以時常被父親所羞辱。

C H A R A C T E R   F I L E

Misfortune † Seven

格雷·司普蘭

PROFILE

Age 23

職稱：威廉的督導教士
派別：鷹
樣貌：暗金色捲短髮，褐色眼珠，司普蘭家特有的鷹勾鼻。

「不應當同情女巫，因為即便是潔淨的水，都沒有女巫的容身之處。」

性格

愛出風頭、易怒。就讀神學院時萊特已經是學弟，對於優秀的萊特感到嫉妒。同時也對自己督導的女巫之子威廉異常苛刻，互相憎惡，尤其是威廉的女性化令他十分不滿。也討厭柯羅。

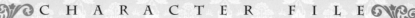

GOBOOKS
& SITAK
GROUP©

GOBOOKS & SITAK GROUP©

三日月書版

三日月書版

輕世代 FW272
2
著 碰碰俺爺
畫 woonak
MISFORTUNE † SEVEN
夜鴉事典
——丹蒼之臨
三日月書版

夜鴉事典

Misfortune † Seven

CONTENTS

CHAPTER 1

絲蘭

丹鹿有點忘記自己對貓產生陰影的確切時間點，如果要追究，應該是他十歲的某個夏季夜晚。

他的其中一個蠢妹妹（他有太多弟弟妹妹了，他不記得是哪一個）沒有經過爸媽同意，偷偷在家豢養一隻灰色的貓，就關在他們的房間裡。

由於弟妹哭求他別告訴爸媽，時常來寄宿的萊特又老愛說自己刀子嘴鐵石心，所以那次他睜隻眼閉隻眼，讓貓待了下來。

那隻灰色的貓有雙藍寶石色的眼，不知道為何，家裡這麼多小孩，牠卻老愛盯著丹鹿看。

一開始他們倒還和平相處，你不犯我我不犯你，直到那天晚上……

半夜，丹鹿因為臉上毛茸茸又刺刺的觸感而醒來，他張開眼，心跳漏了兩拍，那隻灰貓竟然闖入他的房間，上了他的床，還用爪子輕輕刮著他的臉！

丹鹿注視著貓，貓也注視著他，發出呼嚕呼嚕的聲音，嘴裡還叼著什麼。

幹嘛？

丹鹿話還沒問出口，就看見貓的嘴裡銜著的東西在黑暗裡依舊有雙晶亮的紅眼，和貓一同注視著他。

貓又呼嚕兩聲，把嘴裡那團小小、黏黏又毛茸茸的東西放到丹鹿臉上。

丹鹿幾秒後才意識到，那是顆老鼠的頭——

「你在逗我嗎？」

藍髮男人笑出聲來，還刻意用手指遮住嘴。丹鹿瞪了眼對方，忍住把對方踹下車的衝動。

「這就是你怕貓的原因？」

「笑屁啊！你也在心靈幼小又純潔的階段被貓塞死老鼠頭試試，看你會不會有心理陰影！」

丹鹿不知道哪個比較糟，世界大戰爆發？還是在陰雨連綿的日子裡和榭汀一起出差？

「算了，當我白痴，不該跟你說這麼多的。」丹鹿不知道自已跟榭汀講這麼多幹嘛，今天的榭汀身上有種形容不出來的香味，很熟悉，像剛曬過太陽的棉被、又像老媽烤的蘋果派，甜甜暖暖，讓人忍不住把藏在嘴裡的話說了出來。

「別這樣，我們互相了解一下不是很好嗎？要吃小魚乾嗎？」榭汀對丹鹿抱以友善的微笑，還不知道從哪裡掏出零食要餵他，但丹鹿卻想起對方毫不留情剖開顛茄女士們的畫面。

「不了，現在沒心情。」丹鹿搖搖頭，繼續將注意力放在路況上，他們即將到達目的地。

只見路邊一閃而過的路牌上大大地寫著——

歡迎來到雪松鎮

人口數 7616

「所以……那隻貓只叼老鼠頭給你而已？」榭汀一臉可惜地收起小魚乾，依然故我地探聽著教士的隱私。

「嗯哼。」

丹鹿敷衍。當初家裡這麼多人，萊特也時常寄宿，但那隻死貓就是只叼給他，每次都是老鼠頭。

「那你應該要感到欣慰，貓會這麼做表示牠關心你。」

「關心個屁！」

「牠覺得你沒辦法成為心狠手辣的獵食者，所以需要親自餵食你，才不至於讓你餓死。」榭汀又發出那種討人厭的笑聲。

「蛤？」丹鹿皺眉，榭汀的話讓人一點也開心不起來。

陰雨連綿中，他們的車從主要道路上緩緩駛入一旁長滿雪松樹的小路，幾名警察零零散散地在樹林中走著，黃色封鎖線在一棵高大的雪松樹附近圍了一圈。

丹鹿將車停在路邊，撐傘下車，然後習慣性地繞車身一圈替榭汀開門，並且擋雨。

「督導教士的訓練習慣是嗎？」榭汀踏出車門時對著丹鹿眨了眨眼。

如何紳士地對待女巫也是督導教士訓練的一環，然而榭汀不是女巫而是男巫，其實丹鹿沒必要做到這個地步。

丹鹿愣了一下，隨後板起臉來催促對方：「都一樣啦！快點，我們還有事要辦。」

兩人在雨中撐著傘往警方走去，腳下一片泥濘，汙泥濺滿丹鹿的靴子，榭汀腳下那雙雕花皮鞋卻依舊光亮如新，因為他走起路來就像貓似的，無聲無息。

「約書有沒有說是什麼事？」榭汀問。

「沒有，只叫我們先來看看。」丹鹿聳了聳肩。

此時，雨勢漸漸停止，丹鹿收起傘，抬頭，天空依舊一片灰濛，但整片樹林的視野卻變得無比清晰。

林子裡傳出烏鴉的叫聲，牠們不約而同地落在某棵樹上，嘰嘰喳喳地叫起來，彷彿在八卦著什麼。

「這不是個好兆頭呢……」一旁的榭汀嘟囔了幾句。

丹鹿正要說話，一個站在大樹下的巡警叫住了他。

「教士先生，你們終於來了。」穿著制服的中年巡警手裡拿著筆和文件，一臉無奈。

「發生了什麼事嗎？」丹鹿指著樹外的一圈封鎖線。

「說來話長，總之是很奇怪的事。」巡警搔搔腦袋，他瞥了眼榭汀，但很快又收回視線，「我們懷疑可能和女巫們有關。」他指指樹上。

丹鹿往樹頂看去，雪松樹的樹枝和樹葉濃密，上頭一片黑鴉鴉的，什麼也看不到。

「最近連著幾天又有人通報，說經過這片雪松林時聽到樹上傳來女人的歌聲。」巡警說。

丹鹿眯起眼，不解地問道：「所以？你們有試著請那位女士下來嗎？我想這件事應該不需要動用到教廷吧？請消防隊員來可能會更快解決問題。」

「事情沒這麼單純。」巡警搖搖頭，嘆息了聲。

在丹鹿和巡警說話時，榭汀開始繞著被圍起封鎖線的大樹打轉。

「喂！別跑離我的視線！」丹鹿對榭汀吼道。

「聽我說，下雨後『她們』會比較願意出來，等等我們會派搜救隊員去樹上尋找，等到將『她們』請下來，您就會知道我在說什麼了，畢竟類似的事情以前也發生過，你們教廷應該最清楚來龍去脈。」

「以前發生過？」丹鹿一頭霧水。

樹上到底有什麼？

在巡警暫時離開去尋找支援時，巨大的雪松樹忽然轟的一聲，啪嗒啪嗒的翅膀撲騰聲四起，不知道是什麼東西嚇到了樹上的烏鴉，牠們嘎嘎嘎地紛紛遠離樹木。

「喂！榭汀！」直覺是榭汀做了什麼，丹鹿急忙喊著消失在樹後方的男巫。

丹鹿以前照顧萊特習慣了，對方常常趁他閃神時惹禍，所以只要看顧對象不見，他就會特別緊張。丹鹿不想承認，但他確實就像隻雞媽媽一樣。

丹鹿繞了樹一圈，「雞媽媽症候群」正要發作，就見他的男巫站在雪松樹的正後方，抬頭凝望樹上。

丹鹿鬆了口氣，走過去，跟著對方一起往樹上看，樹上依舊一片漆黑，只有少許光影透出來。

「他們說聽到有女士在樹上唱歌是嗎？」榭汀問。

「對。」

「嗯哼……不好奇那位女士是怎麼爬上去的嗎？」榭汀說。

丹鹿這時才注意到這片雪松林內的雪松樹有多難攀爬，它們就像高一點的聖誕樹，樹枝細瘦濃密，專業人士帶上完整裝備也不一定能順利爬上去。

「你認為真的有東西在上面嗎？」丹鹿問。

「上去找看看不就知道了？」

丹鹿聳了聳肩，「巡警說等等會找搜索員……」

「我想用不著他們了，剛剛你們閒聊的時候我已經請一位住在附近的紳士上去幫我探探情況。」

「蛤？打哪來的紳士？」丹鹿剛剛可沒看見任何閒雜人等。「別這樣隨便麻煩人家好不好？」

而且對方是怎麼上去的？丹鹿晚了幾秒才意識到這個問題。

「別擔心，我已經和對方約定好了，待會兒會給牠一些小魚乾當作謝禮。」

「給錢比較實在吧？」丹鹿是資本主義者。

「牠們才不需要錢。」榭汀笑出聲來。

「等等……你說的紳士是人嗎？」在丹鹿意會過來他們兩個在雞同鴨講之際，樹上傳來沙沙聲響，有什麼東西從樹枝上滾落。

丹鹿抬頭望著樹上，細瘦的樹枝開始晃動，把雨水和樹葉都給抖落下來。

啪的一聲，一坨東西掉到丹鹿臉上，丹鹿伸手一抹，只見纏在手指上的，竟是一坨濕漉漉的黑色長髮。

「搞什……」丹鹿愣愣地看向上方，眼前場景讓他有種似曾相識的感覺。

樹葉和樹枝交疊的黑暗中，兩道光芒晃動著，丹鹿看著某道黑影在樹枝上跳動，最後跳到離他們最近的樹枝上。

有顆黑色的東西滾到樹枝邊緣，一隻灰色大貓從黑影中走出。

「謝謝你，先生。」榭汀說。

這時丹鹿才意識到榭汀說的紳士指的就是這隻灰色的公貓。

灰貓發出呼嚕呼嚕的聲音，牠看了眼榭汀，接著又看向丹鹿。

丹鹿注視著牠灰藍色的貓眼，心底竄起一股不祥的預感。

只見那隻灰色大貓叼起卡在樹枝末端、黑色毛髮糾結成一團的東西，隨後走向丹鹿。

丹鹿看著發出呼嚕聲的灰貓，又看向牠嘴裡的東西。

哎，瞧瞧，另一雙眼睛也在看著他呢……

丹鹿倒抽一口氣，沒來得及後退，灰貓就把嘴裡的東西放掉，顯然是想將「獵物」往他臉上送。

說時遲那時快，榭汀一把按住丹鹿的嘴將他往後拉，免去丹鹿與那顆「毛球」親吻的局面。

「真是遺憾，不過看來對貓咪來說，你確實長了張『不能養活自己』的弱者臉。」

丹鹿聽到榭汀發出調侃的笑聲，也沒心情翻白眼了，只能不斷地往後退，緊緊抵在榭汀身上，想將他們兩個都往後帶，遠離那顆滾落到樹下的東西。

「哎呀，看來巡警們不用找搜索員了，先生已經替我們將那位『女士』請下來了。」榭汀的語氣聽起來像解決了一件瑣事般。

丹鹿盯著地上的那團黑色毛球，黑色毛球糾結的毛髮稍微散開，露出底下年輕又白皙的肌膚、微張的漂亮眼眸和青紫色的嘴唇。

一個黑髮少女的頭落在地上，靜止不動的視線彷彿正遙望著遠方沉思。

「蘿絲瑪麗奶奶，香草茶好嗎？」

「為什麼你會跑來這裡呢？你不是應該在自己的辦公室嗎？」老婦人斜倚在藤編的座椅上，冷漠地詢問眼前這位不請自來的「嬌客」。

髮色亮晶晶的年輕男人侵門踏戶，帶來了她喜歡的甜食，還自作主張地服侍她用下午茶……真不是普通的厚臉皮。

蘿絲瑪麗瞇起雙眼，注視著遞上熱香草茶和鬆糕布丁的萊特。

「你怎麼知道我喜歡香草茶呢？」蘿絲瑪麗問。

「我只是從裡面挑了一種，看來我很幸運。」萊特微笑，替自己斟上茶。

蘿絲瑪麗看了眼自己的茶葉蒐藏櫃，裡頭可是有上百種茶葉，萊特只是隨便挑了一種，就拿到她喜歡的種類？

萊特繼續自顧自地說：「柯羅的辦公室冷冰冰又黑漆漆的，鐘塔打鐘時的聲音又大得嚇人，而且他人不在我去也沒意義，然後丹鹿學長他們又不在辦公室，我就想不如來找蘿絲瑪麗聊聊好啦！帶上一些甜點應該就不會太失禮了……順帶一提，我有點想拆了柯羅辦公室裡的鐘，您覺得呢？假設我在沒有經過任何人同意的情況下拆鐘……」

蘿絲瑪麗挑眉，用銀色的小茶匙苛薄地敲了杯緣兩下，才稍微讓萊特安靜下來。

「那孩子又不在了？」蘿絲瑪麗問。

「是的。」萊特嘆息。

自從柯羅當著萊特的面，大吐特吐在萊特送他的禮物上之後，他們就很少見面了。

萊特已經將近一個星期沒見到柯羅了，對方用各式各樣稀奇古怪的藉口請假蹺班，避開所有和萊特的見面機會。

就好像萊特撞見過柯羅最見不得人的祕密，而柯羅現在無法忍受跟他共處一室。

萊特是這麼想的，柯羅在躲他。

不然怎麼會有人請假的理由是：今天出門時發現有兩隻棕熊在門口打架，所以被困在家裡了。

「發生了什麼事嗎？」

蘿絲瑪麗的問題讓萊特想起了在甜湖鎮的種種，像柯羅是怎麼召喚出他的使魔，還有那陣黑色的雨、又高又瘦的蝕，以及柯羅似真似假的美夢和惡夢……

「沒有啊。」萊特笑了笑。

「你確定只是想和我閒話家常？」

「事實上……我是有些問題想問……」

這時桌下忽然竄上來的黑影打斷了萊特和蘿絲瑪麗的對話，牠用頭蹭過蘿絲瑪麗的手掌，親暱地依偎在她身邊。

萊特聽到呼嚕呼嚕的聲音，黑色的大豹任蘿絲瑪麗撫摸著牠的頭，並且瞇起雙眼凝望萊特，彷彿在示威牠從蘿絲瑪麗那裡得到的關注比他還多。

「厚臉皮的小蕭伍德，不願意分享自己的祕密，卻想要從別人那裡獲取祕密是嗎？」黑豹發出低沉的聲音，咧起嘴，露出尖牙。

那是蘿絲瑪麗的使魔——暹因，這是萊特第二次見到牠。一樣都是使魔，但暹因和蝕完全不同，牠沒有蝕那種令人顫慄不安的感覺。

「我只是……」萊特想了想，最後只好老實說，「我只是認為發生在我和柯羅身上的事不適合告訴別人，那是私事。」

「別為難小孩子，暹因。」蘿絲瑪麗哼的一聲笑了，端起杯子喝了口茶。

「我沒有為難他。」黑豹拉長軀體，忽然變成一位黑髮黑衣的美男子，牠繞過長桌，在萊特身邊繞行，「這樣如何？我們來玩個遊戲，你贏了就可以問一個問題。」

「什麼遊戲？」萊特問。

暹因一下子笑瞇了眼，牠湊向萊特，詢問道：「猜猜我口袋裡藏了多少硬幣？三枚、五枚、十六枚、七枚、五十六枚、二十枚？」

萊特當然不會知道答案，暹因不過是想戲弄他，因為這顯然是完全憑運氣決定輸贏的問答遊戲。

「十六枚。」萊特猜。

不過不要緊，萊特最大的專長就是運氣好。

「哈！」暹因打趣地歪了歪腦袋，牠看向蘿絲瑪麗，對方則是喝著她的茶，沒有要介入他們這個無聊小遊戲的意思。

暹因真的從口袋裡掏出十六枚小金幣，萊特猜對了，於是暹因說：「好吧，第一個問題。」

萊特仔細地思索了一下自己的問題，他問：「蘿絲瑪麗總是把你放在外面，為什麼我不曾看過柯羅隨意將他的使魔放在外面？」

「你會把可愛的貓咪放出籠子，但會把野生的獅子放出籠子嗎？」原本靠在桌旁的暹因滑到桌面上，牠渾身一攤，又化成黑豹。牠的尾巴在萊特面前輕輕晃動著，好像在張揚著自己有多可愛。

但萊特從對方的眼神裡看出來，自己無論如何都不能伸手觸碰對方。

「如果你將一把鋒利的刀交給好的廚師，他就能運用自如；但倘若你將一把鋒利的刀交給一個手無縛雞之力的小孩，那麼你最好確保他不要在非必要的時候拿出來玩耍。」蘿絲瑪麗看著萊特，「柯羅太幼小，他的使魔卻太強大，太常放出來很危險。」

「那傢伙就是兄弟姐妹裡最討厭的那個麻煩鬼，最好一直關在牠父親的肚子裡。」暹因說。

「所以……」

「猜猜看，今天我吞了幾隻小麻雀？」暹因打斷萊特的話，遊戲還在繼續，「二隻、四隻、七隻、十三隻、三十五隻。」

「四隻。」萊特再猜。

「嘿！我開始懷疑這遊戲對我不公平了。」暹因呼嚕了兩聲。

「不要亂吃東西，你會吃壞肚子。」蘿絲瑪麗則是搖了搖頭。

「我沒有，誰讓妳早上光看書都不陪我？我只能陪麻雀玩。」暹因打了個大呵欠，四隻活生生的麻雀從牠嘴裡飛了出來，逃命似地飛出窗外。不顧一臉驚奇拍著手的萊特，繼續說，「第二個問題。」

萊特想了想，他問：「使魔都吃些什麼？」

「你這問題太廣泛了，母親的奶水、父親的精血、人腦、麻雀、蒼蠅……每個使魔都不太一樣，只要是我們覺得有趣的東西……事實上我們或多或少都有些異食癖，我還聽過有使魔愛吃人類的食物。」暹因露出噁心的表情，牠跳下桌，看上去開始覺得無聊了，牠走向蘿絲瑪麗並將頭窩到她的膝上。

「我的意思是指……主食是什麼？牠們依靠吃食女巫或男巫的什麼才能存活？」萊特注視著暹因，「你從蘿絲瑪麗那裡吸食什麼？」

「就如同暹因所說，每個使魔不同，但大部分是牠們宿主覺得美好的東西……像是美夢、美好的記憶、美好的情緒等等。」蘿絲瑪麗說。

「那使魔會反芻給宿主什麼嗎？」萊特又問。

蘿絲瑪麗忽然沉靜下來，她撓著暹因的下巴，最後看向萊特，「你見到牠了，對嗎？你見過柯羅的使魔了。」

蘿絲瑪麗金色的眼珠像貓一樣鎖著萊特，她的話不是問句。

「我……」

「蘿絲瑪麗，您有看到……」

萊特的話還沒說完就被敲門聲給打斷，一個亞麻色短髮的年輕女人探頭進來，她有張瓜子臉，鼻頭尖翹，淺色的大眼長著濃密睫毛。

「萊特！」她喊了聲，高興地朝萊特揮手走來。女人走了進來，身上一襲和萊

特相同的白色教士服，背上有著和萊特一樣的獅子圖騰

「卡麥兒學姐！」萊特開心地點頭示意。

卡麥兒．克萊門汀是萊特的學姐，也是督導教士裡少見的女性，她負責的督導對象萊特也已經照過面了——「狼蛛男巫」絲蘭。

「絲蘭先生說可以來這裡找你，果然是真的呢！」卡麥兒笑瞇了眼，隨後她向蘿絲瑪麗禮貌地問道，「抱歉打擾您了，如果不介意的話我可以借走萊特一下嗎？大學長在找他。」

「一點也不介意，帶走吧，下午我還要花時間清掃這裡，看看是不是哪裡又生蜘蛛了。」蘿絲瑪麗輕輕一揮手。卡麥兒似乎不是很理解地歪了歪腦袋，暹因則是笑得像隻偷腥的貓。

萊特還有些疑問想獲得解答，但卡麥兒卻像個小仙女一樣不停地招手要他跟上，急匆匆地想帶他離開。

萊特嘆息，沒關係，他生平最大的專長除了運氣好，另一個就是厚臉皮。

「抱歉打擾了，下次有機會再叨擾。」萊特笑著對蘿絲瑪麗頷首致意。

「好久不見，學姐！」跟在卡麥兒身邊的萊特正熱情地和舊識招呼。

「好久不見，沒想到你會來這裡，我本來以為你會去教廷那裡工作。」卡麥兒笑盈盈地看著高他一顆頭的萊特。

兩人越過長廊，一路往約書的辦公室走去。

「這裡比較有趣嘛。」萊特說。

自從來到黑萊塔後，被冷冰冰的女巫和男巫們對待慣了，好久沒受到這麼親切招呼的萊特捧住自己的小心臟，用指頭輕抹眼角的淚花。

「是滿有意思的。」卡麥兒看著她內心戲豐富的小學弟，似乎已經很習慣對方的浮誇。

「大學長找我有什麼事嗎？」

「我沒問耶！」卡麥兒哈哈大笑。她是萊特就學期間一位非常優秀的學姐，只是個性大而化之了些。「不過或許跟你上次的事典報告有關，聽說你向上級主動提出奇怪的申請。」

「是同居許可嗎？可以去參觀傳說中的極鴉宅邸了嗎！」萊特一雙眼都亮了，滿滿的心花怒放。

同居！同居！同居！

「你真是一點都沒變，還是那麼奇怪，萊特。」明明是大部分督導教士避之唯恐不及的事，萊特卻表現得像第一次要去朋友家寄宿的小孩，這讓卡麥兒忍不住笑出聲來，她拍了拍萊特的背。

「會嗎？」

「嗯，但是別擔心，是好方向的奇怪。」卡麥兒很會安慰人。

「但是……學姐是怎麼知道這件事的？」萊特的事典內容應該只有他、批閱的大學長和上級知道，他應該沒有一時失心瘋把這麼機密的內容貼到他擁有兩千位小粉絲的推特上去。

應該。

「是絲蘭先生跟我說的，我的督導對象。他是位很厲害的男巫喔，幾乎什麼事情都知道。」提到絲蘭，卡麥兒那雙漂亮的褐色大眼都亮了起來。

獅派教士向來與女巫一族關係不錯，卡麥兒也是如此。

「我見過他，是不是那個看起來……」

「對、對！就是那個看起來……」

「紫色短髮、矮矮小小穿著童裝皮鞋，一臉邪惡的小男孩？」

「紫色長髮、高高瘦瘦穿著西裝皮鞋，一臉凶凶的老紳士。」

萊特和卡麥兒同時發話，兩句對話裡除了紫色和皮鞋外，沒有一句對得上。

「妳真的見過自己督導的男巫嗎？」

「你真的見過他嗎？」

兩人又同時發話。

「你也太失禮了吧？絲蘭先生可是我的督導對象，哪有教士不知道自己的男巫長什麼樣子？」卡麥兒沒好氣地說了萊特幾句，但萊特很確信自己看過絲蘭的模樣。

就在他們要繼續爭論絲蘭真正長相的下一秒，卡麥兒打開了約書的辦公室大門，兩人剛踏進去，才發現裡頭不是約書的辦公室。

約書的辦公室有著一排排黑色的巨大鐵櫃，整體風格乾淨整齊到有點偏執的地步，然而兩人面前的辦公室卻只有一個字可以形容——亂。

倒也不是那種不衛生且令人作嘔的「亂」，而是那種讓人眼花撩亂的「亂」。

在這個空間裡，天花板和地板似乎沒有界線，一整片都是黑萊塔那彷彿星空的大理石地板，一個閃神就會讓人迷失上與下的空間感。

萊特覺得自己像被丟進宇宙裡，天旋地轉。

辦公室內有花俏的貓腳椅、鋪著瑰麗桌巾的長桌及漂亮的桃花木茶櫃，但每一樣物品都像被複製貼上似的，相同的東西層層疊疊地堆成一圈又一圈，排成像蜘蛛網的形狀。

簡直像進入了夢遊仙境。

「麥子！什麼事情花了妳這麼多時間？」一道低沉的男聲傳來，一個符合卡麥兒敘述長相的男人從其中一張貓腳椅上起身。

男人有頭及肩的中分紫色長髮，臉頰瘦削且骨骼明顯，他身穿深紫色的馬甲西裝，體面地打著領帶，手裡還拄著一支紳士杖。他看上去有些年紀，但沒有卡麥兒說的這麼老。

「絲蘭先生，我還在帶學弟耶，我們本來應該到大學長的辦公室了。」卡麥兒雙手抱胸，似乎對眼下發生在他們身上的事情不太滿意，「你不能每次都這樣隨便把我帶回來，這是綁架、妨礙自由……或之類的！」

卡麥兒和男人對峙著，男人卻撇過頭看向萊特。

「啊……小蕭伍德。」

那個萊特自以為「見過面」的狼蛛男巫——絲蘭朝他走來，步伐緩慢，肩膀稍微駝著。

萊特注意到對方的臉色蒼白，青筋從額頭上隱隱約約地浮現，身體狀況似乎欠佳，和上回見到的那位皮膚光滑的小男孩完全不同。

「我們上次見過面。」絲蘭說，「對吧？」

萊特只能點點頭，微笑以對，因為他現在就像笨蛋一樣，被卡麥兒以一種「看吧就跟你說是老紳士」的眼神看著。

即便他能以他「女巫小知識達人L特(^ω^)」的名義發誓，上次絲蘭並不是長這個樣子……

這時，眼尖的萊特發現有隻紫色小蜘蛛爬上絲蘭的頸子，然後一路鑽進他的耳內。

萊特渾身一顫，他想提醒對方：「那個……」

「聽說你在蘿絲瑪麗那裡問了一些有趣的事？啊啊……和柯羅的使魔有關？」絲蘭忽然開口。

彷彿有人在他耳邊細語了剛剛發生的所有事。

萊特頓時理解蘿絲瑪麗當時說要清蜘蛛的原因何在。

「你見過牠了？見到牠的感覺如何？你看到柯羅對牠供奉了什麼？之後呢？牠又反芻了什麼？」絲蘭的眼神亮起，他不停地問，整個人瞬間充滿活力。

萊特已經不止一次被問及這些問題，似乎所有人都對柯羅及他的使魔充滿興趣，亟欲探知他們的那些小祕密。

「我不想回答這些問題。」萊特說，一種說不上來的厭惡感湧上心頭。

「為什麼？快告訴我，你……」話說到一半，絲蘭忽然咬住牙根，用手掌扶住額際，上頭的青筋又暴出了一些。

萊特聽到啪嚓的聲音，角落有個地方像鏡子一樣裂開來，原本對稱的空間不對稱了。

「是不是又不舒服了？不舒服就坐下來休息，不要再說話了。」原本一直靜靜聽著他們對話的卡麥兒扠起腰，對著絲蘭命令。她大概是黑萊塔內為數不多，對柯羅和他的使魔一點興趣也沒有的人。

「麥子！麥子！我頭痛死了，快去泡壺熱茶給我！用白色的茶葉！」絲蘭的手攀上卡麥兒的肩膀，他們之間的氛圍比萊特想像的更親密些。

「好、好，可是我還在帶學弟，大學長在找他，等等我……」

「別管他了！待著陪我，我需要妳！」絲蘭吼了聲，隨後他又看向萊特，彷彿很不滿他占據了卡麥兒的時間。

「不是跟你說過不要用這種語氣說話嗎？」卡麥兒說。

他們僵持了一會兒，最後絲蘭清了清嗓子，再度恢復冷靜的語調，並對萊特說：「小蕭伍德，有機會我們再談談，我今天身體微恙，不便跟你多說，請你先離開吧！」

語畢，絲蘭沒給萊特反應的時間，也沒給卡麥兒稱許的時間，便伸手用力地推了萊特一把。

萊特一時重心不穩，往後一跌，跌出了門外。

CHAPTER 2

愛麗絲的搖籃曲

這一跌，彷彿無止無盡。

絲蘭先生！

萊特聽到卡麥兒不滿的聲音，而絲蘭還在喊頭疼，門在萊特面前被關上時，他還在往下跌。

就像跌進大海深處似的，萊特在一個無盡的黑暗空間中緩慢下墜，空間裡什麼也沒有，只有他自己……

在萊特懷疑自己要永遠被困在這個虛無的空間裡時，下方出現了一道亮光和細碎的交談聲。

「巡警居然用紙箱讓他們裝著她回來，你說是不是蠢蛋啊？」

「所以你需要怎麼樣的榆木盒？」

「深色的、堅固點，另外在外頭刻上老鷹和獅子的圖騰，代表教廷致意，這樣對死者來說比較莊重與有尊嚴。另外，我需要大概這樣的大小……唔喔！」

約書剛攤開手比劃動作，天上忽然掉下一個萊特，不偏不倚地讓他接住，達成一個完美的公主抱。

萊特驚訝地與同樣一臉錯愕的大學長約書對看著。

「學弟，不用這樣吧！我看你幹活幹得滿開心的，也沒過勞，怎麼動不動就跳樓？」約書大張著眼，滿臉鐵青，額頭都出汗了，倒不是因為擔心萊特，而是……「你也太重了吧！明明高高瘦瘦的……你的身體到底是什麼組成的？水泥還是石頭？」一說完，就鬆手讓萊特安穩落地，約書能感覺到自己的手在微微顫抖。

「好失禮，那只是重力加速度的關係啦。」萊特看向他掉下來的地方，走廊正上方的天窗開著，彷彿他剛剛是從天上掉下來的。

萊特被這麼一推，直接推到了黑萊塔中央的空中迴廊。

「我沒有跳樓，只是被絲蘭先生推了一把。」

「被絲蘭推了一把？哦，這倒是可以解釋所有的事了。」年輕男人的聲音從萊特背後竄出。

萊特這才注意到在場還有其他人。

溫文儒雅，有著一頭橘金長髮，戴著金邊圓框眼鏡的男人站在萊特背後，他年紀看上去和他們差不多，五官相當英挺秀麗。他穿著一身深綠色的法蘭絨馬甲西裝，腰間繫著精緻的懷表鍊。

「萊特，這位是我家的銜蛇男巫——伊甸。」手還在打顫的約書替他們互相介紹，「伊甸，這傢伙就是萊特．蕭伍德。」

「原來是小蕭伍德，久仰大名。」伊甸微笑。

「這句話應該是我說的！」萊特點頭示意。

銜蛇家是極鴉家外第二大的女巫家族，雖然歷任大女巫大部分都是由極鴉家的女巫擔任，但對於教廷來說，配合度最高的一直都是銜蛇家的女巫和男巫。

銜蛇家的女巫和男巫就像是女巫界的工匠一樣，他們什麼都會做，過去他們負責為所有女巫製作在天上飛的掃把，現在他們則是為教廷製作專門關押使魔的聚魔盒。

不過萊特最好奇的卻是巫毒娃娃的製作。

「我可以……」

「你不可以，我和伊甸現在有急事要辦。」約書制止萊特準備像個狂粉纏著伊甸問東問西的舉動，他甩甩雙手，總算不抖了。

「我以為你的急事跟我有關。」萊特一臉失落。

「啊！對了對了，有幾個消息通知你，教廷說你寫的事典尚欠思慮、不夠周詳，白話一點就是太像白痴的小學生日記，要求你下次改進，另外你提出的申請過了……但是等等！」約書伸手一把掐住萊特的臉，「現在還不准露出噁心的笑容，也不准馬上就跑去極鴉家，我有其他事要交代你做。」

「嗯哼？」大學長這手勁……可見剛剛的事讓他很不爽。

「丹鹿和榭汀已經回黑萊塔了，你現在去支援他們處理新的案件，但是切記……在我們弄清楚案件始末前，暫時不要讓柯羅參與其中，懂嗎？」約書捏嘟了萊特的臉，用食指頂起他的鼻尖。

「可是為什……」

「丹鹿會告訴你。」約書說，「現在，先恕我和伊旬失陪了，有其他事晚點再說。」

萊特再一次被趕去下個地方。

最近似乎不太平靜，整個黑萊塔的教士和男巫們都忙得團團轉，反觀自己和柯羅，像是被排除在外了。

至少……現在柯羅被排除了。

但為什麼？一週前他們還在抱怨柯羅不做事呢！

萊特抱著滿滿的疑惑來到榭汀的辦公室，他敲門，沒人理會，於是他逕自開門入內。

辦公室裡靜悄悄的，今天丹鹿桌上的顛茄（萊特記得她叫伊莉莎白）女士並沒有在第一時間又唱又跳（如果她有腿的話）地歡迎他的到來，反而瑟縮在她的葉子和花盆內，安靜得像一棵普通的顛茄。

萊特注意到丹鹿的辦公桌上還放著一個紙箱，紙箱下緣濕漉漉的，看上去受潮得很嚴重。

「哈囉？」

無人回應，但辦公桌後方傳來了竊竊私語的聲音。

「你還好嗎？」

「我很好，非常好，謝謝你的關心，你也很好，我愛你。」

「喔……謝謝，雖然我認為你不是真的愛我，但還是令我十分受寵若驚。」

萊特繞過桌子一看，榭汀正蹲在地上，他手裡拎著個小玻璃瓶，正低頭關心躺在地上的人，而躺在地上的人正是丹鹿。

「這、這是怎麼回事？」萊特湊過去，自然而然地和榭汀一同蹲下，看著躺在地上的丹鹿。

「喔！看吶，是我最好的青梅竹馬，萊特！」丹鹿就這麼躺著，他的雙手交疊在腹部上，整個人看上去很放鬆。

事實上，萊特從沒看過這麼放鬆的丹鹿。

「萊特，有件事我沒告訴過你，但我現在必須告訴你……我愛你，你是我最好的朋友，你知道嗎？」丹鹿將手搭在萊特膝蓋上，掏心掏肺地說道。

萊特驚恐地瞪大眼，他看向榭汀：「地上這一坨東西是什麼？你對學長做了什麼？把真正的丹鹿還給我！」

「我沒對他做什麼……」榭汀翻了翻白眼，嘆息解釋，「只是今天出去調查案件回來後，丹鹿一直有些心神不寧，我就讓他聞了點可以放鬆的藥水，想讓他別這麼緊張……但似乎效果調得太強了。」榭汀若有所思地盯著手中的小玻璃瓶。

「那是什麼？」萊特瞪著榭汀手中的小玻璃瓶。

玻璃瓶內盛裝著粉紅色的透明液體，裡頭還飄散著點點亮光。

「我稱呼它為愛麗絲的搖籃曲，一點點苦橙、佛手柑、赤蛙毒、伏特加和一些祕密原料所提煉出來的，作用是能讓人瞬間進入放鬆狀態。」榭汀搖了搖手中的小玻璃瓶，然後放到萊特手中，「我今天身上也擦了點哦，愛麗絲的搖籃曲最神奇的地方在於每個人聞出來的氣味都有些許不同。」

榭汀炫耀似地搧了搧衣領，香味一下子飄了出來。

對萊特來說，榭汀聞起來就像陽光和樹木的味道，溫暖又清新。

萊特搖了搖手中的搖籃曲，他想試著打開瓶蓋聞聞真正的氣味，但被榭汀制止了。

「小心點！我想這瓶搖籃曲可能是伏特加調太濃了，剛剛只給丹鹿聞一口就變這樣！」榭汀警告萊特，接著他們默契地看向丹鹿。

丹鹿的爪子剛扒完萊特的大腿後又扒到榭汀腿上，哼哼哈哈地繼續說著「我愛你」、「你是我的好兄弟」之類的話，就差沒唱起歌來。

「蠢萌的廢教士只要一個就夠了，兩個會讓我想殺人哦。」榭汀微笑。

「好、好喔。」

「來，現在幫我把他抬起來。」榭汀說。

萊特將藥水揣進口袋內，空出手來乖乖地和榭汀一同把地上的那坨爛泥扶起，好不容易才把人抱到椅子上放好，對方還是像沒屁股一樣癱軟著。

萊特和榭汀互看一眼，紛紛拿出手機拍照存證，他們都是手上把柄從來不嫌多的人。

「對了，你來做什麼？」榭汀這才想到要問這件事。

「大學長叫我來支援你們辦理新的案件。」

「哈！我們確實需要支援。」榭汀意有所指地看向滑下椅子的丹鹿。

「大學長還說這次不要讓柯羅參與，你知道為什麼嗎？」萊特問，不顧丹鹿正像個巨嬰一樣抱著他不放。

「嗯哼……因為這次的事件有點敏感吧？可能會觸及一些禁忌話題，不要讓柯羅知道是明智的決定。」

「禁忌？」

「那些教廷不想提，我們也不想提的事。」

榭汀這話讓萊特想起，過去他翻閱柯羅的資料時，確實有些檔案是他這個身為督導教士的人也沒有權限閱讀。

其中包括達莉亞及大女巫事件的相關紀錄，以及一位柯羅的家族成員。

「關於什麼？跟柯羅的家人有關嗎？」萊特直覺地想到可能和這些事有關。

「有聽過『白鴉樹謀殺案』嗎？」榭汀給了他這個線索。

萊特愣了愣，點點頭。

「這個事件在幾年前很有名，但我看不出這個事件和柯羅的關聯。」

榭汀笑了笑，他將丹鹿從萊特身上扒下來，「聽著，我一時也沒辦法解釋清楚，丹鹿桌上放著這次案件的相關文件，在我讓他清醒前，你可以稍微看一下。」

萊特看向堆疊在丹鹿桌上被標示著「雪松鎮」的文件，以及那個突兀的紙箱。

「還有，待會兒我們必須去某個地方一趟，到時桌上的紙箱就麻煩你幫忙搬運了，小老鼠今天被嚇得夠嗆，讓他稍微休息一下吧。」榭汀搭著丹鹿的肩膀將他往辦公室後方的溫室帶，那裡一片花花綠綠，不知道種著些什麼，而後者顯然還在神遊太虛。

「紙箱裡有什麼？我可以打開來看嗎？」萊特好奇。

「我建議你先乖乖地坐在椅子上讀你的文件。」榭汀微笑。

白鴉樹謀殺案是幾年前發生在首都靈郡的有名懸案。

白鴉樹，過去被視為象徵女巫的巫樹，但在白鴉協約成立後，反而變成像橄欖枝一樣的和平象徵。

白鴉樹的外型常常與充當聖誕樹的雪松相較，它的樹枝細瘦、樹葉細長，稍微帶著點讓一般人過敏的小毒性，但它的樹幹可以長到幾層樓高。

位於靈郡中心的白懷塔附近到處都種滿了這種白鴉樹，而白鴉樹謀殺案正是發生在新任大女巫剛上任、進入白懷塔的那年。

當時正值圖麗接替母親達莉亞成為大女巫的第一年，人們在神祕的大女巫事件後對達莉亞的熱情、好奇及恐懼未褪，對圖麗也尚未熟悉的一年。

不只市民本身，大女巫的新舊交替對於教廷和女巫一族來說也需要相當的時間去適應，加上聖誕節到來，整個城市處在一種熱鬧卻紊亂的氛圍中。

恰好那年冬夜的天氣特別奇怪，靈郡的氣候原本就多變，時晴時陰時雨，但那年冬夜的某些地區，每晚都被厚厚的濃霧籠罩，像重重灰雲壓在上方，必須要壓低視線才能看清楚前方。

然後奇怪的事情隨著這樣的怪天氣開始發生——

萊特翻閱著丹鹿桌上的文件，除了這回案件的相關資料外，白鴉樹謀殺案的相關檔案也一併被調了出來。

丹鹿是個做事謹慎細心的人。

「啊！那東西臭死了，不要靠近我！」

「乖，含一下，你會清醒點。」

「你叫獨角獸先生來餵我我就吃！他剛剛不是在門口嗎？」

萊特看了眼傳來吵鬧聲的溫室，他嘆息，心裡下了個註解：以後，千萬不要讓鹿學長有機會喝醉或接觸任何致幻成分的藥物。

萊特忽視那些吵鬧聲，翻閱起白鴉樹謀殺案的檔案。

白鴉樹謀殺案的文件只有薄薄一本，這是件很奇怪的事，因為白鴉樹謀殺案相當有名，它的相關文件卻異常稀少，不只是教廷那邊，連一般警方對這事件丟出的資訊都很少，大部分資料都來自非主流八卦媒體的報導。

萊特翻開泛黃的內頁，那是唯一幾個比較可信，來自警方的舊文件。

案件編號000066613——蘿拉．米勒失蹤案

蘿拉．米勒，十三歲，聖誕節前三週的週末夜晚，蘿拉與朋友出遊歸返並道別後，在離家只有十分鐘路程遠的榆木街口失蹤。

概略：蘿拉失蹤當晚氣候異常，榆木街整夜大霧。監視器拍到蘿拉從路口走回家，卻在到家之前停下腳步，往回走向濃霧漫進的榆木街口，人進了霧裡之後就再也沒被監視器拍到她走向下一個街口的畫面，像是從霧裡直接消失，不知去向。

經過調查了解，蘿拉的交友狀況單純，與家人關係良好，不太可能是離家出

走，因此可能是被陌生人綁架。

然而附近監視器沒拍到其他人影，蘿拉的家人也沒接到任何勒贖電話。

案件編號0000066644——愛麗森．周失蹤案

愛麗森．周，十五歲，聖誕節前兩週的週三夜晚，和家人出門去餐廳用餐的路途上於罌粟街上失蹤。

概略：愛麗森失蹤當晚氣候異常，罌粟街整夜大霧。罌粟街口附近沒有監視器，據家人口述，當晚一家四口一起走在罌粟街上，愛麗森走在最後面，但幾個人相距只有兩三步的距離，家人先後進入罌粟街上的餐廳，愛麗森卻沒跟進來。

最後調閱店門口唯一的監視器，只拍到愛麗森在進餐廳前停下腳步，往回走入濃霧瀰漫的街尾，最後不知去向。

經過調查了解，愛麗森的交友狀況單純，與家人關係良好，有位男友，但男友當日與家人至外地郊遊，愛麗森失蹤後男友也未曾與她聯絡上。

至結案為止，愛麗森家人依舊沒接到任何勒贖電話。

案件編號0000099666——波．馬丁失蹤案

波．馬丁，十六歲，聖誕節前一週的週二夜晚，獨自於桑甚街上失蹤。

概略：波失蹤當晚氣候異常，桑甚街整夜大霧。桑甚街所有監視器畫面都顯示波馬丁為了參加派對蹺家，獨自上街，在前往派對途中忽然回頭，往濃霧覆蓋的街口走去，之後失去蹤影。

經過調查了解，波的交友狀況複雜，與家人關係差，男女關係複雜，熟人綁架勒贖的可能性高，但大部分相關人士都有不在場證明。

波的家人目前沒接過勒贖電話。

「三個女孩間沒有任何關係，互不相識，唯一的共通點在於三人都有一頭黑色長捲髮，如果朝對特定髮色具有特殊迷戀的綁架犯的方向偵辦，或許能找到女孩們的下落……」萊特喃喃著將三起失蹤案的警方結論念出來。

讀到這裡，萊特嘆了聲，因為熟知白鴉樹謀殺案的人都知道這些女孩們最後的下落是什麼。

萊特繼續翻頁，接下來都是一些非主流新聞媒體對這接連三起的失蹤案誇張渲染的相關報導，大部分媒體認為這起事件和女巫崇拜以及巫魔會有關，因為三名女孩的髮色和神韻都與風靡一時的前任大女巫達莉亞相似。

有些陰謀論者深信，三名女孩是女巫崇拜者，因為崇拜達莉亞，她們失蹤只是為了聚集在一起，跟隨那些會巫術又未登記過的非法女巫或男巫們，舉辦巫魔會等相關儀式，夢想成為像達莉亞那樣瘋狂的大女巫而已。

不過這個傳聞被聖誕夜當天的一場大雨打破了。

萊特將白鴉樹謀殺案的檔案翻到最後幾頁，裡面除了文獻資料外還附著幾張照片，有點模糊，並不是非常清楚，但隱約看得出來內容是三個黑色的球狀物體掛在樹上的畫面。

根據警方後來的文件顯示，白鴉樹謀殺案發生的那年聖誕節，靈郡整日瀰漫大霧，午夜後下了場古怪的滂沱大雨，一整夜沒有停歇。其間還伴隨著奇怪的風號聲，像女人在哼歌一樣。

隔天，雨在清晨時停歇，籠罩多時的霧也散去，天上甚至出了大太陽，不過教廷前被裝飾成聖誕樹的幾株白鴉樹被風吹得凌亂，彩帶和花圈散落一地，連放置在樹頂的陶瓷天使也在地面摔個粉碎。然後人們驚訝地發現，即便沒了天使像，最高的三棵白鴉樹上依舊掛著東西。

當工人們用懸吊的機器將白鴉樹上的東西卸下後，終於知道被掛置於上方的是什麼了——那是失蹤少女們的頭顱。

她們在經過一夜風雨後，浸潤雨水的黑髮糾結地黏在臉上，所以第一時間難以發現是人頭。

萊特看了眼夾在最後面的幾張黑白相片，三名少女的頭被擺在臺子上，糾結的黑髮被整理過，她們每個人都緊緊閉著雙眼和雙唇，膚色慘白但依然光滑，好像只是睡著了一樣。

警方將這幾起失蹤案定調為謀殺案，並宣佈將開始積極偵辦，然而幾年後的今天，這起事件卻成了知名懸案，至今警方都沒有找到她們的身軀，也未曾找到真凶，他們甚至無法解釋女孩們的頭是怎麼被放到幾層樓高的白鴉樹上。

對於外界疑問，警方只宣稱尚在調查中，而對於質疑這案件可能是女巫或男巫犯案的人，教廷方面卻異常保守地沒有給予任何回應。

在線索很少的情況下，白鴉樹謀殺案和白衣泡芙主教事件同樣淪落為年輕人茶餘飯後的都市傳說話題。

然而事隔多年，今日丹鹿和榭汀他們又在某棵與白鴉樹相似的雪松樹上，發現同樣擁有一頭大波浪黑長髮的少女頭顱。

萊特闔上所有檔案與文件，往後靠著椅背，望著桌上的紙箱沉思，隨後他注意到紙箱上貼著「證據」的標籤，以及用麥克筆寫著的名字——帕瑪．艾許。

萊特心一沉，他大概猜到紙箱裡是什麼了。

CHAPTER 3

威廉

「如果你撐不住了，你口袋裡有什麼你知道的。」樹汀笑出聲來。

「不，我很好。」萊特捧著受潮的紙箱，滿臉嚴肅地在走廊上一路往前直行。他手裡捧著的紙箱很沉，超乎想像地沉，手臂有點麻木了。

「不行就我來吧！我可以！」走在後頭的丹鹿中氣十足地大聲宣示。

「不，你不行。」樹汀一掌抵住丹鹿的臉。

「我、可、以！」

樹汀嘆息。很遺憾地，他試著讓丹鹿恢復精神的方式可能太猛烈了，小教士現在有點嗨過頭。

「你才不遺憾吧？我懷疑你是故意的，你把學長當成小白鼠了嗎？他清醒之後一定會殺了你的。」萊特瞥了樹汀一眼。

「他才不會，他都說愛我了不是嗎？」樹汀雙手環胸，看著萊特，「不過你怎麼知道我心裡在想什麼？」

「我就是知道。」

「你又怎麼知道我不遺憾？」

「你正在笑呢！」萊特不大高興地說著。

「我可以抬得起你，我也可以抬得起紙箱！」丹鹿還在搗亂，他試著要抬起榭汀，對方只是笑得花枝亂顫。

冷漠又吃味地看著這對感情好像不錯的教士與男巫搭檔，萊特撇撇嘴，他注視著手中的紙箱，默默地在心底說了句：別緊張。

這話是對他自己說，也是對紙箱裡的那位說。

不知道是不是心理作用，紙箱輕了點。

「你們不是在靈郡發現帕瑪的。」抱著懷中的紙箱，萊特忽然說道。

「對，我們是在郊區的小鎮上發現帕瑪。」榭汀說。

「但同樣都是在幾公尺高的樹上？」

「同樣都是在幾公尺高的樹上。」

「只有頭？」

「只有頭。」

萊特停下腳步，他看向榭汀，「你認為是人為的嗎？白鴉樹謀殺案在幾年前被定調成人為，某個變態的連環殺手之類的，教廷也沒有表示意見。」

榭汀歪了歪腦袋，笑得意味深遠，「如果教廷真的承認是人為的，那麼交給警方去辦就好，為什麼要特地叫我們去調查？」

「但這到底是誰做的？和你們最近調查的案件是同一個凶手嗎？是女巫嗎？還是男巫？或是遊蕩的無主使魔？還有這跟柯羅到底有什麼關係？」

萊特問個不停，招來榭汀的白眼。

「你好吵，我們現在不就是要去弄清楚是怎麼回事嗎？」榭汀哼了聲，他摀著開始唱起校歌的丹鹿的嘴，讓對方安靜。

狩貓男巫的個性就像貓一樣，玩性上來時熱情，玩性一退就翻臉不認人。

萊特聳聳肩，只能跟著榭汀和持續煩人的丹鹿一路往黑萊塔的西側地下室前進，他們的目的地和柯羅遠在塔頂的辦公室完全反方向。

萊特不曾來過西側地下室，目前他已經見過黑萊塔內大部分的男巫與女巫，但唯獨其中一位他至今還沒見過，那就是鳴蟾蜍家族的男巫——威廉。

而他們現在的目的地正是鳴蟾男巫的辦公室。

榭汀曾說過，要知道帕瑪生前遭遇了什麼，找鳴蟾蜍家的女巫和男巫們來處理是最快的方法——鳴蟾蜍家的人最擅長讓死者開口。

榭汀沒有解釋這話到底是什麼意思，但萊特猜想他們接下來就能見識到了。

「呱呱呱，小青蛙，醜醜沒人愛、呱呱呱，小青蛙，可憐沒人愛……」榭汀一邊哼著不知名的童謠，一邊領著他們來到地下室的深處。

一座粉紅色的大門突兀地出現在幽暗的地下室中，門上浮雕著一隻巨大的粉紅色蟾蜍。就像其他男巫的辦公室一樣，大門前總有代表著家族的動物浮雕。

柯羅的辦公室門口就有一隻巨大的黑色烏鴉浮雕。

「呱呱呱，小青蛙，貓咪烏鴉都討厭。」榭汀繼續哼著，接著他門也不敲一聲地推開大門進入。

萊特捧著紙箱進入鳴蟾男巫的辦公室時，他一度懷疑自己是到了某位少女的閨房。

鳴蟾男巫的辦公室牆面裝飾著整片的夜來香，夜來香像瀑布一樣地垂掛在牆上，強烈的花香散了出來，其中卻夾雜了一股若有似無的腐朽酸味，讓空氣中的味道變得十分甜膩。

萊特發現這裡的一切幾乎都是粉色系的，其中一張嬌俏的桃花木辦公桌旁還擺放著一整排玻璃櫥櫃，裡面擺放著各式各樣的小梳妝鏡、指甲油及香水瓶，五顏六色的，讓人目不暇給。

彷彿是位愛美少女的化妝間……但萊特沒記錯的話，黑萊塔內除了蘿絲瑪麗外，清一色都是男巫。

辦公室中央放置著一座顯眼的石雕圓臺，圓臺的正上方有一扇圓形的窗，窗大概是一徑挖到黑萊塔的最頂端，地下室唯一的日光就從上方透了下來，看起來就像月光一樣。

萊特湊過去瞧了仔細，他發現圓臺下方竟然是由許多巨大的粉紅色蟾蜍石雕托著，牠們長著疣的醜臉緊繃，彷彿正在成就什麼大事。

萊特細細觀察著那些醜陋卻又可愛的蟾蜍，想著不知道能不能偷一座回家……

唉，想也知道不能吧？

萊特迷失在粉紅蟾蜍的醜陋可愛之中時，辦公室另一端傳來了爭吵的聲音。

「什麼叫做我態度不佳？你在我的事典上都亂寫了些什麼？」

「你忤逆我的命令，無視我的命令！」

「如果你表現得像個王八蛋，那你就應該像王八蛋一樣被對待！」

圓臺另一端的場景和整個辦公室的風格全然格格不入，那個書櫃和辦公桌的擺設是萊特在黑萊塔見過最無趣的教廷式組合。

和萊特一樣有著一頭金髮，卻顯得較為黯淡、曾被人戲稱為「萊特0.5」的年輕教士正在和他的男巫大肆爭吵。

萊特看向正挾持著丹鹿的榭汀，再看看另一對爭吵的組合，看來教士與男巫有感情好的，也有感情差的。

「對你的督導教士放尊重點！男巫！」

「別男巫男巫地吼我！我有名字，我叫威廉！嗚蟾男巫威廉！需要跟你說幾次？你母親生個腦子給你都沒在用嗎？豬腦教士！」

「噗哧！」

聽到豬腦教士這個詞時，萊特忍不住大笑出聲。

聽到笑聲，還在激烈爭吵的教士和男巫都停下爭論，錯愕地看著闖入別人辦公室、還自顧自地笑得像個傻瓜的萊特。

「你笑什麼，蕭伍德！」

總算回過神，格雷．司普蘭第一時間朝萊特丟了枝筆過去，但被對方輕輕鬆鬆地閃過。

好奇寶寶萊特過去不曾來到西側地下室的主要原因之一，就是格雷．司普蘭，這個過去曾被戲稱為「萊特0.5」的鷹派教士，也是鳴蟾男巫的督導教士——他恨透了萊特，萊特知道自己不被歡迎。

不過今天是為了公事，他有充分的理由出現。

「沒有啊，抱歉抱歉。」萊特都笑出淚花了。

「討厭的傢伙……」格雷喃喃地念了句。

「你們來這裡做什麼？誰准你們隨便進來了？」這時，格雷身旁的男巫說話了。

男巫的個頭嬌小，大概只到萊特的肩膀，他有著一頭微捲的長髮，髮色是奇特的淡粉紅色，此外，他還有張十分秀麗的貌美臉孔，萊特沒看過長得這麼美的少年。

與柯羅和榭汀他們不同，嗚蟾男巫穿著一件長袖的粉色襯衫，頸子上僅僅打了個領結，其他沒有太多花俏的打扮。

看到榭汀，他似乎很生氣：「又是你和柯羅的惡作劇嗎？他躲在哪裡？」

「喔，威廉，我們都不是小孩子了，雖然你還是啦……但我和柯羅可是成年人了，我們才不會回頭再玩從前那種幼稚的小惡作劇。」榭汀又露出那種算計的笑容，「除非你寂寞了，想跟我們玩？」

「鬼才要跟你們玩！」威廉捶了下桌子，發出很大的聲響。

「好了！男巫們！這裡沒有你們說話的地方，安靜點，讓我們教士說話！」格雷又出聲，他示意榭汀和威廉閉上嘴，兩個男巫則是一臉不悅地看向他，空氣瞬間凝結。

「抱歉，我替他道歉，這樣的男巫歧視是不對的，請原諒無知的他。」萊特出聲打圓場，但這似乎沒讓男巫們滿意，還惹來格雷的不滿。

但在格雷抱怨前，那個被一路摀住嘴拖來的丹鹿終於掙脫箝制，得以發話。

「都給我閉嘴！工作！」丹鹿推開榭汀站了出來，他指著萊特手上的紙箱，「重要！她、在、等！」

丹鹿的眼皮抽搐兩下，維持原姿勢不動，表現還是不太正常，看來大腦裡那股迷幻和清醒的化學酵素還在互相衝突。

不過至少他第一時間想到工作了。萊特和榭汀互看了眼，他們聳聳肩，丹鹿應該快好了。

「鹿學長怎麼了？」格雷一臉困惑地詢問。

「說來話長，你還是別問了，聽話。」萊特搖了搖頭。

「讓、讓讓讓讓榭汀解釋，這、這這這是工作，不、不不不不准吵架！」丹鹿又指向格雷，下眼瞼再度跳了兩下。

鷹派教士的階級意識強，丹鹿畢竟是學長，所以格雷再怎麼討厭萊特，終究要聽前輩的命令。他只好摸摸鼻子，把原本要辯駁的聲音吞了回去，讓榭汀來說。

「謝謝。」

仗著後者大概五秒鐘後才能做出反應，榭汀拍了拍丹鹿的腦袋，然後說起他們前來的目的。

「是這樣的，教廷派了一個案件給我們，我們稍微遇上點小難題，但這個小難題我想或許可以找你幫忙解決。」榭汀注視著威廉，意味深長地詢問，「你『可以』幫我們這個忙嗎？威廉。」

嗚蟾男巫與狩貓男巫對視著，又是那種凝結的氣氛。

「我可以。」威廉強調，但隨後他挑釁地笑了，「但我為什麼要幫你們？」

「因為這是工作，約書．克拉瑪交代下來的，他說我們可以尋求幫助。」榭汀的視線掃視周圍，放到格雷身上。

格雷思考了一下，最後他點頭，「如果是大學長交代的，我們會給予幫助。」

「要不要幫忙是由我來決定的！」威廉轉過頭去一臉憤怒地盯著格雷。

「這不是由你來決定，是由我這個督導教士做決定。」格雷同樣怒目相視，他的手裡緊緊握著用來記錄嗚蟾男巫一切大小事的男巫事典，最後丟下像是威脅的話，「他們對你的印象已經不好了，你最好聽話點。」

威廉依然滿臉怒意、渾身緊繃，只是沒再表示任何意見，默默地撇過頭去不看格雷。

然後又陷入一陣尷尬的沉默……

「好，如果我們達成協議……」還好榭汀打破沉默，他拍拍手後走向萊特。

萊特以為榭汀要接過箱子，心裡還小小開心了一下，因為他的手臂耐重度顯然已達到極限，然而榭汀只是慢條斯理地拿出手帕，耐心又禮貌地等著。

「您在等什麼呢？貓先生。」萊特也耐心又禮貌地詢問。

「等你啊！小鑽石。」

「喔不、不，您太客氣了，其實不用等我……」

「來，請我們的女士出來吧！記得溫柔點，別太擔心，我會借你手帕的。」

榭汀沒有給萊特拒絕的機會。

萊特小心翼翼地將帕瑪從紙箱中「請」出。

他打開紙箱時，有股潮濕的氣味從盒子裡竄出，但並沒有如預想中的那麼可怕，有點像大雨後逸散出來的青草味。

婉拒了榭汀的手帕，萊特把手擦拭乾淨後將手伸進箱子裡，他盡量讓自己的手指不要太過緊繃也不要太過放鬆，然後由下而上將箱中的「她」捧起。

冰冷。這是萊特的第一個感受，冰冷而濕潤的液體浸潤了萊特的掌心，微捲的毛髮纏上了他的指尖。

別怕，我不會弄掉妳的。萊特在心裡對著箱中的少女說。

當萊特將少女的頭顱從箱中捧出時，站在一旁的格雷倒抽口氣，甚至不小心撞倒了什麼，但萊特沒空去關心這些事，他將帕瑪捧在手中，並且第一次瞧見她的面容。

少女就如同她生前一樣美麗，有對漂亮高聳的顴骨，深邃又有異國情調的雙眸和高挺的鼻子，只是昔日紅潤的膚色此刻卻是一片慘白，唇色青紫，看不出任何一點生氣。

少女的雙眼及雙唇就這麼微微地張著，彷彿正在盯著什麼東西而陷入沉思。

萊特好奇她最後到底看到了什麼。

「請將她放上月池。」雙手抱胸的威廉在旁邊說了句。

萊特抬頭，粉紅色的石雕蟾蜍舉著的圓臺就是威廉口中的月池了吧？他想。

萊特緩緩地上前，將少女的頭放置到圓臺上，日光灑在她的臉上，有種蕭瑟的蒼白。

榭汀再度遞出手帕給萊特，這次萊特接受了手帕。

「你確定你沒問題嗎？」榭汀看向威廉，他提醒，「需不需要我準備什麼東西以防……」

「我很好！」威廉一臉不悅地打斷榭汀的話，「不需要你準備什麼。」

榭汀聳聳肩，對於威廉的無禮似乎沒感覺到多大的冒犯。

「你們現在要做什麼？」格雷問。

「我們要請帕瑪說話。」榭汀頭也沒回地看著威廉接近月池。

「你們要怎麼……」

「噓！看就知道了。」榭汀瞪了格雷一眼。

威廉站在嗚蟾臺前，靜靜地挽起袖子，閉上眼深呼吸。

原本灑在帕瑪頭上的微弱日光瞬間變得極為刺目，亮得讓人幾乎張不開眼。

「哇喔……」萊特不得不用手指擋住光線，他驚嘆道，「這太厲害了，跟柯羅的能力很像！」

「因為這本來就是柯羅的能力！」站在鳴蟾臺前的威廉瞪大了眼回道。

「什麼？」萊特不解。

「你沒聽懂嗎？這不是我做的，是那隻臭烏鴉來了！」威廉對著萊特吼。

「哎呀，我就知道那群烏鴉聚在樹上沒安好心眼。」榭汀搖了搖頭後嘆息。

話聲甫落，辦公室的大門就被撞開，隨著那個黑色的身影風風火火地闖進，天花板上的燈一下子連續爆了好幾顆。

「柯羅！」萊特一臉驚喜地喊著。他已經一個多星期沒看到柯羅了，再次見到他，對方依舊是那副模樣，亂髮、寬鬆的西裝外套，還有隨便繫上的領帶。

萊特張開雙手想給對方一個久未見面的擁抱，卻被狠狠地瞪了一眼。

柯羅推了萊特一把，然後逕自走向榭汀並質問對方：「你們怎麼敢瞞著我這件事？」

「告訴你，你就會冷靜又成熟地處理事情了嗎？」榭汀挑眉。

「我……」

「臭烏鴉！你膽敢再隨便闖進我的辦公室又弄壞我的燈管試試！下次我絕對拔光你身上所有的毛！」威廉對著柯羅吼道，他看上去比柯羅還要更生氣。

「死青蛙給我閉上你的臭嘴！你以為我想來你這個臭死人的爛沼澤嗎？」柯羅指著威廉的鼻子開始罵起來。

「不准說我的辦公室是爛沼澤！你的辦公室才是腐爛的臭鳥巢！自以為是又乳臭未乾的……」

「誰才是乳臭未乾的臭小鬼？現在還不到打領帶年紀的人可不是我！」

「你知道男巫們有個習俗，十六歲成年之後才會開始打領帶，未成年的都繫領結嗎？」那頭吵得火熱，這頭萊特還是管不住嘴要解釋。

「我知道，我就是男巫。」結果被榭汀白了一眼。

「你這白痴烏鴉！」

「你才是——」

就在柯羅和威廉看似要吵個沒完沒了時，柯羅卻注意到月池上的人頭。他直直盯著月池上的帕瑪，退後了幾步，直到碰上榭汀。

「這次她的嘴裡有什麼？」柯羅問，視線沒有離開過少女的頭顱。

萊特注意到柯羅的臉色變得慘白，臉上的表情說不出是憤怒還是恐懼，他的手指和全身都在顫抖。

天花板上的燈光像是被柯羅的情緒左右著，一閃一滅，日光更強烈地集中在少女的頭顱上。

「柯羅，冷靜點……」榭汀壓低聲音，試圖安撫對方。

「她、的、嘴、裡、有、什、麼！」柯羅這次一個字一個字咬牙高聲質問。

「什麼都沒有。」榭汀嘆息。

「我不信！你騙我！」柯羅的視線在榭汀和帕瑪臉上來回逡巡，但榭汀還是給予相同的答案，最後他握緊拳頭作勢要上前，「很好，你不告訴我，我自己來！我現在就掰開她的嘴自己看！」

「柯羅！我說過沒有了，不准你對女士沒有禮貌！」榭汀第一次露出了嚴肅的神情，他拉了柯羅一把，柯羅卻作勢要揍對方。

「夠了！」

萊特都還沒來得及反應，他身邊的丹鹿倒是忽然大吼一聲衝了出去，整個人直接插到柯羅和榭汀中間。

「不准、吵架、要我、說幾遍！」擋在榭汀身前的丹鹿一把握住柯羅的拳頭，而柯羅卻像是被激怒似的，使頭頂上的燈泡啪啪啪地又連爆了好幾顆。

「放手！不然我連你一起……」

沒讓柯羅把話說完，丹鹿直接一拐子架到柯羅腋下，身體一頂，碰的一聲直接把柯羅整個人過肩摔到地上。

躺在地上的柯羅傻了，天花板的燈光瞬間全部暗了下來。

「投降我就不揍你。」丹鹿壓著柯羅說。

柯羅整張臉卻瞬間漲紅，他的怒氣沒有平息，反而更加狂烈。丹鹿正上方的燈泡一下子亮得嚇人，地板還微微地震動起來。

「你這兔崽……」

就在柯羅看上去準備要大鬧一場時，萊特想起他揣在口袋裡的小東西，他掏出那精緻的玻璃小瓶子，在丹鹿正上方的燈泡爆開前，一個箭步上前，準備將小瓶子裡的東西滴個兩滴在柯羅臉上。

不料，萊特手一滑，瓶子倒了，一整瓶愛麗絲的搖籃曲直接潑到柯羅臉上，粉紅色的液體滑進柯羅的鼻子和嘴內，一部分像蒸氣似地往上逸散。

在那股粉紅色的液體再度侵蝕丹鹿之前，榭汀出手抓著丹鹿的後頸把人拉了起來。

「萊特！」

這是萊特第二次聽到柯羅喊他的名字，雖然他很開心名字被記住了，但口氣裡隱含的怒氣實在讓人覺得不妙。

「你在我臉上噴了什麼？」柯羅搖搖晃晃地站起身，一臉憤怒地抹著臉，作勢要找萊特算帳，然而剛踏出一步，他整個人就以正面著地的方式倒下。

「萊——特——你——這——王——」柯羅狼狽地趴在地上，用十分緩慢的速度伸手要抓住萊特，他大概在地上爬了一分鐘，八和蛋這兩個字都沒能說完。

一群人默默地看著在地上緩慢爬動的柯羅，直到——

「八蛋！」萊特自己喊出來，他搖搖頭，「抱歉，我受不了了，讓我幫他把話說完吧！」

「原來愛麗絲的搖籃曲吸多了會變成這樣，很有意思。」榭汀又恢復一臉笑咪咪的模樣，他用腳輕輕踢了柯羅兩下，確認沒有危險之後才蹲下身來就近觀察。

他將柯羅翻過身來。

「榭——汀？」藥效開始發作，柯羅看上去有些迷糊。

「嗯哼？」

他們頭頂上的燈泡不再刺眼，而是像星光一樣微弱地閃爍著。

「來玩嗎？我們——我們——去捉弄死青蛙。」

柯羅的手忽然搭上榭汀的臂膀，萊特在他的臉上看到了他之前從沒看過的那種笑容，不是嘲諷、輕蔑或滿不在乎的那種。

啊，羨慕嫉妒恨。

「不，我們早就不一起玩了，記得嗎？」榭汀卻皺了皺眉頭。

「為——什麼？」柯羅一臉失落。

「這要問你啊！」榭汀溫柔地拍了拍柯羅的手，「躺著好好休息，你醒來就會記得了。」他拉開柯羅的手並站起身來。

「他沒事吧？」萊特一臉擔心地問，畢竟他在這件事上大概有百分之七十左右的錯。

「沒事。」榭汀看了眼頭頂上滅掉的燈光，又補了句，「應該。」

萊特看著躺在地上一臉迷離地盯著天花板的柯羅，蹲下去將他的大衣外套脫下，折疊好後暫時墊在柯羅的後腦勺下。

「好啦！麻煩人物解決，我們是不是該繼續正事了？」榭汀雙手一拍，又回到先前那副毫不在乎的模樣。

「你們能不能別把這些鳥事帶到我的辦公室來？」威廉不悅地撇了撇嘴，此時地下室內的燈光已經全數暗下。「我的櫥櫃裡有蠟燭，全部都點上吧！」

威廉瞪了柯羅一眼，臉上依舊夾帶著些許怒氣。

「去幫忙，我幫你看著。」丹鹿一邊用手掌敲著自己的腦袋，一邊對萊特說。

萊特點點頭，最後看了眼地上的柯羅，對方在黑暗中喃喃囈語著，不知道在跟誰說話。

他們在月池旁擺滿蠟燭，燭光在帕瑪的眼裡閃爍著，讓她好像忽然有了生氣似的。

威廉跪在月池前，此時的他解開了頸子上的領結和胸前的鈕釦，袒露出白皙纖瘦的胸膛，閉上雙眼，彷彿正在冥想。

萊特一行人就在安靜中等待著。

「柯羅為什麼要問她嘴裡有什麼？」萊特湊過去問榭汀。

「我神聖的大女巫啊！就安靜個三秒而已，三秒已經是你安靜的極限了嗎？」榭汀嘆了一大口氣。

「你就告訴我嘛！身為柯羅的督導教士，我卻什麼都不知道，這樣說得過去嗎？」萊特抱怨著，他甚至不知道榭汀和柯羅的交情到底如何，過去都發生過些什麼事。

然對榭汀很不爽。

「告訴他。」一旁的丹鹿喀喀地伸展了下脖子，他的神智在恢復，而他現在顯

「哎，好吧好吧！但我們小聲點。」

榭汀壓低聲音，似乎不想讓躺在地上的柯羅聽到。

「十年前的白鴉樹謀殺案，教廷和警方一起隱瞞了一個小證據，他們沒把那個小證據告訴社會大眾，也沒有公布出來。」榭汀說，「當時他們在白鴉樹上的三顆少女頭顱的嘴裡發現了一些東西。」

「是什麼？」萊特問。

「他們發現在蘿拉．米勒的嘴裡，含著一顆硬幣大小、白色的烏鴉石雕；在愛麗森．周的嘴裡，則是一顆硬幣大小、黑色的烏鴉石雕……至於波．馬丁的嘴裡，是一隻大一點的黑色渡鴉，上頭刻著一句話——」

榭汀盯著燭光，像是在回想那句話。

「——媽咪和我，愛你。」

榭汀話才剛說完，地板忽然傳來微微的震動，不是地震，而是像多人同時發出

哼聲而產生的共鳴。

「那是什麼？」站在一旁的格雷戒備地望著四周。

「別擔心，只是要開始了。」

榭汀揮揮手，似乎沒有繼續剛才話題的打算，他專心地看著忽然坐直身體的威廉。

那種微微的震動持續著，一路從腳底攀爬上頸子，萊特甚至可以感覺到那股震動深入他的腦幹、他的鼻腔。

忽然間，萊特聽到許多低沉聲音同時發出的哼鳴。

嗡——嗡——嗡——

他們發出了像是這樣的叫聲，持續不斷，彷彿不需要換氣。

萊特摀著胸口，這聲音讓人感到非常地不安，但丹鹿卻直挺挺地雙手環胸站在那裡不動。

看來他的怒意現在遠遠超過了其他觀感。

萊特左右張望著聲音的來源，最後發現那些聲音竟來自威廉。

威廉跪坐在地上，抬頭仰望著月池上的那扇圓形月窗，雙眼不知道何時已經睜開，但他漂亮的綠色瞳孔卻往上翻起，雙眼內只剩下一片慘白。

他張大著嘴，聲音就是從他的喉頭裡發出的。

美麗少年的臉孔此刻不再賞心悅目，而是異常地慘白瘦削，從他喉頭裡發出的聲音完全不像他原本又細又尖如少女般的嗓音。

嗡嗡嗡的哼鳴聲越來越大，接著有東西飛出威廉的嘴巴。

一隻活蒼蠅飛了出來，牠在空中盤旋。緊跟著牠之後，一大群蒼蠅跟著飛了出來。

雞皮疙瘩在萊特頸子上一陣亂竄，丹鹿一樣是抱著胸不動如山，不過萊特聽到他吸了口氣，威廉的督導教士格雷則是往後退了幾步。

榭汀是唯一發出笑聲的人，「不覺得很有趣嗎？蟾蜍和蒼蠅，多諷刺。」

萊特不懂貓先生的幽默。

飛散出來的蒼蠅像一團煙霧，牠們在空中盤旋了一會兒後，紛紛飛進帕瑪微張的唇內。

一群蒼蠅擠進帕瑪的頭顱內，嗡嗡聲逐漸消失，但威廉依舊維持著他那可怖的姿態。

榭汀踩著貓步走上前，毫無畏懼地靠近帕瑪的頭顱。

在安靜的燭光中，一個急促的呼吸聲響起。

月池上的帕瑪忽然張大雙眼和嘴巴，大口地吸起氣來，她黑色發濁的眼珠流轉一圈，眼皮忽然眨了起來。

「喔我的老天爺呀，我不能呼吸了！」帕瑪開始作嘔並說起話來。

「冷靜點，女孩，妳不需要呼吸。」榭汀安慰道。

「為什麼？你是誰？我在哪裡？」帕瑪問道，她滿臉驚恐，雙眼開始泛出淚水，「媽！爸！你們在哪裡？快點出來，這不好笑！」

「帕瑪，妳父母不在這裡。」

「為什麼我不能動？你們對我做了什麼？我的身體呢？快停止這個無聊的惡作劇！」帕瑪開始淚流滿面地哭叫。她咳了幾聲，幾隻蒼蠅從她嘴裡飛了出來，這讓她又開始尖叫。

「帕瑪！」榭汀忽然大喊一聲，雙掌狠狠地拍了一下，他壓低身子面對面注視著帕瑪，「聽話，我們沒有多少時間了，現在不是哭叫的時間好嗎？妳只能回來這一次，快告訴我，妳在死前看到了什麼？」

「死？我死了嗎？」帕瑪愣愣地看著榭汀，眼淚掉得更凶了，「但是我明天還有個約會，下星期是我生日，我還有……」

「專心點！帕瑪！」榭汀又喊。

萊特從沒看過貓先生如此粗暴，簡直像嘶吼中的野貓。

「告訴我，妳在霧裡看到了什麼？妳跟誰走了？」

「我、我看到一個男人，他向我招手，他說他需要我的幫忙！」帕瑪哭得更凶了，蒼蠅不斷從她嘴裡飛出來。

「那男人長什麼樣子？」

「我不記得了……」

「帕瑪！仔細想！那男人他多高？髮色呢？他的臉部特徵呢？」榭汀喊得更急促了。

「我不記得！」帕瑪尖叫，「那男人的臉是模糊的！身體也是模糊的！我就是不記得啊！」

帕瑪開始嘔出一堆蒼蠅，飛散出來的蒼蠅全飛回了威廉的嘴裡。

「帕瑪、帕瑪，冷靜點……冷靜點想。」榭汀壓低聲音，他安撫著帕瑪。

「他把我叫過去，我不該過去的，但我不知道為什麼就去了，他看起來好傷心，他說他需要我的陪伴……」帕瑪急促地抽氣起來，更大量的蒼蠅飛出她的鼻孔、嘴唇和耳朵，她繼續說，「他把我帶到樹上，要我唱歌給他聽，他說只要我唱歌，或許那個人就會回來，我好害怕，所以我跟他坐在樹上唱歌，樹上好濕好冷，他說他好寂寞，問我可不可以抱著他，我抱著他，然後……」

「然後呢？帕瑪，然後呢？」榭汀問。

話說到這裡，帕瑪卻忽然停下聲音，一臉無神地看著榭汀。

「媽？爸？你們在哪裡，我想見……」

帕瑪沒能把話說完，當最後一隻蒼蠅從她嘴裡飛出來時，少女的雙眼再度沒了生氣，恢復成先前的姿態，她只是遙望著遠方，雙唇微張，像是在沉思什麼。

「嘖！」榭汀不悅地嘆息了聲，他搖搖頭，最後直起身子。

最後一隻蒼蠅飛回威廉嘴裡，威廉瞬間大大地抽了口氣，他的眼珠一翻，忽然倒在地上大力咳嗽起來。

「咳！咳嘔！」威廉不斷發出作嘔的聲音，灰色的黏液伴隨著慘白的肉膜從他嘴裡吐出，一股酸腐的甜味飄出。

萊特注意到威廉的髮色在這一瞬間變成青綠色，就像蟾蜍的色澤一樣，而隨著威廉逐漸呼吸過來，他的髮色才在一陣青綠和粉紅交雜中，逐漸恢復成原本的顏色。

「還是控制得不夠好，威廉，我說過不要逞強的。」

榭汀走近威廉想扶起對方，但威廉卻在地上將自己縮成一團。

「閉上你的嘴！走開！不要碰我！也不要看我！」威廉用手掌遮著自己的臉，他繼續縮著身體，像團刺蝟，被碰到就想刺人，「滾！帶著那個女人，你們都給我滾出去！」

榭汀無奈地搖搖頭，他轉頭對著站在角落的格雷說：「你的男巫，你負責照顧，記得準備冰水給他泡，一大匙蜂蜜和冷牛奶也能舒緩他，還有把燈泡也換一換吧！」

也不知道格雷有沒有把榭汀的話聽進去，他凝視著威廉，臉上滿是厭惡。榭汀一個甩頭，不再理會威廉，他走向萊特和丹鹿時，臉上又堆起和先前相同的笑容，彷彿什麼事也沒發生過。

看到萊特和丹鹿直直盯著他看，榭汀一臉不解地聳了聳肩膀：「怎麼了？為什麼一直盯著我看？」

「你還好嗎？」丹鹿開口詢問。

「我很好，為什麼這麼問呢？」榭汀歪了歪腦袋，他看起來更加困惑了。

「我只是……以為……看到那種場景應沒有人還笑得出……啊！算了！」榭汀的困惑反倒讓丹鹿困惑了，他搖搖頭，決定先不思考這麼多，畢竟他腦袋現在還像坨漿糊一樣。

萊特注視著榭汀，他心一沉，原因無他，只因為他看得出來，狩貓男巫是真的不在乎——就好像完全沒有同情心一樣。

「好的，小鑽石，快請我們的女士回到箱子內吧！我想她需要安眠了，還有你的小烏鴉，記得把他一併打包帶走。」榭汀招招手，對著萊特微笑。

CHAPTER 4

獨角獸

時間過得很快，當萊特他們從威廉的辦公室出來，回到榭汀的辦公室時，已經過了一下午。

然而蒼蠅啊、死者復活啊之類的事彷彿才發生了十幾分鐘。

「你敢拿那東西噴我我他媽揍死你！」丹鹿對著拿著不知名的香水瓶要接近他的榭汀吼。

「但你身上有青蛙的臭味，我不喜歡。」榭汀一臉嫌惡，還是拿著東西往丹鹿身上噴，「別擔心，真的只是香水而已。」

「我揍死你！」吃了一嘴香水的丹鹿哈啾哈啾地打著噴嚏，倒也沒真的衝出去揍對方。

榭汀則是滿意地泡起了茶，並給萊特倒上一杯。

「香草茶，有安神的作用。」榭汀說，隨後他看向坐在萊特身旁的少年，「柯羅就不必了吧？」

柯羅倒在椅子上，像具斷了線的人偶，偶爾還會露出奇怪的傻笑。

「他會這樣多久？」萊特問。

「天曉得。」榭汀聳聳肩，他坐下來喝著他的茶，不懷好意地笑道，「你記得幫我記錄一下，我自己也想知道乾了整瓶愛麗絲的搖籃曲會有什麼效果。」

「好了，來談正事，威廉那邊有得到什麼線索嗎？」丹鹿插進談話。

看到他走來，榭汀遞給他一杯顏色完全不同，清澈透明的藍色熱茶，而丹鹿似乎完全沒察覺到異樣。

萊特嚴正地懷疑榭汀在給丹鹿灌迷藥。

「很可惜，威廉還是個不中用的男巫寶寶，他的能力還沒完全成熟，巫力控制得不是很好……」看到萊特蠢蠢欲動，榭汀舉起一根手指要對方閉嘴，接著繼續解釋，「是的，女巫男巫都一樣，我們的巫力通常會隨著性徵的成熟而發育，威廉恰好還在發育的過渡期，所以巫力不太穩定。」

榭汀看著丹鹿聞了聞自己的茶，然後不疑有他地喝下去後，他笑開來，視線放回萊特身上。

「只是我沒料到威廉能維持的時間竟然這麼短，據說威廉的母親——上一屆的嗚蟾女巫，可是能讓死者復活整整半天以上的時間。」榭汀說，他嘆息了聲，眼底透著不耐煩，「死者們復活之後總是要戲劇性地哭喊死亡，哭喊上好一陣子。威廉能讓帕瑪復活的時間太短，導致她能丟出資訊的時間被壓縮了，我們沒能得到多少線索。」

「不能再復活第二次嗎？」丹鹿問。

「不，一個人只有一次的機會。」

「其他受害者呢？」丹鹿又問，帕瑪．艾許不是這次案件唯一的受害者。

「不夠新鮮，以威廉的能力來說，他辦不到，真能辦得到，大概也只能給她們一人十秒的機會，十秒她們連哭的時間都不夠。」榭汀搖搖頭。

「那只好再回去雪松鎮調查了！」丹鹿想了想，他拍了把大腿起身，神智看上去已經完全恢復正常，「大學長交代過事情結束後要帶著帕瑪去找他，我現在過去一趟，順便和他報告經過。」

丹鹿袖子一捲，一把扛起裝著帕瑪人頭的紙箱。

「你們等我的消息就好，該下班的下班，該休息的休息，有事情明天繼續處理。」

偉哉鹿學長！看著丹鹿離開的背影，萊特由衷地發出感嘆：「如果可以，我想嫁給丹鹿學長。」

「我想他不會娶你。」榭汀發出笑聲，怡然自得地喝著茶。

不但不會娶，可能還會打死他。萊特聳聳肩，看著榭汀，厚著臉皮開口：「所以……」

萊特一發出聲音，榭汀就露出無奈的表情，他知道對方又要問一堆問題了。

「問吧！看在丹鹿的面子上，我能回答你少少的幾個問題。」

「當年的白鴉樹謀殺案，教廷在受害者嘴裡發現的東西和柯羅有什麼關係？」

「放聰明點，仔細想想。」榭汀用手指比了比腦袋。

「好吧，假設黑色的烏鴉代表柯羅，那麼白色的烏鴉代表的……應該是小極鴉圖麗吧？」

現任的大女巫——極鴉女巫圖麗，也就是柯羅的妹妹，與極鴉家族遺傳的黑髮不同，她有著一頭白髮和白膚，連睫毛都是雪色，就像白子一樣，這讓她看上去完全不像黑髮紅眼的極鴉家族的人。

「至於黑色的大渡鴉和媽咪……我想應該代表達莉亞？」

榭汀點點頭，萊特的猜測是對的。

「但是……那個『我』是誰？」

榭汀說過，渡鴉石雕上刻著的，是「媽咪和我，愛你」這句話，而那個「我」顯然就是白鴉樹謀殺案的主謀者。

「達莉亞有三個孩子，現任的大女巫小極鴉圖麗，夜鴉柯羅，而柯羅上面還有一個……」

「我知道，但我調閱不到這個人的資料。」萊特知道柯羅還有一個家人，只是教廷或柯羅的事典從不刻意提起他的名字或長相。

「那是當然的，因為是個麻煩人物，教廷和極鴉家避之唯恐不及的醜聞……你很難想像，教廷這麼大一個，卻搞不定一個小小的男巫，簡直笑掉人家大牙了，所以越少人知道這件事越好。」榭汀用手撐著下頷，似笑非笑地盯著柯羅看。

像是忽然想到什麼似的，榭汀感嘆道：「你知道為什麼這麼多人討厭柯羅嗎？」

「因為他暴躁、易怒、愛罵人、自以為是、對人愛理不理、懶惰又不愛合作？」萊特細數對方的缺點。

「當然啦，這些也是。」榭汀挑眉，「不過最主要的原因，是因為他很像他的母親、他的兄長，教廷的教士們似乎都認為柯羅未來會步上他母親和兄長的後塵，且越來越棘手，畢竟他們一個造成大女巫事件、一個和白鴉樹謀殺案有密切的關聯，兩個都瘋了……

「但圖麗就不同啦！小極鴉一身全白，從小就跟在主教身邊被養大，乖巧聽話，教廷簡直愛死她了。」榭汀又發出笑聲，彷彿自己正在說什麼笑話一樣。

「柯羅的兄長，叫什麼名字？」萊特問。

「你想去調查嗎？小蕭伍德。」看向萊特，貓先生露出狡黠的笑意，「為什麼對他們這麼有興趣呢？你真的只是想了解你的男巫，想跟他交心，還是你只是想順便調查一下你自己的家族醜聞？那個叫什麼來著……白衣泡芙主教事件？」

萊特這回沉默得有點久，久到榭汀幾乎以為他生氣了，但他最後只是回以微笑：「不，我只是想多瞭解柯羅一點，我是他的督導教士、未來最好的朋友、永遠的心靈伙伴，以後或許還能成為……」

「喔，天啊，拜託，閉上嘴。」榭汀舉雙手投降，他就不該打開話匣子，翻了翻白眼後，他給出一個名號，「血鴉。」

「什麼？」

「血鴉瑞文，柯羅的兄長。」榭汀說，「我可以給你他的名字，反正你大概也查不到什麼。白鴉樹謀殺案發生之後這名字就很少被提到了，就像消失了一樣。」

「這次的事件呢？帕瑪說的霧中男人有沒有可能是他？」

「不確定，但這就是教廷想要我們去查的用意，他們……我們想確認血鴉是不是回來了。」

「那麼……」

萊特還有好多問題要問，但鐘塔突如其來的響亮鐘聲打斷了他們的對話，外頭天色已經暗了下來。

「好了，小鑽石，我欠丹鹿的，回答完你這些問題後應該就夠還了。」榭汀起身，順順自己的西裝，他看了眼柯羅，「聽著，只要扯到他兄長的事情，柯羅就會變得特別敏感，所以我們當初才不想讓他知道這件事。」

萊特點點頭，他自己也看到當時柯羅有多激動，他很憤怒，同時又帶著懼意。

「柯羅他……很怕自己的哥哥？」

榭汀嘆息了聲，說道：「如果你不怕柯羅討人厭的那面，就自己去問他吧！要知道，無論是女巫還是男巫，我們最喜歡探聽祕密，但也最討厭提供祕密……識時務的話，你該帶著柯羅離開了，我還有點私事要處理。」

「你要去哪裡？」萊特問。

「天堂囉。」榭汀指了指他辦公室的大樹上方，神神祕祕。

榭汀的天堂至今仍是個未解之謎。

可惡，早知道一開始就應該先問樹上到底有什麼。萊特扼腕，然而貓先生已經轉身離去。

萊特大概還有兩百個問題待解決。

像是柯羅和榭汀是怎麼回事？血鴉瑞文又是什麼樣的人？這次的案件和他有關

嗎？柯羅和瑞文間發生過什麼？

還有，最重要的——柯羅什麼時候會恢復正常？

「你是誰啊？」

在萊特開車送柯羅回家的路上，一直癱著的人忽然醒了，他看著萊特，一臉困惑。

「我是萊特啊！」大概是藥效的副作用吧？萊特心想。

今晚的靈郡恰好起了點小霧，跟車內自家男巫的迷茫有種相像感。

「哪個萊特？」柯羅吸了吸鼻水，又問，發現自己被安全帶綁在副駕駛座上後，掙扎了一會兒，但很快又放棄了。

「你最喜歡的那個。」萊特隨口回答。

「是嗎？」

「是的。」

「好吧。」柯羅竟然接受了！

萊特張大了眼。可、可惡，他現在有點後悔自己手拙，沒留下一些愛麗絲的搖籃曲。

「嗯，可以幫我一個忙嗎？柯羅。」萊特試探性地開口詢問。

柯羅乖巧地聳聳肩，回道：「好啊，為什麼不？你是我最喜歡的萊特。」

萊特不好意思地笑了笑，「可以告訴我極鴉宅邸怎麼走嗎？」

雖然萊特已經獲得進入極鴉宅邸的許可，也知道確切的位置，但曾有人說過，女巫和男巫們都住在一般人看不見的地方，他們很擅長用巫術將自己的隱私藏起，想當初在甜湖鎮遇到的微笑女士的宅邸，也藏在十分隱密的地方。

如同榭汀所說，他們喜歡探人隱私，也擅於隱藏祕密。

不過這個習性已經讓萊特在同個地方打轉了兩三圈，而他向來幸運的猜測能力也起不了半點作用。

「當然。」柯羅點點頭，「你跟著月光。」

柯羅話才剛說完，霧裡便探出一道月光，特別亮，像手電筒一樣搖搖晃晃在他們車前領路。

「我喜歡你的巫術。」萊特因為月光被逗笑了。

「是嗎？」

柯羅聽上去很驚訝，萊特第一次看到這麼多情緒的柯羅，因為清醒的柯羅大部分時間都在生氣，好像總有氣不完的事。

「但他們總是說我的巫術是最弱的，蘿絲瑪麗也說過，她說蝕在我的肚子裡像是烏鴉想吃掉鯨魚，最後只會被鯨魚吃掉。」柯羅看上去很沮喪。

「別管他們怎麼說，我認為這很新奇。」萊特是真心的。

或許榭汀、威廉、絲蘭和伊甸的巫術都擁有非常神奇而強大的作用，而柯羅的充其量只能說是手電筒（或許這形容詞有點太過分了，萊特道歉）而已，但卻是讓他感到最開心的。

每次看到柯羅用他的小巫術偷走各種光芒再放出來，他都覺得很有意思。

「是嗎？」柯羅又問。

「是啊。」萊特笑了。

月光一路指引，筆直道路旁的榆樹叢中忽然出現一條新的道路。

萊特跟著月光進入那條彎曲的道路內，一座像古堡的建築物就躲在榆樹後方。

「好暗。」

萊特話剛說完，一排路燈就亮起暖暖黃光，古堡內一下子被點亮了。

「如果你偷太陽的光，放出來的時候會是黃的；如果你偷月亮的光，放出來是白的，當然有時候也會變成藍色。」柯羅認真地解說。

「記得你上次在帳篷內丟了我一臉光嗎？那又是什麼光？」萊特問。

「夕陽、星光、火花或什麼的吧？我不記得了。」柯羅打了個呵欠。

萊特將車停在前庭，庭院內有一尊黑銅鑄的巨大雕像，雕像是一位髮長及腿、肩上停著渡鴉的黑髮女人，她彎腰，不知道對著哪裡伸出一隻手，臉上帶著溫柔的笑容。

「那是達莉亞嗎？」萊特替柯羅解開安全帶。

「對，是媽咪在最後的日子裡請人鑄的，她說這樣我就不會忘記她了。」

柯羅說話的語氣像個小孩子，這讓萊特想起先前在夢境裡看到的小柯羅。

「你喜歡媽咪嗎？」萊特不自覺地用了和小孩說話的語氣。

「可能吧？」柯羅聳肩：「我不確定。」

不確定？

「那麼你的……」萊特原本打算要問瑞文的事，但看到柯羅一臉天真地盯著他看，他嘆息了聲，「算了。接下來帶我逛逛房子如何？我之後會搬進來喔。」

「你會嗎？太酷了……」柯羅發出驚嘆聲，「或許我們可以找榭汀一起來玩。」

「或許吧，或許。」萊特說。

在女巫小知識達人L特（^ω^）的研究資料中記載，幾世紀前的極鴉家族非常顯赫，那時宅邸多達十幾個僕人共同服侍大女巫，大女巫的地位彷彿當時的國王。

所以當萊特進入極鴉宅邸時，他沒料到自己見到的會是這幅景象。

美麗古堡內的百年古董上積滿灰塵，雜物凌亂地擺放在各個角落，小至電動玩具大至桌上足球桌等等，和古堡內部裝潢一點也不協調的現代娛樂用品應有盡有。除此之外，那些漂亮的古董貓腳椅、百年榆木桌上還有許多柯羅亂丟的衣物和鞋子。

美麗的中古風情極鴉宅邸，不知在何時儼然變成了青少年的豬窩。

「你把這裡弄得太亂了。」萊特用腳撥走樓梯上的一件內衣褲，他扶著柯羅往上走，因為柯羅就像沒有腿似的。

「沒關係，沒有人會介意，因為這裡只有我住啊！」柯羅說，他像個醉漢一樣搖搖晃晃。

萊特想起大學長說過極鴉家已經瀕臨破產的事，所以可能連個幫傭都請不起。大女巫達莉亞已逝，小極鴉圖麗長年居住於教廷，還有一個犯下大罪、幾年前就失蹤的兄長瑞文……

柯羅確實是一個人生活。

都不寂寞嗎？萊特好奇。

「房間在哪裡？」他問。

像是回應他似的，走廊上的小燈泡緊接著亮了，一路指引方向。

萊特順著亮燈的方向前進，走廊上掛了許多幅照片，不過大部分都刻意用白布蓋了起來。

柯羅的房間就在走廊尾端，房間內非常大，不過就像讓小孩獨自住大人房一樣，好好的主臥房被堆滿衣物和雜物，萊特必須把床上的衣服撥開才能把柯羅放上去。

萊特隨手拿起一件發皺的衣物聞聞，好像有洗又像沒洗，柯羅做家事的流程大概是丟進去和拿出來。

萊特很清楚青少年獨居家中是什麼情況。

嘆了口氣，萊特放下手上的衣物，稍微掃視一下四周環境。柯羅房間內唯一整齊乾淨的，只有窗臺旁的化妝桌，化妝桌上擺滿著各式各樣的口紅，大部分都有著亮晶晶的外殼。

這時，萊特忽然注意到柯羅床柱上的烏鴉圖騰，他轉身，衣櫃就在床的正前方，然而衣櫃的門已經被拆掉了。

似曾相識。

萊特想起他之前陷入柯羅的夢境時，他們來到的也是這個房間，而他當時躲藏的，則是門被拆掉前的衣櫃。

房間是真實存在的。

萊特緩緩地坐到柯羅的床上，他不禁開始猜想，難不成那不只是夢，而是真實的記憶？

如果是這樣，問題就來了——哪一個才是柯羅真實的記憶？蝕反芻前的那個，還是反芻後的那個？

「我喜歡的那個萊特。」柯羅開口打斷萊特的臆想。

「嗯？」萊特應聲，他回頭，柯羅正陷在他的髒衣服流沙堆中，幾乎要被淹沒。

「我有幫到你的忙嗎？」柯羅連打了幾個呵欠，問道。

「當然有，謝謝你。」萊特有些心不在焉地回答，他不斷地想起躲在衣櫃裡看到的那些畫面。

「太好了。」柯羅笑了笑，「如果我做得很好，你可以唱歌給我聽嗎？像媽咪唱的那樣。」

「怎麼唱？」

「睡吧寶貝，在我的懷裡睡吧……」柯羅哼出一段曲子，愛麗絲的搖籃曲讓他哼得不成曲調，「睡吧寶貝，睡得安穩又安詳……媽咪會抱著你，媽咪會陪著你，媽咪會……」

柯羅停下哼歌，隨後深深地嘆了口氣。

「不要唱歌，一直說話也可以，只要能讓牠安靜一點……」

「讓誰？」萊特看著柯羅閉上眼睛。

「我肚子裡的東西。」柯羅摸著自己的腹部，然後他不再說話，呼吸逐漸變得均勻。

萊特歪了歪腦袋，他輕輕地拉開柯羅的手，解開他的馬甲和襯衫鈕釦。

柯羅袒露的腹部一片平坦，表面看上去什麼也沒有。

你在跟誰說話？

閉嘴。

讓我想想他的名字叫什麼……啊啊，對了，是萊特，還是你最喜歡的萊特，是嗎？

閉嘴！

什麼時候也讓我見見他呢？柯羅——我餓了。

閉嘴！閉嘴！

「我叫你閉嘴！」柯羅是在自己的怒吼聲中醒來的。

他喘息著，在憤怒的情緒中浸淫了好幾秒才回神。

柯羅望了望四周，不知何時，他竟回到了自己的房間。

柯羅的記憶還停留在去威廉辦公室的路上，他仔細回想，只記得自己和威廉吵了一架，也和榭汀吵了一架，然後那個紅髮的矮子教士把他放倒在地，萊特那個王八蛋又往他臉上倒了什麼聞起來有胭脂香味的東西，接下來……

接下來呢？

柯羅的記憶斷片在這裡，他勉強能夠記起來的，只有一片粉紅色幻霧，以及從角落跳出來的獨角獸，那隻獨角獸很愛說話，還順道開車載他回家，說要搬進他家住什麼的……

柯羅瞇起眼，他甩了甩頭，發現自己正躺在乾淨整齊的大床上，他亂丟的衣服被摺疊好收進沒有門的衣櫃，窗簾也被全數拉開，陽光透進深色系的房間內，空氣中瀰漫著一股剛曬好的衣服香味。

「搞什……」柯羅發現自己被換上了乾淨的睡衣，而在他夢裡，獨角獸也確實好心地替他換上了睡衣沒錯。

他到底是被什麼樣的變態纏上了？

「你醒啦？」這時萊特拎著柯羅的西裝和領帶從外頭走進來，他臉上掛著微笑，一手端著煎好的鬆餅和培根。

變態獨角獸先生出現了。

「為、為什麼你會在這裡？誰准你隨便闖進別人家的！」

「教廷啊！我的同居申請通過了。」萊特放下手上的東西，從口袋裡掏出一張來自教廷的公文，然後直直貼到柯羅臉上。

公文上面寫著——**獲准萊特．蕭伍德就近監護夜鴉柯羅**。

一個大大的獅與鷹的圓形圖騰就蓋在上頭。

「誰管教廷同不同意啊！」柯羅打掉那張紙。

「不過事實上，是你帶我回來的，記得嗎？」萊特說。

「……」

柯羅確實記得他邀請了誰回家，但在他印象裡，他邀請回家的可不是萊特，而是一隻毛色亮晶晶的獨角獸。

「總之別計較這麼多了，我幫你整理了房間，燙好了襯衫和領帶，還替你煮了早餐……快吃吧！」萊特得意地將自己在廚房忙碌的成果端到柯羅面前。

柯羅看著大腿上那盤厚實的鬆餅和培根，正準備發火，一群烏鴉嘰嘰呱呱地落在窗戶旁，牠們聚集在一起，像在嬉鬧和大笑。

「滾開！我現在手邊沒有……」柯羅對著烏鴉們大吼，卻發現烏鴉們似乎不想理會他，牠們在看到萊特後，刻意用喙敲了敲窗戶，然後又飛開，連續好幾隻都如此。

柯羅一愣，他困惑地皺起眉頭，看向正在和烏鴉揮手致意的萊特。

「那群流氓在跟你道謝，為什麼？」

「牠們今天早上飛進宅邸，不停地往你鞋子裡丟尖銳的小石頭。」萊特說。

聞言，柯羅翻了翻白眼，「那群王八蛋，我請牠們幫了點小忙，還沒來得及給報酬，牠們才會幹這種鳥事。」

「我想也是。」萊特說。

榭汀提過，他和丹鹿去調查帕瑪的案子時，有群烏鴉一直跟著他們，而本來不應該知道他們在調查什麼的柯羅卻在沒人通知的情況下，忽然得知訊息……兩者連結一下，就能猜到柯羅八成是買通烏鴉們當眼線，卻沒有給予牠們適當的報酬。

「你做了什麼？牠們平常不弄破幾個花瓶是不會走的。」柯羅問。

「我給了牠們幾個金幣。」那是萊特從暹因那裡偷來的，「還給了牠們幾撮頭髮。」他甩了甩自己那頭秀髮。

柯羅不知道該說什麼。

「牠們甚至幫我處理了一些家務事呢！」萊特一臉天真爛漫。

金髮男人一邊唱著歌一邊曬著衣服，烏鴉還在旁邊幫忙啣著被角的畫面就這麼一鼓作氣地塞進柯羅的腦海裡。

就如同萊特說過的，他就是他媽的迪士尼公主。

「你怎麼可以擅自……」

柯羅又要發難，但萊特再度打斷他，他斜躺在床上，好像他是來柯羅家過夜的死黨什麼的。

「聽著，柯羅，生氣不能解決問題。這樣吧，我們來談條件。」

「什麼？」

「你乖乖地把早餐吃完，我就不搬進——」

「好，成交。」

「——你的房間，我會去睡隔壁客房。」萊特把話說完。

「你本來打算直接睡到我床上嗎！」

萊特露出一個「這不是很明顯嗎」的表情，還指了指衣櫃，他本來可是在柯羅的衣櫃裡空出了一個萊特區。

「同意嗎？不然我就搬進來，現在立刻。」

他們僵持了一下下。

「你的內衣褲裡會混雜著我的內衣褲。」萊特又說。

顯然邀請了獨角獸先生住進家裡，就不能再反悔了，只能設立停損點。於是柯羅埋頭吃起萊特準備的早餐。

「很好。」萊特滿意地點點頭。

「不要以為我已經不在意你們瞞著我辦案的事，你也是共犯之一，我還是會找你算帳。」柯羅嘴裡塞滿鬆餅。

看樣子柯羅很喜歡他的廚藝，萊特笑露了一排牙齒。

「關於這點，我冒著禿頭的危險幫你付了烏鴉的報酬，算扯平了吧？」

「你、你……」

「我、我……好好吃你的東西，小心噎到，不然我很樂意幫你做哈姆立克法或人工呼吸。」

於是柯羅再度沉默，即便他氣到連耳根子都紅了。

看著專心吃著他準備的早餐的柯羅，萊特再度提出條件：「柯羅，早上我收到鹿學長的消息，他說約書那邊還是不希望你參與這個案件……」

「什麼！」

「先讓我把話說完。」萊特說，「我知道你因為私人因素很想關心這個案件，所以……假設你能答應我，控制你的脾氣，好好跟我合作，我就去向約書申請，讓我們一起參與調查這次的案件。」

柯羅緊緊握著刀叉，盯著萊特。

「如果順利，你就不需要白費力氣去吵去鬧，他們也不需要花時間拒絕你，雙贏局面，你覺得如何？」萊特笑咪咪地從柯羅盤子裡偷走一條培根。

在萊特細細地啃完那條培根之後，柯羅才開口說話：「條件，不准和我稱兄道弟。」

「好。」

「還有，我……」

「好好，你高興或不爽的時候都可以喊我王八蛋。」

柯羅一臉古怪地看著萊特，獨角獸教士好像能讀心一樣，總能猜到別人在想什麼。

「成交嗎？」

「成交，王八蛋。」

柯羅拍開了萊特伸過來的手。

CHAPTER 5

雪松鎮

帕瑪．艾許的死亡，就像白鴉樹謀殺案的翻版。

自白鴉樹謀殺案後已經過了好幾年，期間各地都陸陸續續有類似案件發生，大部分的案件已經被證實是單純的謀殺案，凶手只是想故布疑陣，或仿效當年的犯案手法，然而最後都因為手法過於拙劣，讓警方輕而易舉地破案了。

然而有幾個案例很奇怪，怎麼查都查不出所以然。

有句相當有名的俗諺是這麼說的——找不出原因的壞事，就是壞女巫們做的好事。

因此大部分的陰謀論者深信，像白鴉樹謀殺案這種找不到線索的懸案，凶手通常是某個不知名的女巫或男巫，而他們在各地遊蕩，準備用他們邪惡的巫術繼續謀害無辜的黑髮少女們。

只是這些女巫和男巫們的動機為何，沒有人知曉。

而帕瑪．艾許的死亡，恰好就是找不出原因的那種壞事。

柯羅一臉不爽地盯著車窗，窗外一片昏暗，太陽藏在烏雲底下，路旁全是幾層樓高的雪松樹，氣候又冷又濕，就算突然有吸血鬼從樹叢中跑出來好像都不奇怪。

路邊一閃而過的路牌大大地寫著——

歡迎來到雪松鎮

人口數 7613

這裡是雪松鎮，帕瑪．艾許出生、居住及死亡的小鎮。

「這裡讓我想起某部吸血鬼和狼人爭奪女主角的愛情小說。」萊特在一旁喋喋不休地說著，彷彿有說不完的話。

「我知道那部小說，她應該跟狼人在一起的，狗狗們多笨多可愛，她可以跟他一起在狗窩裡互相幫對方抓跳蚤。」好不容易，坐在副駕駛座上的榭汀回應了他，貓先生今天很有聊天的興致。

於是兩人互看一眼，隨後熱烈地討論起女主角應該跟誰在一起。

丹鹿深呼吸著，試圖忽略那些沒營養的少女話題，但這時他椅背後方又開始震動，某個人一路上都報復性地不停踹著他的椅背。

——到底是哪個王八蛋決定帶柯羅一起來的？

丹鹿從後照鏡看了眼一臉不爽地的柯羅，又看了眼正在和榭汀大肆爭論女孩該選吸血鬼還是狼人的萊特，他希望車上這群傢伙能停下手邊的事，把頭伸出車外吹點風，這樣或許他能藉由讓他們撞到路邊的樹啊電線桿啊或是大卡車之類的，來換取一陣寧靜。

「今天決定不再做遊民打扮，終於開始像個小紳士了嗎？柯羅。」

不知道什麼時候，榭汀的話題跑到柯羅身上。

柯羅今天穿得特別整齊，領子和襯衫被燙過了，領帶也好好地繫在頸子上，連一頭黑髮好像都特別梳過似的。

「閉上你的貓嘴，吃老鼠屎去吧！」柯羅又踢了前座一腳，丹鹿在位子上顛簸。

「吃了老鼠屎的不知道是誰呢？嘴這麼髒。」榭汀微笑。

從愛麗絲的搖籃曲清醒後，柯羅對榭汀的態度丕變，那個拉著榭汀說要一起玩的柯羅消失得無影無蹤，現在的他對榭汀充滿敵意。

看著他們一來一往地互罵，萊特很困惑，貓先生和小烏鴉不知道發生過什麼事。他忍不住在逐漸變得苛薄尖酸的爭執中插嘴：「不可能，我有監督他刷牙和洗澡。你都不知道，給柯羅洗澡就跟給貓洗澡一樣困難，貓還不用脫衣服，也不會隨便罵人是沒屁眼的王八蛋……我花了很大的工夫才把他整理乾淨。」

「哈……」榭汀又看向柯羅，「你都長這麼大了還要別人幫你洗澡？」

「誰准你亂說話了！」柯羅一下子氣到紅了耳根子，撲到萊特身上就要給對方一頓胖揍。

小轎車一路搖搖晃晃地前進，直到丹鹿終於爆發為止。

「再吵，就統統給我下車去吃老鼠屎！」

好，重新來過。

在威廉那邊喚醒死者獲取線索的計畫失敗後，四人只能先回到當初榭汀和鹿學長找到帕瑪頭顱的地點調查。

這裡是雪松鎮，帕瑪．艾許出生、居住與死亡的小鎮，位於靈郡附近郊區，過去以盛產雪松和伐木業聞名。

鎮上最大的伐木場旁有一片十分密集的雪松林，因為雪松鎮時常起霧和下雨的關係，天空一天到晚都是陰沉沉的，那片雪松林上方總是瀰漫著霧氣，看上去陰冷又鬱鬱寡歡，當地人又將之稱為「憂鬱林」。

當地人在憂鬱林起大霧時不會隨便進入這片森林，因為這片森林一路綿延到山區，一不小心迷失在霧裡，有可能一路往山區上走，最後繞著死胡同打轉，冷死或餓死在山上。

「……然而不知道為什麼，十七歲的帕瑪．艾許卻選擇在起大霧那天，獨自走進憂鬱林內……啊，前面就是憂鬱林了，請小心腳步。」萊特像在說故事一樣，把案件重新解釋給大家聽。

「拜託！你可以閉嘴嗎？我自己有眼睛我自己會看案件內容！」柯羅額頭上的青筋要炸開了，他手上有紙本資料可以看，偏偏萊特就愛在旁邊當旁白，嘰哩呱啦說個沒完。

「我只是怕你跌倒。」萊特一臉委屈的小媳婦樣。

「你怎麼能夠忍受跟他一起生活這麼久？」榭汀一臉好奇地問丹鹿。

「因為不照顧他就會被我爸打死，基於生存本能，和他相處並不是這麼困難。」丹鹿半真半假地說著，隨後他對前面帶路的老巡警說道，「不用管他們，您繼續說您的。」

到達雪松鎮後，鎮上的老巡警被派出來接待這群教士和男巫。老巡警就是那種典型的小鎮警長，臨屆退休年紀，但全鎮的大小事都需要他來處理，於是蓄著一臉鬍子的他滿臉倦意，除了大大的啤酒肚外可能還有高血壓和脂肪肝。

老巡警聳聳肩，無奈地笑了，「另一個教士先生都說完了，看您接下來想問什麼吧？」

「在帕瑪．艾許之前，還有其他類似案件發生對嗎？」

「對，在帕瑪．艾許之前，類似事件也曾發生在另外兩名女性身上，一個是伐木場附近的獨居女性金柏莉、一個是鎮上學校的祕書小姐婷娜．布菲……」

這三個人都有同樣的特徵，黑色的大波浪捲髮，這點和白鴉樹謀殺案一樣。

「有在其他人嘴裡發現任何東西嗎？」柯羅插嘴，他又露出那種戒備又焦慮的神情，「像是石頭或什麼的。」

巡警看了丹鹿一眼，丹鹿無奈地點點頭，巡警才說：「靈郡那邊的刑警也來調查過，第一眼就看她們嘴裡有沒有東西，不過什麼都沒發現。」

柯羅的神情這才稍微放鬆了點。

「怎麼不一開始就通知教廷？」榭汀問，他站在一棵高大的雪松樹下往上頭看。

「一開始我們以為只是普通的意外，獨居的金柏莉腦袋有點……」巡警用兩根手指在太陽穴上轉了轉，一臉無奈，「她是那種在家裡養了一堆貓又不照顧的問題人物，大部分時間都在胡言亂語，也時常會在鎮上遊蕩，所以當她失蹤，最後又在憂鬱林裡被發現時，沒有人感到太意外。」

「但她只剩一顆頭……」萊特說。

「憂鬱林再過去點就是整片的森林了，森林裡什麼東西都有，郊狼、野狼群、棕熊、野獸什麼的，起初我們以為她只是在森林裡迷路時遇到野熊，被攻擊、吃到只剩下一顆頭，最後不知道什麼原因，頭顱卡在樹上……憂鬱林裡以前也常發生類似事情，只是通常找得到全屍就是了。」

巡警抹了把額頭，樹枝上的水氣不停往他們頭上滴。

「畢竟白鴉樹謀殺案是發生在市區的事，而且那些男巫和女巫們除非必要，不然不會往我們這種小鎮上跑。」

鄉下人對女巫一族有種觀感，認為愛時髦的他們不會往郊區小鎮跑。

事實似乎也是如此。

「市區裡常發生的怪事通常跟雪松鎮這種小地方沾不上邊，所以當時我們沒人聯想到這兩件事有關係……直到後來婷娜．布菲也失蹤了，我們才開始覺得不對勁。」

柯羅快速地翻起案件資料，除了受害者都是黑捲髮的女性外，發生在雪松鎮上的事件和白鴉樹謀殺案還有幾個共通點……

「那一陣子鎮上的人常討論憂鬱林裡的霧變得特別古怪，不像往常一樣瀰漫整片森林，而是像雲一樣壓在樹上，如果你在樹下，視野是清楚的，然而一旦往樹上看，就會發現樹頂一片白，什麼也看不到。

「接著我們開始接到鎮上的居民報案，說有女人一天到晚在樹上唱歌，非常擾人。」老巡警嘆息，「我們派人出來找啦！但怎麼找就是找不到他們說的女人，我們剛開始認為只是有貓跑去樹上下不來，所以才叫了一整天，然後……」

「然後開始下起大雨，隔天霧散了，難得地出了太陽，你們忽然就找到『樹上唱歌的女人』？」丹鹿接話。

老巡警看了他一眼，點點頭，「對，但也只有頭而已。金柏莉、婷娜．布菲、帕瑪．艾許三個人都是同樣的流程，而且有件事很詭異……你們自己看過報告，應該也看過驗屍照片了，靈郡那邊派來的法醫說，金柏莉和婷娜．布菲的頭都像被人捏著掰下來一樣，我想帕瑪．艾許應該也是相同情況。」

發生在雪松鎮上的命案和白鴉樹謀殺案的相關過程幾乎如出一轍，但仍然有幾點細微的差異。

除了雪松鎮上的三位女性被害者嘴裡沒有發現何東西外，她們的死亡方式也有些微的不同。

白鴉樹謀殺案中，三位女性的頭顱傷口切痕乾淨，像被銳利的刀快速切過，但雪松鎮三位女性的命案，經法醫驗屍後，得到的答案卻是——彷彿有個巨人，用他巨大的食指和拇指捏著她們的腦門，像摘洋娃娃的頭一樣摘下她們的腦袋，直到頭被摘下的那一刻她們都還是活著的，然而沒有一個人的臉上露出痛苦表情。

「如果要說這是一般人幹的謀殺案，似乎說不太過去。」巡警聳聳肩。

「有任何人在憂鬱林起霧時看到過什麼奇怪的東西嗎？」丹鹿問。

「或是奇怪的人，一個高個頭、黑髮、紅眼珠、脖子上有燒傷的男人？」柯羅忽然插話，他話裡描述的男人除了個頭和燒傷外，幾乎是在描述他自己。

榭汀看了柯羅一眼。

「呃……聽著，雖然我們只是個小鎮，但鎮上好歹也有六、七千人，來來去去的外地人也多，可能有一堆人符合你描述的長相。」

「紅眼珠只有女巫們才有！仔細想想！」柯羅往前站了出去，在他要拽上巡警的制服前，萊特擋住了他。

「別忘了你答應我什麼。」萊特小聲地在柯羅耳邊說道。

雪松鎮的事件是丹鹿和榭汀的案子，他們充其量只是來幫忙而已，柯羅和萊特約定好了，不鬧事、不擅自妄為，他才被允許一同調查案件。

柯羅瞪了萊特一眼，沒有再多說什麼。

「總之，我並沒有聽到居民提起過這樣特徵的男人，但說到奇怪的事，伐木場的工人確實說過他們在起霧時常常看到憂鬱林裡有奇怪的現象……學生之間最近好像也流行著一些和憂鬱林有關的城市傳說。」巡警說。

「是都市傳說。」萊特咳了一聲，他就是管不住他的嘴。

巡警白了萊特一眼，他說：「他們說，憂鬱林內有個飄浮的巨人。」

「飄浮的巨人？」

「也可能只是胡說八道，畢竟常有年輕人跑進憂鬱林嗑藥之類的，巨人什麼的或許只是幻覺……」老巡警聳聳肩，「這種怪力亂神的事就不是我們負責的範圍了，所以資料上不會記載太多。如果需要詳細訊息，恐怕要請教士們自己想辦法處理。」

「這是當然的，接下來我們會接手。」丹鹿說。

老巡警的無線電正好在這時叫了起來，內容大概是通報鎮上的酒吧有人打架之類的，需要他去處理。

「雖然好像發生了很嚴重的大事，但日子還是要過下去。」老巡警感嘆了聲，伸手和丹鹿握手致意，「抱歉我必須先離開一趟了，需要幫忙的話請隨時開口。」

「謝謝。」

「啊，另外……」本來準備離去的老巡警忽然折回，他詢問，「請問您帶帕瑪回去之後有什麼發現嗎？」

聞言，榭汀深深地嘆了口氣，丹鹿和萊特則是互看了一眼。

「沒有太大的進展，不過我們已經帶她回來了，等等會去慰問她的家屬，請別擔心。」丹鹿回答。

「太好了，帕瑪的父母確實需要安慰，或許你們還能替他們祈禱什麼的。」巡警說，他看上去寬心多了，「最後能讓他們再見上一面也好。」

萊特想起帕瑪復活時的請求，這讓他不禁想，如果當初帕瑪的復活用在和她的父母見面會不會比較好？

萊特看向當初直接面對帕瑪請求的榭汀，對方微笑著，彷彿任何事都不曾發生過。

「這棵就是我們找到帕瑪時的樹了。」待巡警離開後，丹鹿對著萊特說，他敲了敲他們面前那棵高聳的雪松樹，警方的封鎖線還圍在四周。

「這看起來不像是一般人能隨便爬上去的樹。」萊特盯著樹上看，一片黑鴉鴉的。

「想去看他們發現金柏莉和婷娜．布菲的樹嗎？可比這棵高更多了。」丹鹿又說。

柯羅一個人獨自在樹旁邊打轉，時而盯著天上，時而盯著地上。

「在白鴉樹謀殺案發生後，和雪松鎮事發前的這段期間，還有幾件類似的案件？」萊特問。

「無解的嗎？這幾年來大概陸陸續續有五、六件，不過都分散在不同地方，所以沒有引起太大的注意。」丹鹿說。

別的案件與雪松鎮的案件比較相似，受害者的嘴裡都沒有東西，她們的頭都像是被扭下來的。

「這感覺上就像是……」

「就像是兇手在四處遊蕩後，最後決定在雪松鎮舒服地住下來。」柯羅接著萊特的話說下去，他背對著他們，死死瞪著某棵雪松樹看。

「既然這樣，不管那是什麼，我們都可以推斷造成帕瑪她們死亡的原因可能就在這片森林裡。」丹鹿看向榭汀，試探性地詢問，「你們有任何辦法能夠找出那個原因嗎？」

「現在？小老鼠，我們可是男巫，不是搜尋犬。」榭汀皺了皺眉，他揙揙手，「再說啦！從過往的文件紀錄來看，那個『不管是什麼的東西』只會在起霧時出現，現在視野可是好得很，我不認為那東西會輕易出現……最好的時機點，還是要等再次起霧。」

「所以在起霧之前……」

「我們幾個要先困在這個小鎮裡一段時間了。」榭汀說。

「呃呃呃呃……」在萊特露出那種「我好興奮我好興奮啊」的表情前，丹鹿率先發出胃痛的聲音。

帕瑪．艾許的媽媽緊抱著榆木盒，哭得忘我。

看來即便教廷用了最好的木材，請了工匠技術一流的銜蛇男巫做出外觀神聖又莊嚴的榆木盒來暫時容納帕瑪的頭顱，都不能減低一絲一毫她的家屬在看到她時的哀傷。

丹鹿盡全力給予祝禱和安慰，但他想或許帕瑪的家屬需要的只是時間而已。畢竟誰能想到，自己的女兒不過是出門上學，竟然就無端消失，好不容易找回來，卻是以這種方式……

「謝謝您，教士先生，希望您能盡快找出原因，至少找到她的身體也好。」艾許先生紅著眼眶，勉強打起精神和丹鹿握手致謝，最後送他到門口，才又失落地進屋安慰老婆。

丹鹿活動一下肩頸，然而抱著帕瑪的沉重感仍隱約存留著。

榭汀就坐在帕瑪家前院花園裡的搖椅上，喝著帕瑪家送上的茶。

教士將帕瑪送進家門時，男巫很識相地沒有跟進去。

「處理完了嗎？」榭汀問，他拍了拍在他腳邊磨蹭的小黑貓的屁股，將牠請走，他的教士才肯稍微靠近他一點。

「又想叫你的小貓們去做什麼苦差事嗎？」丹鹿忍不住酸了對方一下。

「才沒有。」榭汀敷衍。

「我這邊結束了。」丹鹿說，他盯著榭汀看。

「好，接下來呢？跟小鑽石他們會合，還是往下一個地方去？」榭汀托著下巴，不避諱丹鹿直視的目光。

在憂鬱林毫無所獲後，他們只能土法煉鋼地從帕瑪生活周遭查起。丹鹿將萊特和柯羅派去伐木場探訪那些伐木工，自己則和榭汀一起護送帕瑪回家。

「帕瑪的事難道一點也不影響你嗎？」丹鹿問，他在榭汀對面坐了下來。

「為什麼這件事要影響我？」榭汀露出困惑的表情。

「你都沒有感受到一點罪惡、傷心、不捨或難過？真的？一點都沒有？」

「為什麼在意這種小事呢？」榭汀又問。

「督導教士也需要評估男巫的心理狀態，如果有什麼困難，我們才能適時地給予幫助。」丹鹿一臉認真地說。

「你擔心我其實心靈受了創傷只是沒表現出來？」榭汀笑出聲來。

丹鹿的說法是非常典型的獅派作風，如果要榭汀來形容，就是所謂的天真爛漫吧。

「有些人會這樣，雖然一開始沒表現出來，但其實……」

「喔！別擔心，小老鼠，我絕不是你說的那種情形，我想我只是……」榭汀想了想，彷彿在尋找正確的用詞，「缺乏情感而已。」

「是嗎？」丹鹿挑眉。

看上去是問不出個所以然來了。

丹鹿嘆息，心想榭汀大概只是不願意和他坦白心事而已，他拍拍屁股起身，碎碎念道：「是能缺乏去哪裡啊……」

「我想是被吃了吧？」榭汀也隨口回應。

丹鹿白了榭汀一眼，對他伸出手，「就別繼續胡說八道了，快起來，我們還要去下一個地方呢。」

一隻渡鴉停在柯羅頭頂的雪松樹上，牠盯著柯羅，柯羅也盯著牠，幾秒鐘後，柯羅伸出手指往樹上一彈，轟的一聲，一道亮光像閃電一樣沿著樹幹往上竄，在茂密的枝葉間炸出一絲一絲的亮光，彷彿閃電在樹幹裡爆炸。

被閃光嚇到的渡鴉發出尖銳的叫聲，牠撲騰地拍著翅膀飛離，原本停留在樹上的其他小動物也紛紛逃竄，直到森林再度恢復平靜。

「柯羅，別欺負小動物。」萊特斥責了聲，他張開手臂，正氣凜然，「要就衝著我來！」

「你有病啊！」柯羅忍不住吼他。

「別這樣嘛，我也想試試啊，那是閃電的光嗎？會痛嗎？如果你往我身上彈的話，我的內臟會發光嗎？」萊特像個興奮的小女生似地躍躍欲試。

「我才不要往你身上彈任何東西！」柯羅崩潰。

「你就可以往小動物身上彈嗎？」萊特生氣。

「那只是一隻該死的渡鴉！世界上除了烏鴉之外最讓人厭惡的一種生物，牠們奸詐又狡猾，你永遠不知道牠是不是誰派來監視你的。」柯羅一臉憎惡。

「誰會監視你呢？」萊特又問。

柯羅卻安靜了下來，他含糊地說道：「總會有不懷好意的人……」他邊說邊走，似乎不想給萊特機會深究。

萊特瞇起眼，自己渾身上下的細胞都在叫他問柯羅關於他兄長的事，但一方面他又覺得應該給柯羅點時間，等到他願意談的時候再說……

強烈的好奇心不停蠱惑著萊特開口，就在他差點忍不住問出來時，他們穿出了憂鬱林，來到了目的地——伐木場。

伐木場占地廣大，幾百根雪松木堆疊在廣場上，等著被送進都市當聖誕樹用。伐木工人們來來去去，整個伐木場內充滿一股陽剛的雄性氣味。

萊特可以感覺到柯羅整個人緊繃了起來。

「你要待在這裡嗎？我去問就好。」萊特問。

面對人群，柯羅都會呈現一種戒備狀態，這點萊特在甜湖鎮上已經有十分深刻的體會了。

不過這不能完全怪罪於他，保守小鎮對於男巫有多麼歧視和不尊重，這點萊特在甜湖鎮也體會過了。

雪松鎮不像甜湖鎮一樣民風這麼保守，但要說有多開放，這點誰也不能確定。

「不，我要跟著去。」柯羅搖頭，「我才不想每次都被當成家犬一樣在外面等你。」

「我沒有這麼想，我只是不希望你被無禮地對待。」萊特急著澄清，耳根子都紅了。

「隨便啦！我無所謂。」柯羅避開萊特的視線。

「那你能保證你會乖？」萊特問，「不能像上次在甜湖鎮一樣，被逼急了就隨便威脅要偷人家的小雞雞。」

「那才不是我做的！明明就是你這王八蛋！」

柯羅一陣怒吼，卻讓萊特捧著肚子笑得開懷。

「好啦！開個玩笑而已。」萊特拍了拍柯羅的肩膀，對他擠眉弄眼。

柯羅不爽地皺著一張臉，卻沒有像之前一樣嚷嚷著舉拳頭要揍萊特，他只是看著萊特，有種不知所措的窘迫感。萊特就好像一隻纏人的大型犬，怎麼趕也趕不走。

「那我們走吧。不用擔心太多，也許只是我們對這些蓄著鬍子的壯漢有某種刻板印象而已，說不定他們人很好啊！我感覺他們人一定很好，我的直覺向來很準的！」

萊特對柯羅招招手，要他跟上來。

見鬼的刻板印象！

「所以……男巫有蛋蛋嗎？」一個工人倚在他們砍下的雪松樹上，一臉嘲諷地和他的同事討論著，話題在柯羅身上打轉。

萊特都忘了，自己的好運和神準的直覺，一旦碰上柯羅，就會形成一場好運與壞運的角逐戰。

「老兄，他們是男巫，當然還是有蛋蛋的！又不是當男巫就需要閹割。」

「但是你看看他，穿得像個娘炮一樣，還擦著指甲油！」

萊特聽著工人們圍在那裡不停討論那些跟男巫們有關的不實謠言和刻板印象，彷彿柯羅不在場，或只是一個聽不懂人話的小動物一樣。

世人對男巫們的偏見就是如此，他們認為男巫是臣服於女巫之下的懦弱男性，同時邪惡又狡猾。尤其是喜歡宣揚自己多有男子氣概的「那種」男性，他們認為男巫不夠「男人」。

萊特有點惱怒地紅了耳根，他看了眼站在他身後的柯羅，對方雙手抱胸，眉頭緊皺，額前青筋直跳，但他守著對萊特的承諾，除了沉默外並沒有其他動作。

「那天我們負責將憂鬱林裡砍下的樹木運回工廠，結果運到一半，天上忽然起了大霧！」年輕的黑髮工人站在萊特面前，手腳並用地解釋著他和其他同事們看到的奇怪現象。

萊特的好運並沒有完全趨於弱勢，他們還是遇到了對男巫比較沒有偏見且熱情的年輕工人。

「哇喔！你不知道有多酷，霧就像雲一樣飄了進來，盤據在樹上，那種感覺就好像……你要是在這時間爬到樹上，就會被大霧吃掉，再也爬不下樹了！你懂嗎？老兄！」萊特被對方用拳頭在肩膀上輕輕地揮了一拳。

好吧，或許有點太熱情了。

「你們有在霧裡看到什麼奇怪的人嗎？」萊特看了柯羅一眼，他知道柯羅想問這個，「像是黑髮紅眼高個子、脖子上有燒傷的男人。」

「男人？我不知道那算不算。」年輕的工人聳聳肩，「通常只要來大霧，我們就會停下在憂鬱林裡的工作，那天霧一來，我們就決定把木材運回工廠後停工。這種霧很奇怪，通常你的視野會不錯，但一往天上看就什麼也看不到，我們常常會討論霧裡有什麼東西。

「結果那天不知道是不是我們逗留太久，原本凝聚在樹上的霧忽然往下飄了一點，就像積雪掉落那樣，結果我們往上一看，霧裡竟然出現幾個人影坐在樹上。」

「有看到長相嗎？」萊特問。

「沒有，霧太濃了，我們只看到腳。那幾個人光著腳，但腳很髒，好像光著腳在地上走了一段時間才爬上去的。」年輕工人說，他想了想，然後搖搖頭，「而且我覺得那不是男人，因為從腳的大小來看，像是女人的腳。」

「女人？」

「對啊，我們一直在想，說不定我們當時看到的是失蹤的女人們也說不定。當我們要過去看看那些人是不是要幫忙的時候，霧又往下掉了一些，天空忽然飛了一個影子過去。」年輕工人用手掌模擬著飛翔的動作。

「飛過去嗎？」萊特和柯羅對看了一眼。

「對啊，飛過去……雖然用飄浮過去來形容可能比較好。」年輕工人說，「這次的影子看起來就像個男人了，而且是個巨大的男人，可能比一頭熊還大。」

「後來呢？」

「後來那個人影就在霧裡滑過去，我們一回神，坐在樹上的影子都不見了，我們嚇得死命跑回工廠！」

年輕工人戲劇性地說著他們當時餘悸猶存的心情，但是一個紙團打到了他的頭上，那些群聚在一起討論柯羅的工人開始嬉鬧，「你確定你們當時不是喝多了嗎？」

「我、我們是喝了一點沒錯，但應該沒有醉到集體幻覺。」年輕工人看著萊特聳肩。

「這件事以前也發生過嗎？」萊特試圖忽視其他工人的胡鬧，繼續問道。

但或許是這樣的退讓反而引來他們的得寸進尺，那些工人轟轟鬧鬧地走過來，讓柯羅的臉又更臭了。

「忍著點，問完我們就走。」萊特小聲在柯羅耳邊說道，柯羅沉默著不說話。一個光頭蓄鬍的工人走來，擠掉年輕工人的位子，他就是剛剛和其他人開柯羅玩笑的人。

「不，這種怪事以前沒怎麼發生，畢竟以前我們鎮上的女人規矩比較好，她們都知道平常應該把她們的頭髮盤起來，或是藏在頭巾裡，而不是露在外頭賣弄風騷。」光頭工人的視線不客氣地在柯羅身上打量。

「我想這跟她們露不露頭髮沒有關係。」萊特刻意擋在柯羅前方。

「怎麼會沒有關係？你怎麼知道霧裡的是什麼，說不定是個愛在霧裡搞怪的巨大男人，專門挑花俏的女人下手。」光頭的工人又說，「現在時代不一樣了，女人們從都市裡學壞回來，整天打扮得花枝招展，就像從前那個老愛在電視上拋頭露面的黑色瘋婆娘達莉……」

萊特要阻止柯羅時已經來不及了，當光頭工人一提到達莉亞，柯羅立刻伸手往對方身上彈了什麼。

一道光像閃電一樣竄進對方身體裡，白紫色的光芒沿著工人的皮膚和血管在他的四肢竄開。

現在萊特知道了，柯羅的光如果射進身體裡，內臟確實會發光。

「啊！」工人慘叫一聲，他身旁的人全都退了開來。

「柯羅！」萊特著急地喊。

然而當那一閃即逝的光芒消失，工人依舊好好地站在原地，完好無缺，他盯著自己的雙手雙腳，確認沒有哪裡燒焦。

夜鴉男巫的巫術向來沒什麼殺傷力。

柯羅發出笑聲，「只是電池漏電的程度而已，也能讓你嚇得像個小女……」

沒等柯羅把話還沒說完，光頭工人氣得一拳直接打在柯羅的臉上。

柯羅痛呼一聲，摀著鼻子彎下腰來，鼻血流了滿手。

「柯羅！」

看到柯羅濺血，萊特反射性地挺起腰，做了一件教士不怎麼該做的事。

萊特握拳朝工人臉上也揍了一拳。

伴隨著清亮的拳頭聲，工廠內的燈光頓時戲劇性地全部暗下。

CHAPTER 6

維納斯的愛語

丹鹿忽然感到一陣毛骨悚然，他看了看周遭，什麼事都沒有發生。

別緊張，案件會順利解決，萊特是大人了，會負起責任好好監督他的男巫，他們不會鬧事的……等等，他們會不會在森林裡迷路然後餓死啊？當初是不是不該分開行動……

此刻丹鹿的內心充滿上百種焦慮，他甚至開始擔憂萊特帶著柯羅過馬路會不會被車撞。

「不，妳們就算趁夜爬進黑萊塔也找不到我的，我們住在自己家裡，又不是住在黑萊塔內，為什麼大家都有這種刻板印象呢？」榭汀笑出聲來。

校園的走廊上，狩貓男巫正被一群女中學生團團包圍。

雪松鎮當地居民組成單純，大部分是攜家帶眷從外地遷移進來的上班族，或是當地藍領階級的原住民，所以鎮內也建了幾所學校，其中一所就座落在憂鬱林附近。

帕瑪．艾許便是就讀這所中學，丹鹿認為他們有必要到學校調查一趟。

只是不知道為什麼，情況就演變成這樣了……

「如果可以，淑女們還是在白天光明正大地從大門進來吧？我隨時歡迎妳們。」榭汀微微一笑，更多女學生圍了上去。

丹鹿環顧四周，女學生們的眼裡都冒出了粉紅色的愛心……哎，等等，為什麼校警和工友先生也在其中？

丹鹿冷眼看著倚在置物櫃上兩個大鬍子和大肚子的男人，他從沒想過中年男子也可以散發出粉紅色的光芒。

丹鹿早有耳聞，帶著男巫去到保守小鎮調查案件並不是件容易的事，因為他們時常會遇到居民對男巫不夠友善這件事，往往會增加調查的難度。

然而榭汀似乎不曾遇過這個困擾，他總是這樣，到哪裡都受歡迎，而且不分男女老幼。

「好，現在有沒有人能告訴我『憂鬱林的飄浮巨人』是什麼？」在逗得年輕淑女們和兩位中年大叔一陣花枝亂顫後，榭汀開始問起他們此行的目的。

「那是一個都市傳說啦！這兩年憂鬱林開始出現一陣怪霧，聽說在那陣霧出現時經過憂鬱林，往上看，就有可能在霧裡看到一個巨大影子飛過頭頂，我們偶爾會好奇跑去看看是不是真的。」一個棕髮的女學生說，她的臉色潮紅，鼻頭上冒著汗水。

「見到飄浮巨人會發生什麼事嗎？」榭汀問。

「發生好運啊！我有朋友見到飄浮巨人後，她爸就買了手表給她。」

「我就見過！」另一個金髮的女同學說，她同樣臉色潮紅鼻頭冒汗。

「妳確定？」丹鹿上前，但被少女撥開了。

「我很確定，我和幾個朋友上個月就去過憂鬱林，因為她們聽到女人在唱歌的聲音，所以我們決定去探險。」金髮女孩用手指捲著她的長髮，調情意味濃厚，「我發誓我真的親眼見到了！天空有個巨人的黑影飛過！」

「之後呢？」榭汀問。

「你也看到啦，我安然無恙，而且之後確實發生了好事，我爸說他接下來會去靈郡工作，我們要搬去都市住！」

丹鹿和榭汀對看了眼，丹鹿繼續問：「妳知道帕瑪．艾許的事嗎？」

「帕瑪．艾許？我知道，她和那個單身的老祕書小姐八成都是想去碰碰運氣，

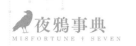

只不過……」

「只不過大家都說，如果妳是黑髮的女人，最好不要嘗試去見憂鬱林的飄浮巨人，這樣會招致厄運，因為巨人最喜歡黑髮的女人，他會把她們直接誘拐進憂鬱林裡，讓她們唱歌，直到她們死亡。」另一個紅髮少女爭著要和榭汀說話，「我想她是被飄浮巨人殺害的吧？」

女孩們像對榭汀陷入了一種狂熱，少女的熱氣使周遭的空氣蒸騰起來。

丹鹿拉了拉領子，口乾舌燥。

「別聽她們胡說，飄浮巨人只是渡鴉群而已，憂鬱林裡渡鴉很多，牠們喜歡集體行動，有時聚在一起從霧裡飛過，看上去會讓人誤以為是人在飛。」工友先生竟然靠了過來，他一樣臉色潮紅，鼻頭冒汗。

「這倒是滿合理的解釋。」榭汀說。

榭汀的同意引起女孩們的不滿，爭風吃醋似的，她們對工友先生說：「那你要怎麼解釋帕瑪．艾許的事？有人看到她在放學回家的路上自己往起霧的憂鬱林走，怎麼喊她都不理。」

「大概是去跟男朋友幽會吧！帕瑪．艾許又不像妳們這群醜八怪！討厭又沒人愛！」工友吼了回去。

場面有點失控，而校警先生從頭到尾就只是站在榭汀身邊盯著他傻笑，完全沒有出手處理這團混亂的意思。

丹鹿雙手環胸，當他發現自己也開始盯著榭汀看，並出現臉紅心跳的症狀時，他終於意識到哪裡不對勁了。

「先生女士們，謝謝你們的配合，但我們還有急事，先走了。」

丹鹿幾乎是用拽的才能將榭汀帶出人群，當他們一出門口，那股蒸騰的熱氣很快便散開，原本還在爭風吃醋的女孩們和工友瞬間冷靜下來。

最後丹鹿只看到他們面面相覷地愣在走廊上。

「你做了什麼？」

走回學校停車場的路上丹鹿惡狠狠地瞪了榭汀一眼，他下意識聞了聞對方身上的味道，湧進肺部的氣味令他不適。

「那是什麼？」丹鹿臉色潮紅，鼻頭冒汗地叫著。

「我叫它——維納斯的愛語。」榭汀倒是大方，他從懷裡掏出一瓶金色的小香水瓶，「這是愛麗絲的搖籃曲的原始版本，只要滴上幾滴，就能讓你變成萬人迷。」

丹鹿看著榭汀手裡的小瓶子，這解釋了為什麼人人都喜愛這位狡猾的貓先生。

「你就不能好好地問事情嗎？」丹鹿遮著鼻子躲得老遠。

「為什麼？這樣不是比較好辦事嗎？」

確實，當丹鹿帶著榭汀進入學校時，校警先生根本沒有攔查他們的意思，只是一直對著榭汀發花痴。

「別擔心，小老鼠，維納斯的藥效退得很快，幾分鐘後你就沒事了，但幾分鐘之後要是你對我還有什麼感覺，就不是我的問題了。」榭汀笑得像隻饜足的貓，那笑容現在在丹鹿眼裡如夢似幻，雖然對於一分鐘之後的他而言，他可能只會想殺榭汀而已。

丹鹿咳了幾聲，清清喉嚨道：「憂鬱林的飄浮巨人，你覺得真有其事嗎？」

「白鴉樹謀殺案並沒有出現什麼巨人。」榭汀捏著下巴，「這點很有趣，我本來以為白鴉樹謀殺案和雪松鎮上的事情是同一人所為……看來事有蹊蹺。」

「你認為白鴉樹謀殺案的嫌疑犯可能是柯羅的兄長……瑞文，對嗎？」丹鹿問，他們私下討論過這個問題。

「不是可能，我認為瑞文就是凶手。」榭汀說。

「假設他是的話，為什麼他要這麼做？」

「他不是都寫在受害者的嘴裡了嗎？他想傳達訊息給柯羅和圖麗。」

「就為了和弟妹說聲我愛你們，所以殺了三個無辜的少女？這不會太……」

「瘋狂？你應該慶幸你還不認識瑞文，沒有被他的恐怖修理過。」

「柯羅的兄長有遺傳到達莉亞的精神疾病嗎？」

「親愛的，這話你最好不要在柯羅面前說，不然他又要玻璃心碎滿地了。」榭汀說。

「但是……」

丹鹿話說到一半被榭汀攔了下來。

「怎麼了？」

「你看。」

榭汀指指天上，學校的停車場就在憂鬱林旁邊，而原本清澈的憂鬱林上方不知何時聚集起了一團霧氣，但已經幾乎要散去。

古怪的是，如果丹鹿沒看錯的話，那團霧就聚集在他們的車上方附近。

「嘖！」

榭汀忽然發出不悅的聲音，丹鹿順著他的視線往前一看，才發現地上有道長長的血痕，一路延伸至他們開來的車上。

彷彿下過一陣血腥的肉雨，丹鹿原本停在停車場的白車變得一片腥紅，車頂和車身周圍散落著大小不一的細碎肉塊，還參雜著各種顏色的毛髮。

「那是什麼？」丹鹿不是個怕事的人，可是當他看到車頂上散落著碎肉塊和毛髮時，還是躲到了榭汀背後。

並不是人的肉塊，正因如此才讓丹鹿感到惶恐。

「記得帕瑪家花園裡的那隻小黑貓嗎？那是我的信使，我請牠和牠的朋友們到憂鬱林裡幫我探查一下裡面究竟有什麼……看來牠們被那東西發現了。」榭汀擰起眉頭，將丹鹿留在原地，自己走上前去。

車頂上，幾隻小貓的頭顱被丟在上頭。

「不管憂鬱林裡的是什麼，看來牠很不高興，這種行為非常挑釁。」榭汀抬頭看了眼天空，霧已經散去了。

榭汀伸手摸了摸小貓的頭顱，丹鹿第一次看到他露出這麼不高興的表情。

「別擔心，小傢伙們，我會請人安葬你們，並為你們的同伴獻上美食與花束。」榭汀對著貓屍說。

丹鹿躊躇了一會兒，吞了幾口唾沫，握緊拳頭的他正準備邁開步伐上前關心對方，他的手機卻忽然發出叮的一聲。

丹鹿拿出手機，他的信箱多了一封信——

寄件者：萊特．蕭伍德

寄件內容：嘿！鹿學長，忙完了嗎？方便的話，我和柯羅在警局，可不可以麻煩你順道來接我們一下？拜託託託託——

愛你呦！（親親抱抱）

這白痴做了什麼？丹鹿捏著手機，螢幕幾乎碎了一角。

看來今天不是個走好運的日子。

當丹鹿和榭汀匆匆進到警局時，看到的就是這幅景象。

幾個壯漢鼻青臉腫地坐在看守所的長板凳上，柯羅則是單獨被關在另一間小房間內，鼻子裡還塞著衛生紙。

至於萊特——

教士正坐在員警的辦公桌旁，頭髮閃閃發光，連肌膚都亮得出水，看上去一點傷也沒有，桌前還放著員警們招待的甜甜圈和咖啡。

有些人就是連藥水都不需要，天生自帶維納斯的愛語。

「好，您可以老實說沒關係，您的男巫攻擊了伐木場的工人對嗎？」

「不完全是這樣的，他只是小小地電了他們一下。」

萊特正在和員警做筆錄。

「然後工人們揍了他，他又用巫術揍了回去？」

「呃，不，揍回去的是我的拳頭、腳……可能還有一些手肘，我不是說過了嗎？」

「您在開玩笑嗎？」

「沒有。」

「萊特．蕭伍德！這到底是怎麼回事？」丹鹿打斷了萊特和員警之間一來一往的對話，他一拳打在桌上，甜甜圈和咖啡都往上跳了一下。

「鹿學長！」萊特雙眼一亮，像看到主人的大狗，「你快幫我跟他們解釋！」

「解釋什麼？」

「解釋說是我揍了工人們，不是柯羅的巫術幹的。」

「蛤？」丹鹿捏了把發疼的太陽穴，「你要不要先跟我解釋一下為什麼要揍他們？」

「他們有人揍了柯羅！」萊特像打小報告似地指著那群工人，「所以我……」

話還沒說完，萊特的嘴被丹鹿一把掐住，那握力大概有七、八十斤。

「那不是你可以揍他們的理由！忘記你的訓練了嗎？遇到女巫和一般人起衝突

時我們要怎麼處理！嗯？」丹鹿像軍官一樣地吼著萊特。

「寄已（制止）、鵝梨（隔離）、話也衝毒（化解衝突）！」萊特反射性地回答。

「都叫你化解衝突而不是製造衝突了啊！還需要我教你衝突是什麼嗎？」

在丹鹿決定先將萊特拖到角落製造另一番「衝突」時，榭汀出面了。

貓先生帶著一身香氣和笑容坐到員警對面，原先的壞心情看上去已經消散了，他對著員警問：「請問現場的監視器有錄到什麼嗎？」

今年三十五歲、已婚、育有一子的員警先生盯著榭汀，身體一扭，竟然開始出現些許少女的羞澀感。

「也、也也也也沒什麼啦，就是錄到了男巫對工人射什麼亮亮的東西，工人叫了一聲後就揍了男巫一拳，接著畫面就暗掉了。」員警咬了咬下唇，開始傻笑。

「那就是沒有證據證明畫面暗掉後到底發生什麼事囉？」榭汀微笑，循循善誘，「有沒有可能是工人們在黑暗中，不小心自己打到自己呢？」

「有可能有可能有可能。」員警用食指捲起他的小短髮。

「有可能有可能有可能，看看我們怎麼這麼不小心！」原本凶神惡煞的工人們竟然也開始羞澀地微笑起來，頻頻點頭迎合榭汀的話。

丹鹿傻眼地放開同樣傻在那裡的萊特，連小房間裡的柯羅都一臉錯愕。

「能不能看在我的面子上，把柯羅還給我們，然後大家把這件事當成是一場美麗的誤會，好聚好散呢？」榭汀眨了眨眼，像討摸時的貓咪一樣天真可愛。

「喔喔喔喔——」幾個大男人同時捧著臉發出揪心的聲音後，他們如痴如醉地點頭配合，「這是當然的，沒事、沒事。」

「我馬上就把他放出來，你等我啊！」員警先生一扭一扭地跑去放人。

「這才是成熟大人解決問題的正確方法，明白了嗎？」榭汀滿意地點點頭，然後轉頭對丹鹿和萊特頷首示意，又是那種如夢似幻的微笑。

在維納斯的愛語下，貓先生的魅力無人能及。

在憂鬱林的大霧再度來襲之前，關於晚上的去處怎麼解決……

丹鹿的計畫是這樣的——先在憂鬱林附近找地方住下，就近觀察，憂鬱林一起霧大家就能立刻進森林探查情況。

榭汀的計畫是這樣的——他不睡便宜旅館。

萊特的計畫是這樣的——大家一起睡車上或是帳篷裡！等待的時間可以玩牌、聊天、一起煮東西來吃，也許還可以順便成為結拜兄弟，大家覺得如何？是不是很棒棒棒棒棒棒……欸？理他嘛！理他一下嘛嘛嘛嘛嘛……

柯羅的計畫是這樣的——先把萊特敲昏，埋進土裡，就這樣。

四人進行一番辯論後，雖然柯羅的計畫被其他兩人認為十分可行，但礙於沒有適當的不在場證明，最後還是決定按照丹鹿的計畫進行。

「你們旅館的景觀套房也太貴了吧？」丹鹿握著自己的皮夾，頭皮發麻，小旅館很老舊，收費卻是比照五星級飯店。

「我們的定價就是這樣。」櫃檯小姐揚起職業級的微笑，她一點也不在意丹鹿要不要訂房，反正小旅館再經營幾個月就會關門大吉，房客多不多對她來說一點影響也沒有。

「叫你們老闆出來！」

「我們老闆在那裡，你自己跟她說。」櫃檯小姐哼的一聲，往一旁抬了抬下巴。

「男朋友，男朋友……」年紀上百的白髮老婆婆正盯著柯羅看，不停用手輕輕拍著柯羅的臉，嘴裡還發出開心的笑聲。老婆婆年紀大，腦筋都糊塗了，從他們一進門開始，她就像個小少女似地一直纏著柯羅。

丹鹿嘆息，他都忘了這件事……

「我不是妳男朋友！」柯羅不耐煩地說著，他想抽身，卻被丹鹿瞪了一眼。

「你就是，給我乖乖站好，如果布菲太太要親你，你必須給她親！不然就給我滾回靈郡！」丹鹿說，他還沒忘記柯羅在伐木場帶來的麻煩。

「那我可以不要面壁思過了嗎？」從一進門就被叫去牆邊的萊特問。

「不准！要是那面牆想親你，你也得親！」丹鹿也沒忘記自家學弟帶來的麻煩。

「好了，到底要不要租房？我們只收現金喔。」櫃檯小姐不動如山，已經開始用指甲刀磨起指甲。

「我不住便宜的房間，小老鼠。」榭汀不斷在丹鹿耳邊提醒著。

丹鹿覺得自己像帶著三個熊孩子、被逼債的窮苦單親爸爸，多重壓力下，在忍不住落下幾滴男兒淚後，顫抖著雙手交出了錢包裡所有的錢。

櫃檯小姐則是冷笑著一手收下白花花的鈔票，一手交出了房間鑰匙。

小旅館就位在憂鬱林旁邊，由那位對柯羅異常著迷的老婆婆——布菲太太一手開設，所以從旅館的長廊經過時，還可以看見她掛在牆上的家族照片。

不過說是家族相片，大部分也只有布菲太太和她的女兒兩個人而已。

布菲太太的丈夫死得早，所以年輕時就和獨生女相依為命到現在，年紀一大，腦袋不清楚了後，也是由女兒負責照顧她和管理旅館。

為了照顧布菲太太，女兒除了晚上回來幫忙照顧旅館的生意外，早上還在附近的中學兼差當祕書小姐，過於忙碌的她年紀過了三十都還未嫁，因此被學校的女學生戲稱為——單身老祕書小姐。

「婷娜．布菲，第二個受害者，她就是那些女學生口中的單身老祕書小姐。」榭汀指著牆上照片中的女人。

祕書小姐有一頭又長又捲的黑色長髮，長得很漂亮，卻一直忙於事業和家庭，從沒交過男友。這樣的祕書小姐某天卻忽然和同事宣布，晚上要去進行一場期待已久的約會。

然而，人是去赴約了，卻再也沒回來，沒人知道她到底是跟誰去約會，也沒人知道她為何最後獨自走進憂鬱林內，成為第二位受害者。

「老太太知道女兒不見了這件事嗎？」榭汀問。

「不知道……應該說她根本沒意識到這件事。」丹鹿說。

如果你問布菲太太女兒去哪了，她只會一臉開心地說：「去約會！去約會！很快就回來了。」

「真讓人傷心。」榭汀做了個哭臉，臉上卻依舊帶著笑意。

「鹿學長！我可以不要再面對牆壁走路了嗎？」萊特這時又插話進來，他的處罰還沒結束。

「不行！」丹鹿拒絕，一腳踢了過去。

趁著兩個小教士吵吵鬧鬧，榭汀邁開步伐，不著痕跡地追上獨自走在前方的柯羅。

「伐木場的光源這麼剛好就在萊特出拳時被偷走了？是巧合嗎？還是說……我們的小烏鴉終於交上朋友，懂得替朋友著想了？」

「偷走光對我比較有利，只是這樣而已。」柯羅轉過臉來，語氣凶惡，「這跟你一點關係也沒有，無聊的話就去吃你的老鼠屎，少來煩我！」

「不知道是誰前兩天才吵著問我為什麼不一起玩了呢？」

「什麼？」柯羅沒聽懂榭汀的話。

「沒事沒事……只想提醒你一聲，如果你想要凶狠，至少先擦掉臉上的口紅印。」榭汀不以為然，他看著柯羅慌張地用袖子在自己臉上一陣亂抹，這才滿意地走進自己的房間。

榭汀打開景觀房的大門，並充分地讓所有人飽覽他美麗的景觀房後，他將原本正在教訓萊特的丹鹿抓進房間，然後微笑並揮手致意。

「晚安了，各位紳士們，祝你們晚上好夢。」

然後豪華的房間大門被用力地甩到萊特和柯羅的臉上。

「哎哎，如果你能偷閃電的光，那麼你也能偷彩虹的光嗎？」

「彩虹的光是什麼顏色的？紅橙黃綠藍靛紫都有？」

「你也能用手指彈出來嗎？」

「如果你彈到我的身上，我的內臟會變成五顏六色的嗎？」

「柯羅羅羅羅——你睡了嗎？」

「柯羅羅羅羅——你還活著嗎！」

第二次跟萊特單獨躺在狹小且黑暗的空間裡時，柯羅幾乎放棄掙扎了。

丹鹿那個死窮鬼的錢只夠他們再訂另一間小套房，萊特這白痴出門又不帶現金……

「吵死了！不閉嘴會死嗎？」柯羅抓起床上的枕頭往萊特身上甩。

不用睡帳篷是很好，但只要有萊特在，睡哪都一樣。

「我只是想和你聊聊嘛，畢竟我是你最喜歡的萊特啊！」萊特這話倒是說得很理直氣壯。

「見鬼的最喜歡的萊特！閉上你的狗嘴！」柯羅再度躺下，他抓了一顆枕頭壓住自己的臉，一方面想隔絕萊特的聲音，一方面想試試能不能悶死自己。

然而萊特的聲音不見了，另一種聲音又在他腹部開始迴響。

你在跟誰說話？

你在跟萊特說話嗎？

告訴我，他長什麼樣子呢？

那個不懷好意的聲音最喜歡在夜半跟他說話，或在他熟睡前吵醒他。

柯羅今天並不想跟牠對話。

深吸了口氣後，柯羅將枕頭拉開，萊特還在說話，他的聲音又蓋過了一切。

「你是白痴嗎？為什麼要出拳揍那個人？」柯羅問。

「因為他揍你啊，打人是不對的。」萊特這話也說得很理直氣壯，「況且我必須保護我的男巫。」

柯羅笑出聲來，很諷刺的那種，「別笑死我了，你以為你們在神學院學習武術和怎麼使用武器是用來做什麼的？保護女巫和男巫？才不是，那是用來對付我們的。」

「不，我……」

「別狡辯了，獅派、鷹派都一樣，別以為我不知道你們的行李箱裡都裝著些什麼，槍、刀、繩索和火藥，也都是要拿來對付我們用的。」柯羅說。

萊特的行李箱就躺在角落，上著鎖。

「我發誓我不會用裡面的東西對付你！」萊特保證，他的語氣聽不出一點遲疑。

「喔？但要是我哪天像他們一樣瘋狂了怎麼辦？我的腦子開始分不清楚現實與幻想的差別，我想要折磨任何一個我身邊的人，我想要傷害你……」

「『他們』是誰？」萊特問。

柯羅沉默了一會兒，他說：「像布菲太太那樣。」

「布菲太太可沒有折磨其他人，況且她只是失智，你只要吃得健康點，常常運動和動腦，我相信你不會……」

「你真是……」

「好啦好啦！」萊特在柯羅發火之前阻止他，「我知道你說的『他們』不是布菲太太，但不管你說的是誰，你都不會變得像他們一樣。」

「你又知道了？」柯羅沒好氣道。

「我就是知道！因為有我在啊，我會看著你的。」萊特說，他的頭髮在黑暗中依然能藉著微弱的光芒發亮。

「唉……」柯羅懶得再說什麼，「我頭痛死了，你要自言自語的話小聲一點就對了。」

「你想睡了嗎？」

「對。」柯羅閉上眼睛，他想睡了，可是他總是睡不沉，他可能會在半夢半醒間沉浮，然後在冷汗中清醒。

萊特終於閉上嘴，柯羅深呼吸著，既感謝又不是這麼感謝，因為黑暗裡，來自他腹部的聲音又開始對他細語。

讓我看看他。

讓我看看他。

柯羅擰起眉頭，他的胃在抽筋，內臟也被擠壓著，那股令他不舒適的疼痛感再度湧上，直到萊特又開始說話才停止。

柯羅疲憊地睜開眼，萊特原來不是在說話，而是在唱歌。

「睡吧寶貝在我的懷裡睡吧，睡得平穩又安詳……睡吧寶貝在我的懷裡睡……」

「你在做什麼？」柯羅一臉莫名其妙。

「唱歌啊！」萊特說。

「好難聽。」柯羅說。

「睡吧寶貝在我的懷裡睡吧！萊特會保護你，萊特會……」萊特不理柯羅，他唱得陶醉。

「這首歌才不是這樣唱的。」柯羅咕噥著，閉上了眼。

一夜無夢。

柯羅在睡得正沉的時候從夢裡驚醒，但不是被腹部內的私語吵醒，而是因為巨大的玻璃撞擊聲。

柯羅張開眼的時候，室內的燈立刻就亮了，萊特這王八蛋不睡覺，此時竟然坐在他身上。

「你做什麼！」柯羅惱怒地質問，「還有你也太重了吧？你的身體是水泥做的嗎？」

「噓！你看窗外。」萊特用食指抵著嘴，示意柯羅往窗外看。

玻璃窗裂了開來，上面沾著血絲和羽毛。

「搞什……」柯羅才坐起身來，咚的一聲，又有東西撞上玻璃。

這回柯羅看清楚是什麼東西了，他跳起來，將窗戶拉開，此時外頭已經稍微露出一點點魚肚白，但尚介於夜晚與白天的模糊交界。

柯羅將身體探出窗外，往下一看，隱隱約約地，兩隻烏鴉屍體躺在地上。

「已經連續兩隻撞上來了。」萊特說。

柯羅盯著地上的烏鴉。

「那是我的信使。」他說，「在憂鬱林時我找了一些烏鴉去蒐集資訊。」

「但牠們為什麼要自殺？」

「才不是自殺……」

柯羅話還沒說完，萊特忽然將他拉進室內，並且把窗戶關上。

忽然，外頭黑鴉鴉的一片，陸陸續續有東西猛烈地撞上房間的窗戶。

就像有人在外面對他們砸石頭一樣，撞擊的力道越來越強烈，最後直接撞破玻璃飛進來，一陣黑影來襲，掉進房間裡的全是烏鴉的屍體，血肉模糊，彷彿被用力捏過似的。

待這陣混亂停止後，地上和床上已經布滿烏鴉屍體。

萊特愣在角落，身旁的柯羅則是看著腳邊的烏鴉屍體說：「牠們是被捏死後丟進來的，就和榭汀的信使一樣，我的信使也被發現了。」

柯羅起身，他看向窗外，不遠處，原本清楚可見的憂鬱林上方，不知何時籠罩了一片濃霧。

「起霧了。」柯羅說。

萊特起身，他和柯羅很快地注意到有個蒼白模糊的身影就站在森林邊緣，樹與樹之間。萊特可以感覺到柯羅的身體瞬間緊繃起來。

「柯羅……」

「是誰？你是誰！」柯羅忽然失控地對森林裡的人影吼叫起來。

那人影立在那裡，一動也不動，像塊木頭似的，萊特幾乎以為是他們將樹影錯認成了人影，但柯羅對那個人影彈出一道光芒，試圖照亮整個森林以便看清楚那究竟是誰。

人影卻在光芒轟然照亮森林前，用「倒退」的方式走回樹林。

「別跑！」柯羅吼道，他隨即轉身抓了西裝外套就要衝出去。

「等等！柯羅……」

「不！你待著！」

在萊特追過來前，柯羅隨手在空氣中抓了一把什麼東西就往萊特臉上扔。一股熱流和焦味爬上萊特的臉，像煙火在他眼前炸開似的，他眼前被一陣亮光籠罩。

萊特遮住臉向後退開，柯羅則趁著這個時候飛奔而出。

「柯羅！」

在眼前綻放的光芒花了一點時間才消逝，萊特搓揉著雙眼，跌跌撞撞地衝出門時，柯羅已消失無蹤。

「發生了什麼事？」走廊的另一端丹鹿從房間衝了出來，他已經全身整裝，連榭汀都跟在後頭。

「那東西也發現柯羅的信使了。」看著滿房間的烏鴉屍體，榭汀說。

「柯羅自己跑出去了！我們必須去找他。」萊特說，「憂鬱林起大霧了。」

CHAPTER 7

瑞文

憂鬱林上方聚集著濃霧，如果人在其中，幾乎伸手不見五指。

「柯羅！」

追進憂鬱林的萊特他們在霧裡迷失方向，天色依然暗著，加深了辨認方位的難度。

「你說你們在森林邊看到了人影？長什麼樣子？」榭汀追問，他落在後方，貓先生並不喜歡過於動態的活動，在森林裡瘋狂奔跑讓他很不高興。

「不知道，太遠了看不清楚，就是白白的人影……然後倒著走進森林內。」萊特稍微停下腳步，他急切地問，「有沒有什麼方法可以讓我們追上柯羅？」

「追蹤不是我的專長……我說過了，我是男巫，不是搜救犬。」榭汀搖了搖頭，自顧自地忙著撥開身上的枯枝散葉，「再說我的信使也被殘害了，我現在沒辦法……」

「等等，看前面那裡！」丹鹿打斷了他們的對話，他指向前方。

幽暗的森林內，某處仍然發著亮光，像閃電打在樹林裡似的，亮過一個又一個角落，彷彿正在黑暗中尋找著什麼。

上去。

「是柯羅的光……」萊特看向離他們越來越遠的光源，下一秒他繼續往前追了上去。

「等等！萊特！」丹鹿也想跟上去，無奈他的男巫卻慢吞吞地落在後頭，「榭汀！」

「老鼠，我穿著皮鞋呢。」

都這種時候了，男巫還在跟他的教士爭執這種事。

「也許你下次應該穿實用的鞋子。」丹鹿不停地招手催促著。

「男巫們不穿皮鞋以外的醜鞋子，遊戲規則也不是這樣玩的，需要上山下海出生入死的是你們教士，我們只需要在後面優雅從容地施施巫術就好。」

「哪來的遊戲規則？誰訂的？」

「我。」榭汀甩了甩皮鞋上的泥土。

「呃呃呃呃……現在不是耍嘴皮子的時候，難不成還要我牽著你的手一起跑嗎？快點！我們要追上萊……」

丹鹿話說到一半，天上忽然出現的龐然巨物讓他噤了聲。

像灰雲一樣的濃霧上出現一片黑影，十分模糊，但隱隱約約就像有個巨大的「人」在天空中飄浮著，一路從天上滑過去。

「憂鬱林的巨人……」丹鹿和榭汀同時喃喃出聲，他們看著那個巨大的影子「滑」過，一路追在萊特跑走的方向後面。

影子所到之處，濃霧像落雪似地往下飄落，直到那陣霧幾乎覆蓋到他們的上半身。

這時，森林那頭的腳步聲又折了回來。

「萊特？」丹鹿順著聲音望過去，來人卻不是萊特。

一個人影以古怪的方式從霧裡走出，對方光裸著腳，腳上全是泥土和樹枝，彷彿已經在森林裡走了好久好久……

像萊特形容的那樣，是個全身慘白的人體。

從白鴉樹謀殺案到雪松鎮上的相關事件，他們從沒找到過受害者的身體……但丹鹿想，或許他們找到了。

——只是時機不太對。

沒注意到丹鹿他們落後沒跟上，萊特一路循著森林中亮起的區域奔跑，希望能追上柯羅。

萊特並不確定柯羅不想讓他跟著的原因，但放任他自己去面對絕不是好事，心中的直覺是這麼說的。

此時的天色稍微亮了點，森林裡一閃即逝的亮光也忽然打住。

柯羅似乎發現了什麼。

沒了亮光的指引，萊特幾乎是憑直覺在黑暗中前進。但幸運之神沒有因為柯羅的關係離他太遠，在穿過了重重樹影後，萊特在一棵異常高大的雪松樹下找到了柯羅。

「柯羅！」萊特幾乎立刻撲了上去。

柯羅向後看了直接撞上他的萊特一眼，臉上滿是震驚和責難。

「你怎麼……不是叫你不要跟來嗎？」

「為什麼不讓我跟？我是你的督導教士，本來就該跟著你，你不應該用你的光對付我……雖然那感覺確實很新鮮啦，但是……」

「閉嘴！」

柯羅這一吼讓萊特真的閉上嘴了，因為眼前的景象一時讓他說不出話來。

高大的雪松樹上，一個「人」就坐在樹幹上，她的雙腳懸掛著，腳底沾滿泥土和樹枝，彷彿曾赤腳在森林裡走上好長一段時間。

當頭頂上的霧像落雪一樣掉落下來後，他們看終於看清楚對方的真面目……雖然嚴格說起來對方並沒有「真面目」。

少女全裸的軀體就坐在樹上，她的肌膚白到發紫，手腳上有著泥土的碎屑，頸部的血液已經凝固結塊。

她坐在那裡，姿態端莊得像個美麗的淑女，身體卻像冷凍庫裡懸掛的肉塊。

萊特注意到少女的雙手正交疊地放在她異常鬆垮的肚皮上。

「那個是……」

「王八蛋！是你幹的嗎？給我滾出來！」柯羅忽然激動地朝森林深處大喊。

少女的軀體似乎令他瀕臨崩潰。

霧。

「柯羅……」萊特剛把手放上柯羅的肩膀，就被狠狠推了一下。

「你以為這很好玩嗎？出來！給我滾出來！瑞文！」柯羅繼續對著森林深處大吼，他開始在黑暗中放著光，找遍了每個黑暗的角落。

然而他們頭頂上的霧卻不斷落下，無論柯羅將光往何處放，都只能看到一片白霧。

「柯羅、柯羅……等等！」萊特拉住幾乎歇斯底里的柯羅。

「幹什麼！」

「你沒注意到這裡變得有點奇怪嗎？」萊特說。

他們環顧四周，除了他們眼前那棵異常巨大的雪松樹外，周遭那些比較密集、比較小棵的雪松樹忽然都消失了，他們被一片慘白的濃霧籠罩著，唯一可見的，只有那些異常高大的雪松樹的樹影。

「那是什麼？」萊特緊緊拉著柯羅，他在眼前的雪松樹下發現了一個樹洞，樹洞裡面塞著什麼，「這棵雪松樹是死的，樹幹裡是空心的。」

柯羅甩開萊特的手，粗暴地將手伸進樹洞裡，把裡頭的東西全扯出來。

樹洞裡的，全是女人的衣服，有襯衫、短裙、長裙和牛仔褲之類的，萊特辨識出其中幾件衣服，他在檔案裡看過，那些女孩失蹤時身上就是穿著這些衣服。

萊特也在一地的衣服裡找到了帕瑪的學生名牌，就別在她沾滿泥土和樹葉的制服上。有人脫下她們的衣服，然後塞到樹洞裡，像藏寶藏一樣。

「這不是憂鬱林原生的雪松樹，是假的。」柯羅伸手敲了敲樹幹，一大塊腐爛的樹皮掉下，底下是黑色、有著奇怪紋路的木頭，「這裡也不是憂鬱林。」

「什麼意思？我們跑錯方向了？」萊特握著手上的那堆衣服問。

「不，嚴格說起來我們就在憂鬱林裡，只是不在那個空間裡。」

「呃……？」柯羅的說法讓萊特更迷糊了。

「有東西把我們引來牠的『房間』，我們在牠的房間裡。」柯羅說，他一臉不悅地看向天空。

霧裡，有個巨大的人影從天空中飛了過去，只是這次那道黑影沒有越過他們，而是在他們正上方停下，然後滑到樹的後方。

萊特拉著柯羅後退了幾步，柯羅的手緊緊揣在口袋裡。

樹後方被濃霧籠罩，就在少女軀體的後方，那處黑暗裡，不知何時多了一雙眼睛。

有東西躲在大樹後方窺伺他們。

她們的軀體像剛從冰櫃退冰的屍體一樣。

從森林那端折回來的不是萊特，而是一具又一具光裸的女性軀體，沒有頭，只剩身體。

這些站在丹鹿和榭汀面前的軀體中，有少女也有成年女性，她們的肌膚蒼白得發青又發紫，體態如同她們去世前般纖瘦或豐腴，然而她們的肚皮卻異常地鬆垮，有些幾乎垂落到腹側。

「退、退後！」丹鹿擋在榭汀身前，緊張地拽緊了手上的行李箱。

「這下我們可以肯定這不是普通的謀殺案了。」榭汀哼了聲，他注意到他們四周被濃霧包圍，幾乎伸手不見五指，有幾棵樹消失，有幾棵樹卻冒了出來，「嘿，看來我們掉進巨人的房間裡了。」

「什麼房間？」丹鹿話還沒問完就開始對著前方大叫，「妳、妳妳妳們不要再過來了！」

幾具女性的軀體忽然往前移動，她們走起路來很僵硬，就像是假的模特兒被人用繩索牽著操縱一樣。

「你說得好像她們聽得到一樣。」榭汀還有心情笑。

「你有什麼辦法能阻止她們嗎？」丹鹿一路後退，榭汀被他推擠到樹幹邊。

「我不認為她們能聞到我身上的維納斯的愛語。」

「榭汀！」這人還有臉說萊特煩？

「好啦好啦，別擔心，一群裸體的女士而已，你認為她們能對我們造成什麼傷害嗎？」

榭汀說著說著，他口中無害的裸體女士們蹲下了身，撿起地上尖銳的黑色樹枝，握在手裡，像是下一秒就會拿著那些樹枝刺穿他們的心臟。

丹鹿狠狠地瞪了榭汀一眼。

榭汀歪了歪腦袋，他嘆氣，拍拍丹鹿的背：「好吧，小老鼠，帶著你的箱子，衝出去幫我爭取點時間。」

「你要做什麼？」丹鹿一臉嫌棄地看著脫起大衣外套和馬甲背心的榭汀，忍不住吐槽，「她們沒有眼睛，就算有，可能也不會喜歡看這個。」

「專心，老鼠，你箱子裡有東西，對吧？女士們要來了，快去迎接。」榭汀搖搖頭，從口袋裡掏出一罐深藍色的小香水瓶。

丹鹿沒能來得及看完全程，一個女體以古怪的姿勢一跛一跛地撲向他，他被她壓倒在地，尖銳的樹枝在他臉上晃呀晃地，直接戳進他臉旁的泥土地裡。

「加油，老鼠。」

丹鹿掙扎著，那頭的榭汀依然慢條斯理地脫著他的衣服。

「出來！是誰躲在那裡？快出來！」柯羅叫喊著。

「呃……我想牠可能不出來比較好。」萊特說。

不管躲在樹後面的是什麼，都是個龐然大物，牠在黑暗中露出金色的雙眼，當牠眨眼時，眼皮像門一樣左右開闔。

理所當然，那不是人類的眼睛，也不是女巫或男巫的眼睛。女巫和男巫或許有著奇特的髮色和眼珠的顏色，但可沒有像禽類一樣的第三眼瞼。

那層濕潤的薄膜覆蓋著牠的眼珠，讓牠的眼珠一片白濁，但萊特可以感覺到那東西正居高臨下地觀望著他們，並露出一種不懷好意的笑容。

「那不是人類，對嗎？」萊特小心翼翼地詢問。

「廢話！看起來像嗎？」柯羅站得更出去了，他命令道，「露出你的臉！使魔！」

聞言，躲在雪松樹後方的巨大身影伸出牠的手指，啪嗒啪嗒地搭在樹枝上。牠的手指細瘦，膚色死白，上面有著像雞爪似的紋路，連指甲也是小片又尖銳。

「誰是你的父親！是瑞文嗎？躲在你身後的是瑞文嗎？」柯羅繼續喊。

一顆頭從樹後方探了出來。

「你認識我的父親？」

隨著低沉的聲音響徹森林，雞皮疙瘩也爬上了萊特的頸子。

那顆頭看起來很古怪，既像一個禿了頭髮的男人，又像被拔光毛髮的鳥頭。

沒有毛的禿鷹，再像人一點，雙眼都在平面上，大概就是那樣。

「叫那個卑鄙無恥的傢伙出來！」柯羅又喊，在那隻異常巨大的使魔之下，他看上去像隻小老鼠。

「你認識我的父親？」使魔卻重複了一次問題，牠左右搖晃著腦袋，然後露出了整個身體。

站在霧中的牠像個身材纖細瘦骨嶙峋的男人，牠駝著背，耷拉著腦袋，姿態看上去很悲傷——但牠的臉卻維持著相同的表情，看上去不懷好意。

「我也在找我的父親，你可以幫我嗎？」使魔又說，牠蹲下身子，對柯羅伸出手。

使魔的皮膚鬆垮，像年邁的冠毛犬。

「你可以幫我嗎？可以嗎？」使魔不停地對柯羅提出邀請。

柯羅沉默地盯著眼前高大的使魔，彷彿他真的在考慮使魔的提議一樣，這讓萊特有點擔心。

「瑞文不在這裡，對吧？」下一秒，柯羅說，他的聲音像恢復了冷靜。

「你會幫我找他，對嗎？」使魔沒有回答，牠依然向柯羅伸著手。

「別對男巫耍這種猴戲！你以為我會上當嗎？」柯羅火大了，他對著使魔大吼。

「呵呵呵。」使魔笑了起來，牠用手掌來回抹著臉和頭，「你是男巫，是嗎？你是男巫？」

使魔直起身子，牠的身體長長的，腰骨細瘦得像經歷飢荒。牠攀著雪松樹，倚靠在那具少女的屍體旁邊。

「母親，他說他是男巫，他說他認識父親。」使魔親吻著少女的軀體，牠背上鼓起的肩胛骨上有對肉色歪曲的無毛翅膀。「你是誰？男巫？你是柯羅嗎？」

「我是柯羅。」柯羅深呼吸著，「誰告訴你的。」

「父親說過你會出現。」使魔說，牠用手指小心翼翼地擺弄著少女的軀體，像玩洋娃娃那樣，讓她換了個更端莊的坐姿。

「瑞文呢！瑞文在哪裡？」

「我們本來玩得很開心，父親送了我三具像母親的娃娃，我們讓娃娃唱父親最愛唱的歌，我們一起摘掉她們的頭，他說他要把娃娃的頭送給他最愛的弟妹，但身體最好的部位要留給我。我們本來真的很開心。」使魔發出笑聲，「他讓我爬進她們的子宮裡，那裡好窄好窄，感覺很奇怪，可是只要父親開心就好。」

萊特現在知道少女胯間的瘀青是怎麼來的。

使魔看向柯羅，聲音開始變得悲傷又沮喪。

「但父親卻開始覺得無聊了……他不再跟我玩，他的身體裡有了新的住客……我試著誘拐那些像母親的娃娃，讓她們唱父親最愛的歌，再獻上她們的腦袋，最後暫住在她們的身體內……我只是希望他能再注意注意我。」

萊特緊緊抓著柯羅想讓他往後退，但柯羅卻一直要前進。這個使魔跟上次的使魔不太一樣，牠能夠更清楚地表達牠的意思，雖然還是讓人摸不著頭緒。

「但他說他容不下我了，他把我丟在這裡，要我等著，說也許有一天會回來接我，還說也許有一天他的弟弟會過來這裡找他，所以只要我繼續討他歡心，繼續替他送禮物，也許……」

「也許什麼？也許什麼！」要不是被萊特抓著，柯羅幾乎要衝出去徒手肉搏了。

「他叫什麼名字呢？媽咪。」使魔擺動起女體的手，發出又尖又細的聲音，自問自答，「柯羅，是柯羅。」

「父親是怎麼說的呢？」使魔又問著女體，然後又自己回答，「柯羅最愛媽咪了，可是柯羅不知道最愛他的人是大哥，把媽咪的頭送給柯羅，柯羅就會想起媽咪，也會想起大哥，然後他就會來找大哥……」

沒等使魔把話說完，柯羅怒氣沖沖地丟了一把光過去，閃電的光沿著使魔的身體往上蔓延開，但沒有造成任何傷害。

使魔抖了抖牠肉色的翅膀，對柯羅笑開來。

「我替父親送了這麼多禮物，你真的來了，你終於明白父親的愛了嗎？現在你要帶著我去找父親了嗎？」使魔又對柯羅伸出手，循循善誘。

「不！」柯羅吼道。

使魔頓了頓，牠左右晃晃腦袋，「是的，你要的，你要的，如果你不願意……」

使魔的翅膀伸展開來，又是那種不懷好意的笑容。

「也許我能摘下你的頭當作禮物，這樣父親就會來找我了。」

「跑！」當使魔伸手要捉柯羅時，萊特拉著柯羅開始奔逃。

「媽咪，他們想玩捉迷藏呢！媽咪。」使魔的聲音在背後響著，當萊特回頭看時，使魔用牠肉色的翅膀飛上天空，隱沒在霧裡。

萊特試著想找到對的方向離開這片濃霧，無論他們往哪個方向逃，到處都是白茫茫的一片，他們在霧裡打轉，不停經過相同的雪松樹。

每棵雪松樹都是相同的，因為當萊特拉著柯羅停留在某棵雪松樹旁時，他發現樹洞底下同樣埋藏著受害者們的衣服，即便他們剛剛已經從樹洞裡將那些衣物全數拉了出來。

這棵藏著，那棵也藏著，樹上也都坐著同樣一具膚色慘白的女體。

「別白費力氣了，我們跑不出去的。」柯羅甩開萊特的手，在冷到都要結霜的霧裡，他脫下身上的黑色大衣，從口袋裡掏出一支口紅。

「不，你要做什麼？」萊特出手制止了柯羅的動作。

「做正事。」柯羅皺了皺眉頭，一臉古怪地看向萊特。

「再等等好嗎？我們也許有其他辦法。」萊特說，不知道為什麼，直覺叫他不要讓柯羅請出他腹中的東西。

況且，萊特身上並沒有帶著聚魔盒。

「不，沒有其他辦法了。」柯羅話才剛說完，他們頭頂上滑過了一個巨大的影子。

「但是……」

「你行李箱內的東西或許殺得了女巫或男巫，但殺不死一隻巨大的使魔。」柯羅說，他解開馬甲背心和襯衫，打開口紅，開始在腹部上畫著圓，圓裡寫著萊特沒看過的古文字，形狀像鳥。

「我知道，可是也許我們能找丹鹿他們……」

「沒有時間了！」柯羅用口紅畫上最後一筆，他的腹部看起來像個魔法陣。又或許那真的是魔法陣？

這時天空上那道巨大的影子滑了下來，滑到他們身旁的雪松樹後方，就像先前一樣。大霧裡，光裸的使魔躲在雪松樹後方，啪地一下露出頭，對著萊特他們笑瞇了眼，「找到了，柯羅，找到了，現在，我們要一起去找父親了嗎？」

使魔又變得更大了，伴隨著霧氣，牠的身軀沉甸甸地籠罩在柯羅和萊特上方。

柯羅將手上的大衣和口紅都塞給萊特，他用力地推了萊特一把。

「跑，然後躲起來！千萬不要被發現！」

CHAPTER

8

柴郡

丹鹿知道這麼形容不太尊敬死者，但跟這些受害者的屍體搏鬥就像跟冷凍肉打架一樣，冰冷而僵硬，還力大無比。

在踹走一具屍體後，丹鹿匆忙打開他們教士隨身攜帶的行李箱。

他們的行李箱被設計得像公事包一樣，這能讓老百姓誤以為他們隨身攜帶的只是普通的文件或檔案，看上去比較「親民」一些，但打開行李箱後，就能發現裡面全是武器——用來對付女巫的武器。

丹鹿考慮過用刀具或槍具，但仔細想想對方是沒有頭的屍體，似乎用任何一種都沒有太大的助益。

總不會刺了她們一把就能讓她們再死一次。

更何況，丹鹿並不想在她們身上再留下任何傷疤。

「呃呃呃呃……」

沒有男巫，教士是成不了事的。丹鹿忽然理解萊特常掛在嘴邊的這句話是什麼意思。

「算了！」

丹鹿最後從行李箱內抽出繩子和尼龍束帶，警察們用它們來逮捕犯人，教士們則用它們來拘束發狂的女巫或男巫。

這已經是非常近代的拘束方式了，要知道，在古時候，教士們可是用更殘忍的方……

「該死的萊特！」丹鹿因為自己內心不自覺上演「女巫小知識達人L特(^ω^)」小劇場而咒罵了聲，但沒給他生氣的時間，女屍從地上爬了起來。

丹鹿帶著繩索和束帶，在女屍試著抓花他的臉前，一腳踹向女屍的脛骨，並架著女屍的腋窩將她摔倒在地。

丹鹿雙腳跨坐上去，用體重壓制對方，將她的手腕反折，再來就需要一點技巧了……先用束帶將女屍的雙手手腕綁住，再將繩子繞上她的雙腳，在她掙扎開之前動作要快又流暢，接著就是——兔子長耳朵，穿過樹底，鑽過地洞……

當丹鹿用力將繩索拉緊打上死結後，女屍已經被完美地用龜甲縛反綁起來，她的身體在地上晃動著。

「哈！」丹鹿高舉雙手，他在壓制女巫的擒拿課程上可是人稱的束縛大師。

然而沒得意多久，另一具女屍也撲了上來。

一個倒下，還有四五個沒解決。

丹鹿覺得自己像是被喪屍包圍了……雖然某種意義上來說也沒錯啦。

「你是處男卻有著很高超的綑綁技巧嗎？很有意思。」榭汀又說話了，一直在旁邊納涼的男巫似乎終於完成了準備工作。

「你還講！快閉上嘴來幫……」抵抗女屍的丹鹿，在看到榭汀袒露的光裸腹部上用藍色的顏料畫著奇怪的圖騰時，閉上了嘴。

「敲敲門。」榭汀忽然低頭對著他的腹部說。

「是誰在外面？」一個不屬於任何在場的人的聲音出現，聲音聽上去介在少年與少女之間。

「榭汀，你的父親。」榭汀又說，用一種丹鹿聽過最溫柔的語氣。

「父親，最愛我的父親嗎？」那聲音說，語氣帶上了點笑意。

「是的，當然。」榭汀微笑。

接下來的場面一陣混亂，因為丹鹿的臉被女屍冰冷的手指擠壓著，她高舉著黑色的樹枝要往他頸子上插。

丹鹿下意識地伸手抵擋，女屍手上拿著的黑色樹枝卻忽然迸裂開來，失去武器的她捅了幾下後，開始用拳直接捶打丹鹿的頭。

「噭！」

這邊的拳頭還沒擋完，那邊又伸來一隻手拉扯丹鹿的頭髮，她們想將他四分五裂。

「榭汀！」

丹鹿求救，混亂中他聽到榭汀用寵溺的語氣在和某人說話。

「柴郡，我知道這很有趣，但別顧著看了。」

「他就像你說的，像隻紅毛的小老鼠。」然後有人回應他。

「柴郡……」

對話持續著，但就在丹鹿覺得自己要被扯爛之前，有個毛茸茸的龐然大物從他頭頂竄了過來，牠擠掉壓在丹鹿身上的女屍。

「退後、退後，女士們，老鼠現在是我的了，妳們必須退後。」那個介在少年與少女間的聲音說。

丹鹿整個身體被覆蓋住，極其柔軟、毛茸茸又熱呼呼的東西像塊厚重鬆軟的棉壓在他身上。丹鹿掙扎著，他的手摸到一團絨毛，有個東西還規律地不停在他手背上來回拍打，好像叫他多摸摸牠似的。

當丹鹿聽到了那種愉快的呼嚕聲，忽然明白壓在他身上的是什麼了……

「柴郡，你要壓死他了，快還我。」

一隻手竄進那團絨毛底下，抓住丹鹿的手，將他拉了出來。

重新呼吸到新鮮空氣的丹鹿吃了一嘴的毛，當他看到壓著他的東西是什麼時，幾乎整個人要爬到榭汀的頭頂上了。

這是丹鹿第一次看到榭汀的使魔，他聽他提過，卻從沒親眼見識過。

一隻像豹又像貓的大型野獸趴臥在草地上，身上長滿豐潤柔亮的深藍色長毛，濃霧不知在何時已經消失殆盡，森林內的景色又恢復一片清新，周遭卻呈現著一種古怪的深藍色調。

天空上的雲一絲一絲的，夾著深藍淺藍，層層堆疊著，像梵谷的畫一樣讓人眼花撩亂。

大貓在地上慵懶地打滾了一圈。

「他怕我。」大貓說，牠用那雙金色的貓眼盯著丹鹿看。

「他怕任何貓。」榭汀說。

「為什麼？我們這麼可愛。」柴郡搖晃著尾巴，放大牠的瞳孔，故作無辜。

然而當那些被趕走的女屍再度爬起要走向他們時，柴郡發出了嘶嘶聲，牠揚著雙耳警告：「妳們在我的房間裡，聽我的話！」

聞言，女屍們踉蹌幾步，以奇怪的姿勢停在原地。

柴郡起身，伸了伸懶腰，牠說：「我要吃了她們。」

「不！你不能！」

丹鹿跳出來阻止，他的紅髮亂翹，臉上還有抓痕。

柴郡瞇起眼來，那張漂亮的貓臉露出狡猾的笑容，下一秒，牠像褪色般逐漸消失在空氣中，然後又從女屍們的身邊冒出。

「我要吃了她們。」牠說，還故意露出鋒銳的利牙。

「慢著！」丹鹿伸手喊停，他向榭汀求助，「幫點忙，我們答應過帕瑪的爸媽要把她的身體帶回去，其中一具可能是她的身體。」

「我們答應過嗎？」

「榭汀！」

「好啦好啦，不鬧你了。」榭汀笑出聲來，他對著柴郡吹了聲口哨，「柴郡，快回來，別亂吃東西，你會吃壞肚子的。」

柴郡搖了搖尾巴，又消失在空氣中，再從榭汀身旁冒出來。

丹鹿立刻從榭汀身邊彈開。

「真的不能吃了她們？」柴郡問，牠用臉蹭著榭汀的手。

「不，讓老鼠去抓，他想要打包回家。」榭汀說。

「我有名字的好嗎？」丹鹿忍不住抱怨。

「快去，把她們都綁一綁，她們現在在柴郡的房間裡，暫時無法動作。」榭汀催促。

女屍們聚在一起，像故障的機械互相碰撞著。

「房間是什麼意思？」丹鹿任命地抽著繩索。

「類似地盤的意思。」榭汀說。

丹鹿歪了歪腦袋，仍然不是很能理解榭汀在說什麼。但當他踏出步伐時，他發現原本堅硬的泥土地忽然變得柔軟又有彈性，所有的雜草好像都長出一層細毛。

如果現在把臉埋進泥土裡，大概會像蹭貓肚子一樣。

這個想法讓丹鹿打了個顫，他搖搖頭，忽視腳下的柔軟，拿著繩子去綁人。

「敲我的門就只想叫我幫這麼點小忙嗎？父親。」柴郡打著呼嚕。

「那些是你的兄弟或姐妹幹的好事嗎？」榭汀指著丹鹿手上正在捆綁的女性屍體。

柴郡瞇起眼，牠點點頭：「是的，有人很不挑，牠抓了普通的人類來當暫時的居所，還把她們當成娃娃使用，看到她們的腹部了嗎？」

「使魔爬過的痕跡。」

「是的。」

「丹鹿！」榭汀朝丹鹿喊了聲。

「幹嘛？」丹鹿正在兔子長耳朵，穿過樹底鑽過地洞。

「你有帶著約書和伊甸給你的那盒小東西嗎？」

「聚魔盒？有啊。」

「我想我們可能會需要用到它。」榭汀說。

「這是使魔幹的？」

「是的，而且我想我們必須動作快點，不然你只能空手而回。」榭汀看向遠邊的森林，霧消失了，一片黑暗取而代之。

丹鹿頓了頓，他加快手上的動作，「等我，我馬上來。」

看著俐落的處理眼前屍體的丹鹿，柴郡瞇起眼，笑露一口白牙，「我想要吃掉他。」

「不，你不行。」榭汀摸摸柴郡的腦袋。

「至少讓我追著他跑？」

「也許吧，我會考慮考慮。」

根本無處可躲。

萊特藏在一棵雪松樹後方，柯羅在自己的正上方放了一束強烈的光芒，那亮光正好拉出雪松樹的影子，萊特就藏身在陰影處。

柯羅一人獨自站在前方，面對著那隻巨大的使魔。

萊特很想做些什麼，但柯羅說的對，光靠他和他行李箱裡的東西，頂多只能在使魔身上留下一些小刮痕。

他們的武器向來要對付的，都不是使魔，而是能控制使魔的女巫和男巫。

「你不想見他嗎？柯羅，父親愛你，你不想見他嗎？帶我去找他，柯羅。」使魔蹲在柯羅面前，又對他伸出手，像要引誘他站進牠的掌中似的。

柯羅動也不動地站在原地，「敲敲門。」他說。

「你在做什麼？柯羅，你生氣了嗎？因為我說要扭掉你的頭送給父親？」使魔晃著腦袋，牠收回手，開始用雞爪般的手掌在臉上抹著，「我很抱歉我很抱歉我很抱歉，別生氣別生氣別生氣，請你別叫牠出來請你別叫牠出來……」

柯羅不理會牠。

生。

「是誰在門外啊？」忽然，一個低沉的聲音冒了出來，萊特對這聲音並不陌

「不不不不，為什麼呢？」使魔用手掌不停抹著臉和牠的頭頂，「為什麼

呢？為什麼柯羅要這麼做呢？你們都欺負我，你和父親都欺負我……」

「是柯羅。」柯羅說。

「哪個柯羅？」那聲音又說。

「停止！停止！不然我會扭掉你的頭！」使魔叫著，牠忽然停下動作，並且直

直盯著柯羅不動，「是的，我會扭掉你的頭。」

萊特在一旁看得火燒屁股，柯羅卻還在跟他腹部裡的東西說話。

「是你的父……」

「省省吧，柯羅，真的每次都要這樣？」那聲音忽然發出笑聲，語氣戲謔，他

又問，「再想想，你是哪個柯羅？」

柯羅握緊了拳頭，他用近乎咬牙切齒的方式說：「你最喜歡的柯羅，也是頭快

要被你兄弟扭掉的那個柯羅！」

「賓果！」

在巨大使魔的手指捏上柯羅的腦袋前，柯羅痛苦難耐地跪到地上。

萊特親眼看見有東西從柯羅的肚皮穿出，就像把針穿出皮膚那樣，黑溜溜的東西以幾乎撕裂柯羅的方式爬了出來。

頭頂上的霧消失了，柯羅放出的光變得微弱且閃爍，接著天上又下起了那陣奇怪的黑色細雨。

黑雨再度將所有東西都染成黑色，但奇怪的是，這次萊特並沒有那種好像全身被潑灑了瀝青般的黏稠感，黑雨打在他身上後就像煙霧般消散了。

萊特站在一片黑黏的雪松樹林間，他大概是唯一沒被這場雨染黑的物品。

「把你的髒手從我的東西身上拿開！」低沉如鼓的聲音頓時響徹整片憂鬱林，黑溜溜的影子變得強壯且高大，蒼白又俊麗的男人戲劇性地從一團黑影裡冒了出來。

使魔收回手，牠看著出現在眼前的另一名使魔——蝕，忽然用手遮著臉哭了起來：「為什麼柯羅要這麼做？為什麼？」

「噁！」

蝕發出嫌惡的作嘔聲，翻了翻白眼，牠像黑色燭焰飄忽到柯羅身邊，親暱地攀著還在努力直起腰的柯羅。

「這真是太噁心了，對不對？我最喜歡的小柯羅。」蝕笑露一口尖銳的白牙。

柯羅露出嫌惡的神情，彷彿蝕才是在場最噁心的存在。

「吃了牠！」柯羅命令。

「我不太想呢，牠看上去很不好吃。」蝕又開始左右飄忽著，牠頸子上的那圈黑色羽毛看上去更豐潤了。

「那你就讓牠扭了我的頭，一起放到樹上去好了！」柯羅說。

「我怎麼捨得呢？」

蝕咯咯地笑了起來，牠用食指刮了下柯羅的下巴，身下那團黑影忽然將牠簇擁離柯羅身邊，並且一路捧到那仍在啜泣的巨大使魔面前。

「現在，兄弟，在我吃了你之前，你記得自己的名字嗎？」

「你是誰？兄弟。」使魔停止哭泣。

「我是蝕，黑影之王，烏鴉之王……或隨便什麼之王。」蝕張揚著雙手，像炫耀似地對柯羅微笑。

「我聽過你，兄弟，父親提過你……」使魔伸出食指，牠笑了起來，「哈囉！蝕，我的名字是浮雀。」

「嗨！浮雀，你還記得你的名字，這真好，上一個我吃掉的兄弟流浪太久，連自己的名字都沒能記住。」

「浮雀很聰明，浮雀爬進女人的子宮裡休息，蝕吃掉的兄弟很笨，牠不懂怎麼找普通人的血肉寄宿嗎？」浮雀大笑起來，樣子卻像在哭泣。

「不，上一個兄弟只是挑剔了點，牠可不像某些使魔，什麼雞窩狗窩都願意將就，最後卻淪落到長了蝨子得了病的狀態。」

「某些使魔是哪些使魔？」浮雀用手指撓著腦袋。

「呃！就是說你啊，兄弟。」蝕翻了翻白眼，臉上滿滿的嫌惡，「看看你自己，毛髮脫落，渾身赤裸，臉就像隻蠢禿鷹一樣。你再也變換不了體型了對吧？你連腦袋都開始混亂了對吧？」

「你怎麼知道？兄弟？」浮雀用手遮著自己龐大的軀體。

「這就是不挑剔的後果啊！兄弟，你捨棄了母親的子宮和父親的血肉，你隨便住進普通女人的身體裡，你不知道她們不只沒營養，連血液裡都帶著骯髒的蝨子嗎？」

「我沒有選擇，父親拋棄了我，而我只想要父親。」浮雀的翅膀一張一縮，牠伸出手指指著柯羅，「柯羅應該要帶我去找父親的！」

「我才不會帶你去找！蝕，拜託你不要再廢話了，吃掉那傢伙！」柯羅喊著。

「兄弟，不然這樣好了……」浮雀看著柯羅，忽然嘻嘻嘻地笑了起來，牠對蝕丟出提議，「分享你的父親給我，給我一點空間，讓我爬進他的身體裡，我不會吵，不會鬧，只要我們一起去找父親，你會喜歡父親的。」

「呃，不。」蝕不悅地噘起嘴來，「柯羅是我的，他的身體裡也只被允許容納我而已，我才不要分享給其他人。」

「我不會吃他甜美的夢，我只需要一點空間。」浮雀還在討價還價。

「我說了不！」蝕的臉一下子猙獰起來，「你這粗俗噁心的愚蠢……」

「你不肯，我就用搶的！兄弟！」

浮雀沒等蝕把話說完，牠伸出手一把抓住蝕，像掐住一隻小麻雀那樣，牠用力握拳，死死捏住蝕。

被掐住的蝕頓時癱軟在浮雀手上，牠發出呼吸困難的嘶嘶聲，臉因為缺氧而一片青紫，眼珠向上翻起。

「你沒有父親說的這麼厲害，讓我先吃掉你吧！」浮雀張大嘴笑了起來，牠抓著蝕要往嘴裡送時，手裡捏著的蝕忽然化作一團黑影，像黑水一般從牠手中溶解化開，滴落在地面上。

「嘻嘻嘻嘻……你看牠，牠真以為牠捉到我了。」蝕不知何時又跑回柯羅身邊，「我的演技是不是很好？」

「這件事十秒鐘就可以解決，你不要再玩了。」柯羅揮開蝕的觸碰，對方像一陣霧，煙消雲散。

「好冷漠啊，柯羅，你跟你哥哥和媽咪越來越像了。」蝕出現在柯羅前方。

「閉上你的烏鴉嘴！」柯羅吼道。

「不不不，兄弟，我明明抓住你了。」浮雀用手掌洗著臉，牠憤怒地再度朝蝕伸出手，將牠捏在手心內，但就像試圖將一灘水握在手心裡一樣，蝕不停地在浮雀手裡化掉，並再度出現。

「你很衰弱，兄弟！你明明有這麼龐大的身軀，卻如此弱小，普通人類的子宮看來毒害你很深吶！」蝕又發出那種討人厭的笑聲，天空似乎更暗了些，「你多久沒進食啦？」

「沒有人餵食我，我被拋棄了。」巨大的使魔放棄捕捉蝕，牠坐在地上，又開始憂傷起來。

「也許是因為你就像個愛哭又愛抱怨的巨嬰。」蝕取笑牠。

「我想起來了，我餓了，我真的好久沒吃到真正的食物了。」浮雀看向柯羅，牠又對他伸出手，「柯羅，如果你需要，我也可以替你摘下其他媽咪的腦袋當作禮物，作為交換，你可以餵餵我嗎？我只要一點點、一點點甜美的……」

「我說過了！」

蝕的聲音響徹雲霄，牠擋在柯羅面前，身形忽然變得無比巨大，「柯羅是我的，我不樂於分享，把你的髒手拿開！」

地面在震動，躲在雪松樹後方的萊特緊緊靠著樹幹，黑暗的影子不斷從他腳邊湧流過去。

「你以為你很巨大嗎？你以為你夠資格跟我分食柯羅嗎？」蝕那張蒼白俊美的臉一下子變得猙獰凶猛，牠揚起雙手，浮雀腳下的一片黑影開始往牠赤裸的軀體上攀爬。

「不不不不——」

浮雀發出尖叫聲，牠拉扯著攀爬到身上的黑影，並拍打牠的翅膀試圖往天上飛去。然而才剛離開地面，那團黑影拉住了浮雀的腳，再度將牠拽回地面。

黑影像藤蔓一樣纏住使魔的身體，蝕動了動手指，做了個捏和拔的動作。

兩隻黑色的巨大手掌從影子竄出來，捏住浮雀的翅膀，同樣做了個拔的動作。

「啊啊啊啊——」浮雀哭叫起來，翅膀被硬生生地拔了下來，血肉噴濺，只是拔了一層，底下卻還有一層。

血和肉沾滿了兩隻瘦小顫抖的翅膀。

「哈！」蝕笑了起來，牠看向一臉鐵青的柯羅，「想看戲法嗎？」

「我不想看！」柯羅吼道。

蝕卻笑了起來。

「知道俄羅斯娃娃嗎？」蝕說，牠伸出四隻手指，做了個剝的動作。

兩隻黑色的手掌包住浮雀的身體。

「不不不不，兄弟，拜託——」浮雀尖叫著，但聲音很快隨著手掌做出「剝」的動作戛然而止。

浮雀的身體被折成一半，表皮像橘子皮一樣被剝開來。

裡面還有一層。

滿身血腥長著羽毛，長得像禿鷲一樣的身影冒了出來，牠在黑色的手掌中顫抖著。

蝕沒有停下手上的動作，牠繼續剝著浮雀的皮，直到浮雀的身形越變越小，體態越來越像隻巨大的禿鷹為止。

「為什麼不直接吃了牠就好？」柯羅顫抖著聲音問，他腳步踉蹌，向後跌去，但黑暗接住了他。

「我正在吃啊！」蝕舔著自己的手。

包圍著浮雀的黑影像波浪一樣升起，將那些被剝落下來的使魔肉塊全數捲進黑暗之中。

「嘿！看看，牠這不是可愛多了嗎？」蝕將手掌一捧，兩隻黑色的巨大手掌將浮雀捧到柯羅面前。

黑色的手掌內躺著一隻半人半禿鷹的生物，牠的羽毛上沾滿鮮血與碎肉末，眼球上覆滿一層白色的肉膜，看上去像死亡已久似的。

然而牠長著白色細毛的膚色胸腔依然上下起伏著。

浮雀的臉上長出鳥嘴，牠的舌頭吐在喙旁，不停發出「咕咕咕……」的聲音，聽起來像鳥的哭叫聲。

「我們應該怎麼吃了牠？像牠對女人們做的那樣？」蝕笑瞇了眼，牠站在柯羅面前，異常高大，「我們摘掉牠的頭，放進嘴裡，喀啦喀啦地咬碎，你覺得如何？」

「我、我不……」

「你想要這樣的。」

「不！我不想要！」

此時，依然躲在樹後的萊特正焦慮地思索著要不要衝出去，柯羅的光暗了下來，他倚靠著的雪松樹也逐漸崩壞。

柯羅製造的陰影逐漸藏不住萊特的存在了。

萊特看著自己的雙手，他在這片黑暗裡特別明亮。

「你太亮了，小教士，藏著點。」忽然有個聲音在萊特耳旁說道。

萊特環顧四周，並沒有看到任何東西，但有個毛茸茸的觸感竄過他的腳邊。

萊特跳了一下腳，那觸感消失了。

到底是什麼東西？

「張著眼，小柯羅，看我吃下牠。」蝕笑露一排尖銳的白牙，牠捧著浮雀，欲拒還迎地要吃下牠。

但就在蝕做出「吃」的動作之前，牠的掌心上多出了一隻深藍色的大貓。

「這個興趣真的非常令人不齒。」深藍色的大貓搖晃著尾巴，用一種輕蔑的眼神看著蝕。

「哎呀！稀客，這不是柴郡嗎？」蝕看起來並不是太驚呀，牠對深藍色的大貓作出了彎腰行禮的動作。

「蝕。」被叫做柴郡的大貓也點頭行禮，但隨即露出輕蔑的笑意，「這些把戲你似乎玩不膩啊？嚇唬小烏鴉有這麼好玩嗎？真是糟糕的惡趣味。」

柴郡搖晃著尾巴，牠在浮雀的殘體周遭走來走去。

「雖然這個寄宿人類子宮的傢伙也沒好到那裡去。」

「戀父狂就有資格說人家？」蝕笑得諷刺。

兩隻使魔對望著，直到柴郡嘻嘻地笑了起來。

「隨便你吧！反正我管不著，你可以繼續玩你的，但這傢伙我必須要帶走。」

柴郡踩到浮雀身上。

「但我必須吃了牠。」蝕說。

「抱歉啦！這是父親的命令。」

「但吃了牠也是我的小柯羅的請求。」蝕說，牠危險地瞇起眼，柴郡周遭的黑暗蠢蠢欲動著。

「你這不是已經吃了嗎？」柴郡卻笑開來，「你吃一半，我帶走一半，非常公平，還是你希望花費力氣跟我先玩一玩？」

「哈！這很狡猾，我喜歡你這點，柴郡。」蝕說，「如果不是因為我不想吐毛球，你的滋味一定不錯。」

「謝謝，我還真是受寵若驚。」

「不！你們不能擅自達成這種協議，我的命令是要你吃掉牠！蝕！」柯羅急得跳腳。

「不，柴郡說得對，我已經達到你的目的了。」蝕說，牠像國王賜封爵位似地對柴郡說，「我准許你帶走這傢伙。」

「那我就不多作打擾了，享用你的美酒與佳餚吧！」柴郡說，牠叼起那奄奄一息的使魔，踩著貓步往後退開，直接消失在空氣之中。

當柴郡帶著浮雀一消失，憂鬱林的樹木全長了回來。但依舊籠罩在那片黑暗的黏膩裡。

「現在，柯羅，我們是不是該進入正題了？」蝕對柯羅勾了勾手指。

柯羅被一股無形的力量架了起來，就像上次那樣，他被輕而易舉地攤開在蝕的面前。

「你沒有達成約定！你和柴郡作弊！」柯羅瞪視著蝕。

「這說法太失禮了。」蝕說，牠食指一轉，將柯羅轉成了坐姿，讓他靠坐在空中。

牠自己也讓黑暗抬舉著，蹺著二郎腿和和柯羅對坐著，彷彿兩個正在喝下午茶的人。

「當你在和使魔請求幫忙時，本來就該小心謹慎。」蝕說。

「狗屎！」

「啊啊，幾天沒聽到你不停咒罵我了，我還真有點懷念呢……」蝕打趣地看著柯羅，「最近很忙？我發現你好像都在跟某個人說話，沒空理我。」

萊特的心裡咯噔一聲，他知道蝕口中的「某個人」是在說自己。

「我沒有在跟誰說話！」柯羅否認了。

「你不停地喊著他王八蛋，以為我沒發現，畢竟你罵所有人都是王八蛋。」蝕說，「但還是有這麼幾次你太過憤怒漏了餡……啊，等等，有一次是在你很放鬆的狀態下。」

「我不知道你在說什麼。」

「他的名字叫萊特。」

蝕知道了他的名字？

「柯羅，你交了新朋友，卻不介紹給我認識嗎？」

蝕問完這句話的同時，萊特頭頂上方的樹枝斷裂開來，原先坐在樹上的女屍重重地摔下，萊特聽到了骨頭碎裂的聲音。

這記聲響引起了蝕的注意，牠看了眼萊特躲藏的方向，接著轉頭對柯羅瞇起眼來。

「話說回來，這真奇怪，你放著那束光做什麼呢？」蝕指著他們頭頂上像星光般的微弱光束，他笑開來。

黑影逐漸籠罩柯羅的光，萊特的四周變得一片黑暗，連他躲藏的樹都要不見了。

「你在我房間裡藏了什麼嗎？柯羅。」

CHAPTER 9

捉迷藏

丹鹿從約書和伊甸那裡拿到的聚魔盒小小的，像魔術方塊一樣，只不過是三角形的。

「聽說是象徵子宮的形狀。」跟在丹鹿後方的榭汀說，他漫步在森林裡，像散步一樣。

「什麼？」相較之下，丹鹿就極其狼狽，臉上都是泥土樹葉和傷痕。

「你手裡的聚魔盒。」

「我現在不需要女巫知識小教室，這到底是怎麼了，每個人都被萊特傳染了嗎？」丹鹿漫不經心，因為他正試著想要進到森林內的那團黑暗裡，這讓他忍不住催促道，「你可不可以走快點？」

「我不行，跟你說過多少次了，我穿著皮鞋。」

「呃呃呃呃！」

「再說，你現在只是在白費力氣而已。」榭汀拍掉他鞋上的泥土。

「為什麼？」

「那邊那團黑黑的，是柯羅使魔的地盤，也就是我們說的『房間』。你不是男巫也不是使魔，除非牠特地放你進去，不然你是進不去的。」

就如同榭汀所說，丹鹿十幾分鐘前就一直試圖要進入那團黑影中，但那團黑影看似很近，卻怎麼走也走不進去，永遠保持在一定的距離外。

「那現在怎麼辦？」

「不怎麼辦，我們等。」

「但萊特呢？我們至少必須找到他。」

「萊特是那個有著一頭亮晶晶髮色的小伙子嗎？」一個聲音插了進來，深藍色的大貓忽然出現在丹鹿身後。

「啊！」丹鹿攀到榭汀身上。

「對，你見到他了嗎？」

「他在蝕的房間內。」人貓發出呼嚕呼嚕的笑聲。

「又在裡面？這真有意思……」榭汀捏著下巴，陷入一陣沉思。

「是很有意思，因為看起來蝕並不知道這件事。」柴郡說著，忽然用嘴憑空咬出一坨肉色、外型像禿鷹般的垂死生物，連拖帶扯地吐到地上，獻寶似地攤開在榭汀面前，「看我帶回了什麼！」

「柯羅他們果然比我們先發現牠。」榭汀說。

「發現了什麼？這團東西是什麼？」丹鹿依然在榭汀身上，平常很可靠的人一見了貓就一團亂七八糟的。

「有主人嗎？」榭汀又問。

「沒有，而且還依靠寄宿人類維生，長成了怪模樣，整個身體被蝕吃了一半，活不長了。」柴郡舔著自己的腳掌。

「這就是憂鬱林的飄浮巨人的真面目，一隻無主的流浪使魔。」榭汀對著丹鹿說，隨後他讚賞地看著柴郡，「你真棒，柴郡，竟然能從蝕嘴裡搶下牠。」

「因為我口才很好，又可愛啊！」柴郡笑瞇了眼，牠的眼神直直看著丹鹿，「我這麼棒，你等一下會賞賜我好吃的東西吃嗎？父親。」

丹鹿毛骨悚然。

「當然，但我們現在還有正事要先辦。」榭汀說，他把身上的丹鹿抓下來，「輪到你了，老鼠。」

「什麼？」丹鹿一臉困惑，柴郡卻笑到身體差點都要消失了。

「拿出你的聚魔盒，不然你只能帶一具死屍回去。」榭汀暗示。

「喔！」丹鹿這才意識過來，他清清喉嚨，繞過柴郡來到那隻古怪生物的旁邊，他仔細打量著那東西，「這真的是使魔？憂鬱林巨人？」

「對，別看牠這樣，牠原本的身體跟雪松樹一樣巨大，只是蝕一層一層吃掉牠的外皮，牠就成了這副德性。」柴郡說，牠抖動尾巴，「你們真該看看蝕吞食牠的情景，太壯觀了。」

「蝕還是老樣子？」榭汀挑眉。

「死性不改，把小烏鴉都嚇壞了。」柴郡說。

「反正柯羅也是自作自受。」榭汀說，語氣一點也不在乎。

他們的對話丹鹿半句也沒聽懂，正要追問，榭汀卻用眼神催促著他，「老鼠，你還愣在那裡做什麼呢？快把那坨東西處理掉。」

丹鹿看了眼手上的聚魔盒，又看了眼地上的使魔。

「我……好吧，去！」丹鹿沒有多想，抓了手上的聚魔盒就往使魔身上丟，聚魔盒砸到使魔的身上，彈開，然後……沒有然後了。

丹鹿和榭汀他們一起看著滾落在地面上的聚魔盒，一陣沉默，連躺在地上的使魔眼皮都忍不住抽了幾下。

好吧，事實上，沒有人告訴過他聚魔盒要如何使用。

約書忘了解釋，丹鹿又忙於照顧另外三個傢伙而忘了詢問，硬著頭皮上陣的結果就是如此……

男巫和他的使魔不客氣地大笑起來。

「笑屁啊！」丹鹿一個人紅著耳根子撿起地上的聚魔盒，他羞恥地翻看起聚魔盒，試圖找出正確的使用方法。

「神奇寶貝大師，你就繼續忙你的吧……柴郡餓了，我必須先餵牠，我們會晚點回來，在那之前希望你能把那東西收服好。」

「別叫我……」

在丹鹿回應前，榭汀愉快地摸了摸柴郡的頭，和柴郡一起消失在空氣中。

「該死的！」丹鹿握著聚魔盒，獨自一人愣在原地，約莫十幾分鐘後，他才發現聚魔盒的使用說明就躺在他的信箱裡。

要被發現了！

萊特心中警鈴大響，他緊緊靠在樹幹後方，蝕像隨時會從旁邊探出腦袋似的。

「我沒有藏什麼！」柯羅堅決的聲音傳來，「不要再廢話了，享用你的美酒和佳餚！然後滾回你的巢穴！」

「你這是在主動邀請我享用嗎？這麼難得……」蝕笑了起來，牠的注意力被柯羅拉回。

「我只是希望你趕快滾回去。」

「是嗎？」

蝕將柯羅拉近，牠用雙手捧住他的臉，「那就讓我們來看看有什麼美味的佳餚可以讓我享用吧？」

柯羅動彈不得。

此時，正上方的微弱光源忽然變得明亮又溫暖，在萊特眨眼的瞬間，那光芒已經照亮了整片黑暗。

萊特抬頭，光源變成了午後的太陽，他依然身在某片樹林之中，只是比起憂鬱林的冰冷和潮濕，這片樹林乾燥又溫暖。

萊特摸了摸那棵他藏匿的大樹，樹皮是白色的，葉子也是。雖然外型很像雪松樹，但它並不是雪松，而是一棵白鴉樹。

萊特發現自己身處在一片白鴉林中。

「快來！」

「跑慢點！」

一個小男孩牽著他的母親一路雀躍地從萊特身邊跑過，他們完全沒有發現萊特的存在。

空氣很暖，還有一種聞起來很讓人很放鬆的舒服香氣。

聽著小男孩和他母親的笑聲，萊特有種想躺下來，把自己埋進鬆軟落葉堆中的衝動。

「我們應該躲在哪裡？」那個有著一頭黑色大波浪捲髮的美麗女人彎下腰來詢

問她年幼的孩子。

小男孩只是一臉興奮地拉著她前進。

萊特已經是第二次見到女人和小男孩了，他知道他們是誰，她是極鴉達莉亞，他則是小時候的柯羅。

「我知道有個祕密場所！」小柯羅說，「榭汀當鬼的時候，我和瑞文有時會躲在那裡！」

「但這次是瑞文當鬼，這樣他不就會發現我們了嗎？」達莉亞摸著小柯羅的頭，她笑得很開心很美，那頭黑髮亮得發光。

「不！媽咪，我會把光偷走，黑黑的，他什麼也找不到。」小柯羅一路拉著達莉亞前進，他們再次經過萊特面前，來到一棵巨大的白鴉樹下。

那株白鴉樹已經死了，樹幹底下藏著一個大樹洞，連成人都可以躲進去。

女人和小男孩咯咯笑著，兩人一起鑽進樹洞內。

萊特在白鴉樹後方看著這一切，達莉亞懷抱著小柯羅，小柯羅就像隻小雛鳥一樣。

「現在我們都不能出聲，好嗎？」

「好。」小柯羅說，但他還是笑個不停，因為女人抱著他又親又捏。

「噓！小聲，我聽到腳步聲了。」忽然，女人說。

「他來了嗎？」

在小柯羅的雙眼亮起來的那一瞬間，畫面靜止了。

萊特看著樹洞裡靜止住的母子倆，他壓低了身體，因為出現在他們面前的不是其他人，而是柯羅自己。

蝕就站在柯羅的身後，雙手按在他的肩膀上，像個巨大的陰影。

「如果用你們的形容詞來形容，我想這個美夢吃起來應該是這樣的……焦糖和榛果的香氣，甜美又溫熱……喔！或許還參雜了點新奇刺激的跳跳糖？」蝕咂嘴，舔了舔唇。

柯羅望著樹洞裡的兩人，沒有說話。

「還需要再看久一點嗎？」蝕發出笑聲。

「沒有必要。」柯羅說，他撇開臉。

「是嗎？」

蝕咯咯笑著，牠手指一抽，明亮的畫面消失，四周再度恢復黑暗，那些明亮的光芒全集中在牠的手指中。

在柯羅的面前，蝕張大了牠長著利齒的嘴，捻著那撮亮光往裡頭放，然後喀嚓喀嚓地吃了起來。

「嗯……你知道嗎？它們吃起來真的就像我說的那樣……甜美又溫暖。」蝕又咋了咋嘴，臉上都是饜足的欣喜，牠陶醉地靠在柯羅背上，像一灘甩不掉的黑泥，「那個噁心的傢伙居然還妄想要和我分享呢！」

「歸巢吧，蝕，你得到了你的美酒和佳餚。」柯羅冷冷地說。

「我會爬回去你的小肚子裡，但你知道步驟的……」蝕將手指伸進喉頭裡，然後掏出那顆黑色的小圓珠，「張嘴，我最喜歡的小柯羅。」

柯羅並沒有做太多的掙扎，他張嘴，接受蝕的餵食。

天上最後一束微小光芒接著熄滅。

萊特再度回到了相同的白鴉林，只是明亮的陽光被灰雲藏起，氣溫也一下降了好幾度，空氣裡颳來刺骨的冷風，吹痛了萊特的臉。

暖暖的香氣不在，反而有種鐵鏽的腥味。

明明是同樣的場景，氛圍卻完全不同。

萊特探出頭，柯羅和蝕已經不在原地。

左右張望了下，萊特正打算從躲藏處離開，小柯羅卻再次從他面前跑過，剛才他看過的場景又上演了一遍。

「不！」

只是這次小柯羅沒有牽著女人，臉上滿是驚慌和恐懼。

「柯羅！」萊特叫了聲，但對方卻完全沒聽到似的。

小柯羅跑過萊特身邊後，就在他的正後方，那個他本該牽著的黑髮女人追了上來。

「回來這裡！柯羅！你不愛媽咪了嗎？」

女人那頭如黑色瀑布般的黑髮糾結在她蒼白的臉上，原先亮麗美豔的臉孔變得瘋癲而可怖，她追在小柯羅身後，經過之處帶著一股腐朽的氣息，白鴉樹瞬間枯萎死亡，地上的落葉全都焦黑碎裂。

跑！然後躲起來！萊特看著這一幕，心裡冒出這樣的聲音，他想對著小柯羅喊。

「不！我愛妳，但是……」

「不准跑，我叫你回來！」

然而女人依舊在白鴉樹林間抓住了小柯羅，她抓著他的頭髮，狠心地將年幼的孩子推撞在地。

「不！媽咪，不！」小柯羅掙扎著。

「不准跑也不准躲！為什麼連你也想要離開？」女人坐在自己孩子的身上，手指緊緊地掐住他纖細的頸子，對著他尖叫。

「停、停下來！」小柯羅一雙臉頰被掐得通紅，他大哭大叫著，開始向另外的人求救，「瑞文、瑞文！快來救我！媽咪又生病了！」

「不！你們都說謊！我才沒有生病！你和瑞文都是愛說謊的小孩……」女人憤

怒地啜泣起來，抬手狠狠打了他一巴掌。

小柯羅愣住，摀著臉，更加厲害地大哭起來，哭得撕心裂肺，女人卻又給了他更響亮的一巴掌，毫不留情。

「不！媽咪！不要打我！」

「愛說謊的小孩！愛說謊的小孩！」

在小柯羅的哭叫聲中，女人憤怒地捶打年幼的孩子，巴掌不斷落下。

萊特再也看不下去了，他知道柯羅要他躲好，但他實在無法忍受。

沒人可以隨便打小孩，就算是他最崇拜的達莉亞也不行！

「夠了！」

萊特一個箭步衝上前，雖然他甚至不確定眼前的是不是幻象，但當他想著要將女人推開時，他辦到了，女人被他撞開來。

萊特快狠準地拉起躺在地上傷痕累累的孩子。

「你是誰？你不是瑞文……」就和上次一樣，小柯羅只是滿臉淚痕，一臉呆愣地看著他，沒認出他是誰。

「柯羅……不……別跑……」倒在地上的女人又啜泣起來，黑暗從她腳下開始蔓延，逐漸吞食所有事物。

「快跑！」二話不說，萊特抓緊小柯羅開始在白鴉林間奔逃。

「你是誰？我們要去哪裡？」小柯羅被他拖著跑，一路踉蹌。

萊特回頭看了眼滿臉傷痕的小柯羅，一個直覺從他腦海裡冒出來。

「快來！我知道一個祕密基地。」萊特說。他沿著小柯羅「先前」給他看過的路徑前進，果然順利地來到小柯羅先前說的「祕密基地」。

那棵死去的高大白鴉樹出現在他們面前，樹根處一個巨大的樹洞就藏在枯枝落葉後。

「你是誰？」小柯羅又問了一次，他被萊特牽著的手還在顫抖。

「我是萊特，記得嗎？」萊特俯下身，輕輕按住對方的肩膀。

小柯羅一臉困惑，似乎正在試圖回憶著自己認不認識眼前的人，但沒給他多餘的時間回想，他背後忽然被一片黑暗籠罩，黑髮的女人已經從不遠處緩緩地朝他們走了過來。

「柯羅，我最喜歡的小柯羅……別跑、別躲起來、別傷媽咪的心……」

小柯羅又是一陣顫抖，當他因為女人的呼喊而驚慌地要轉過頭去時，萊特將他的小臉扳了回來。

「嘿！看著我，聽我說，你相信我嗎？」萊特輕聲細語地詢問。

「什麼？」

「你相信我嗎？如果你相信我的話，就跟我躲進去，我不會讓她發現你的。」

萊特指著樹洞，然後舉起手指，「我保證！」

小柯羅盯著他，躊躇了會兒，當他身後的女人二度呼喚他時，他緊緊握著萊特的手，乖巧地點了點頭，主動帶領萊特躲進樹洞內。

當他們躲進樹洞時，萊特忍不住抱著瑟瑟發抖的小柯羅，輕聲安撫他：「現在我們都不能出聲，好嗎？不管發生什麼事，你都別探出頭，我會在你身邊。」

小柯羅點點頭，萊特將他藏到自己身後。

「柯羅！柯羅！」這時外面傳來了女人的尖叫聲，她不停地叫著柯羅的名字，這讓小柯羅又恐慌地開始啜泣起來。

萊特知道現在這麼做大概有點太白爛了，反正他腦海裡也沒有下一步到底該怎麼辦的打算，於是他問小柯羅：「別怕，我唱歌給你聽好嗎？」

「啊？」小柯羅被震驚和自己的鼻水噎住了。

萊特沒有給他拒絕的機會，開始唱起來：「睡吧寶貝在我的懷裡睡吧，睡得平穩又安詳……睡吧寶貝在我的懷裡睡……萊特會抱著你、萊特會保護你……」

他的聲音甚至蓋過外頭女人的尖叫聲。

小柯羅停止啜泣。

萊特繼續唱著歌，他偷偷撥開樹枝往樹洞外望去，外面不知何時已經被一片黑暗完全籠罩，什麼也看不到。

全世界彷彿只剩他的頭髮依然在發光。

這時，小柯羅忽然說話了，以一種無比平靜的語氣：「再說一次，你叫什麼名字？」

「萊特，我叫萊特。」萊特說，當他正想回頭對小柯羅微笑時，一雙手忽然伸進樹洞裡死死拽住萊特的衣領，萊特幾乎被拖出樹洞。

黑暗裡，有雙不懷好意的細長眼睛和蒼白俊美的臉孔，一排白森森的尖銳牙齒也露了出來，抓住他的並不是瘋狂的達莉亞，而是蝕。

「嘻嘻，發現你了，萊特。」

就在萊特要被拽出樹洞之際，後方忽然有人猛烈地拉了他一把。

萊特！你是萊特！

是柯羅的聲音，不是小的那個，是大的。

拽著萊特的力道非常猛烈，把他拽離了蝕的箝制，萊特往後一跌，這一跌，卻像愛麗絲跌進兔子洞，整個人像被黑色的深淵吸了進去，空間一陣扭曲，他失去了知覺……

萊特在一個黑暗而狹小的空間裡驚醒，他倒抽口氣，濃烈的腐臭味強行灌進口鼻內，他忍不住大力咳嗽起來。

周遭困著萊特的東西開始發出碎裂聲，萊特發現自己正站在什麼東西裡頭，微弱的光芒從裂縫中透出。

萊特身邊還有別人，對方發出難受的作嘔聲，並且激烈地掙扎。

劈里啪啦的聲音響起，萊特一個踉蹌，身旁的牆面碎裂開來，感覺衣服被拽住，整個人跌了出去。

萊特和一堆沾滿泥土的女性衣物滑到地上，他抬頭，一棵空了半邊的雪松樹枯木就立在眼前，他們是從雪松樹的樹幹裡滑出來的，也就是說，剛剛困住他們的地方只是樹洞而已。

萊特環顧四周，他們又回到憂鬱林，真正的憂鬱林內。

「走開……」

萊特被推了一把，他起身，和他一起被埋在女性衣物堆內的人正是柯羅。把他推開後，柯羅掙扎著爬起，隨即跪在地上痛苦難耐地吐了起來。他吐出一些水、一些黑黑的東西。

「你還好嗎？」萊特趕緊過去拍了拍對方的背，但很快地被柯羅揮開。

滿臉死白的柯羅隨便用袖子擦了擦嘴，好半天才緩過氣來，他一臉疲憊地看向萊特。

「你有被牠發現嗎？有嗎？」柯羅著急地追問。

「誰？」

「蝕！牠有看到你嗎？」

萊特想起他在黑暗中被蝕抓住的那一幕，蝕那雙異常明亮的眼和白森森的尖銳牙齒……

「牠有看到你嗎？」柯羅又問了一次。

萊特看著渾身緊繃的柯羅，他選擇說謊，「不，沒有。」

「沒有嗎？」柯羅看上去鬆了一口氣。

「沒有。」萊特這謊說得有點罪惡感，但他決定先讓柯羅喘口氣，也許日後再告訴他實話。他伸出手，「來，可以站起來嗎？」

柯羅看了他一眼，有些遲疑，最後還是伸出手，藉著萊特的力量起身。

當萊特從地上撿起的黑色大衣讓發抖的柯羅穿上時，柯羅看著他，忽然說道：

「你又在那裡了……」

「哪裡？」

「蝕給我看的場景裡。從來沒有人能闖進去。」柯羅臉上滿滿的都是困惑，他問，「你怎麼辦到的？」

萊特愣了幾秒，他聳聳肩：「我猜我只是……比較走運？」

「這種事跟走運才沒關係，你……」

「萊特！」呼喊聲打斷了柯羅的問話。

丹鹿從不遠處揮著手跑來，他的紅髮凌亂，臉上滿是泥土和擦傷。

「鹿學長！發生什麼事了？」萊特驚呼。

「說來話長，但我跟一堆女屍打了一架……」丹鹿頓了頓，他看著破了個大洞的雪松樹，以及站在一堆衣服堆上的萊特和柯羅，旁邊的草地上還躺著另一具無頭女屍，「你們又發生了什麼事？」

萊特嘆了一聲，這邊也是說來話長。

「我們遇到了憂鬱林巨人，是一隻沒有主人的使魔，柯羅本來在對付牠，但有一隻藍色的豹還是老虎之類的東西跑出來……」萊特這才想起他們本來正在處理的那隻使魔。

「那是榭汀的使魔，柴郡，他派牠過去的。」丹鹿說。

「現在呢？那隻使魔被帶去哪了？」萊特問。

「在這裡。」丹鹿晃了晃手上的聚魔盒，三角形的小聚魔盒放在他手上還微微震動著。

「在裡面？哇喔！這太神奇了，你怎麼辦到的？」萊特驚奇地喊著，畢竟他從沒有機會使用到聚魔盒。

「這很簡單，你只要……」

「該死的榭汀！」

丹鹿沒能解釋完就被柯羅的咒罵聲打斷了。

柯羅看上去很生氣，但似乎已經沒有多餘的精力讓他跳腳，原本站著的他搖搖晃晃地坐下來，用手指緊緊壓著自己的眼窩，他很努力地別讓自己再度反胃。

「他怎麼了？不舒服嗎？」丹鹿問。

萊特點了點頭，丹鹿則是很果斷地把柯羅從地上拉起。

「幹什……痛痛痛痛！」柯羅正要發難，卻被丹鹿壓著胳膊死死地牽制。

「你，不舒服就閉嘴！」丹鹿發號施令，隨後又看向萊特，「我先帶他去休息，你負責處理這團混亂，記得做好紀錄，我們還要向上面報告，懂了嗎？」

「是的，學長！」萊特稍息立正。

「還有問題嗎？」

「有！我可以嫁給你嗎？學長！」

「不可以！你去吃屎吧！」

事情交代完後，丹鹿拖著不情不願的柯羅離去，留下萊特面對這團混亂。

地上全是受害者的衣服，再一次地，被他們從樹洞裡拉了出來。

萊特蹲下來檢查著那些衣服，他看了眼躺在地上的蒼白女屍。

這一次，是真的找到「她們」了。萊特心想。

萊特仔細地折疊起那些衣服，但就在他拿起其中一件衣服時，濃烈的腐臭味傳了出來。

萊特往下一看，一隻渡鴉的屍體就躺在衣服堆中，牠的身體僵硬，黑色羽毛上沾滿凝固的血跡。強忍著那股腐肉味，萊特撿起渡鴉，左右翻看著屍體。

渡鴉的肚子被剖了一個大洞，裡面塞著什麼東西。

萊特忍著噁心將手指伸進去，在黏糊冰冷的內臟中，他摸到一個堅硬的東西。

萊特抽出那個堅硬的東西，竟然是隻用黑色木頭雕刻出的小烏鴉，烏鴉上頭還刻著小小的字跡。

萊特將凝固在上頭的血用指腹抹去，並且瞇起眼來看個仔細，上面刻著幾句話。

——遊戲好玩嗎?來找我，兄弟。

——永遠記得，媽咪和我，愛你。

CHAPTER 10

落幕

丹鹿和萊特兩個人坐在雪松鎮的小警局裡，看著小鎮裡的員警們忙碌地伺候著從靈郡來的長官，他們則是剛剛協助警方處理完相關的證物和筆錄，待會兒還必須向長官做相關報告。

好不容易能喘口氣，丹鹿坐在板凳上，總覺得有什麼事情不對勁。在他忙著對付那群女屍時，一定發生了什麼事，而他是唯一不知情的人。

在那之後，柯羅發起高燒，丹鹿差人把他送回黑萊塔去，請蘿絲瑪麗幫忙照顧。

而榭汀在消失了一陣子回來之後，對所有事也一副愛理不理的模樣，特別冷淡，最後乾脆直接把他們丟在小鎮上，自己回黑萊塔了。

教士們全被男巫們留下來善後。

男巫們性格陰晴不定已經見怪不怪，然而當那個平常極度聒噪的萊特都顯得異常安靜時，事情就古怪了。

「萊特，我待會兒必須先向長官們報告大概的事情經過，還需要趕回去提交事典報告給大學長，你可以幫我去慰問一下婷娜．布菲的家人嗎？警方已經辨識出所有遺體了，有一具確實是她的遺體。」

教廷特地從靈郡派人來幫忙，他們分辨出憂鬱林巨人藏起來的那些遺體的身分，全是來自於當年那些未解懸案，以及雪松鎮事件的受害者。

白鴉樹謀殺案某方面也算是解開謎團了，只是幕後凶手始終未露出真面目。

「嗯，好。」萊特凝望著窗外，敷衍地點著頭。

從雪松林回來後，萊特就一直是這副模樣，警方問他除了受害者的衣服還有沒有什麼其他發現時，他也是一副心不在焉的模樣。

「那你可以順便從帳戶裡匯個一百萬給我隨便花花嗎？我想建一座獨角獸城堡。」

「嗯，好。」

「我還想把我的獨角獸城堡漆成粉紅色的，並娶獨角獸公主為妻，你願意當伴郎嗎？」

「當然、當然！」

「給我回神啊！混帳！」丹鹿刮了萊特一巴掌。

「好痛！」萊特可憐巴巴地摀著臉，這才回過神似的。

「你在想什麼？發生了什麼事嗎？」丹鹿扠著腰質問。

萊特看著丹鹿，欲言又止，最後卻只是笑了笑，對著丹鹿擺手，「沒事啦，你放心，婷娜那邊交給我處理就好。」

丹鹿瞇起眼，他總覺得有鬼，但萊特這人就是這樣，當他想保密一件事的時候，撬開他的嘴、拔掉他的牙齒他都不會說。

丹鹿嘆息。

「好吧，隨便你，記得把事情辦好就好。還有，別忘記了，你自己也要提交一份簡短的事典報告給大學長。」反正等萊特決定該講時，他就會講的。丹鹿想。

「是的，學長！」

「現在，滾！」

丹鹿最後放了萊特一馬。

萊特將婷娜．布菲的死訊，以及找回遺體的訊息再度告知布菲太太一次。

他甚至帶著布菲太太到當地的殯儀館認屍。

但老人家只是看著屍體呆滯許久，然後挽著萊特的手笑了起來。

「我們現在在約會嗎？和我女兒一樣，她也和男朋友去約會了。」布菲太太還是沒認出自己的女兒。

萊特嘆息，也許這樣也好。他心想。

最後萊特將布菲太太帶出殯儀館，順道帶她去稍微陽光明媚點的地方逛逛。

既然要約會，就該像樣一點。

「不知道她什麼時候要回來呢……」

萊特和布菲太太一起坐在公園的大樹下發呆時，老太太忽然嘆息起來。

「誰？」

「婷娜呀，她都去約會一整晚了。」布菲太太說。

婷娜失蹤了半年時間，對布菲太太來說似乎只是一晚。

「也許只是玩得太開心了。」萊特安慰著布菲太太。

「小孩子翅膀硬了，都不回來。」布菲太太一臉感嘆地說，「她男朋友都回來看過我了，她還不回來。」

「她男朋友回來看過你？」萊特困惑。

「對啊！跟你們一起來的，那個黑髮紅眼睛，個子高高的小帥哥呀！」老太太自顧自地說得很開心。

萊特一愣，柯羅的個子可不高。

「妳確定？」

「對啊，他們站在一起可登對了。」老太太拍著手。

萊特默默地拿出藏在口袋中的木雕烏鴉左右翻看，他忽然明白了什麼。

或許當初老太太會興奮地叫著柯羅「男朋友」，可能不是指她想交男朋友，而是不小心把柯羅誤認成了某個長得很像他的人……

圖麗十四年，十一月二七號

雪松鎮——憂鬱林巨人事件報告。

總結：經過實地訪查，證實雪松鎮發生的幾起命案與使魔有關。

根據初步接觸該使魔的督導教士，萊特．蕭伍德的陳述（初步接觸的詳情請參閱萊特的事典報告），使魔自稱為浮雀，體態異常巨大，能在空中飛翔，相關特徵都與居民們口耳相傳的憂鬱林飄浮巨人相符。

雪松鎮第一起命案發生於距今一年前，第二起命案則是半年前，規律大約是每半年一次。憂鬱林飄浮巨人的都市傳說也是距今大約一年前開始流傳，時間相符，因此推測憂鬱林內的飄浮巨人即為無主的使魔浮雀。

此外，調查後也確認，憂鬱林內的奇怪濃霧確實是使魔浮雀所引起，根據榭汀的說法，浮雀的能力得以製造濃霧，並誘拐黑髮女性進入牠的「房間」（也就是所謂的地盤）。

從浮雀的能力來看，和幾年前的白鴉樹謀殺案絕對脫不了關係，因此合理懷疑，過去擁有浮雀的某位女巫或男巫，應該就是白鴉樹謀殺案的元凶。

然而由於某種原因，這位女巫或男巫將浮雀遺棄在外，居無定所的浮雀因此輾轉流落到雪松鎮，盤據於憂鬱林，並引誘女人充當自己的寄宿者。

備註：狩貓男巫榭汀認為，使魔浮雀會成長得異常巨大，可能與牠以普通人類的身體作為寄宿場所有關（請參閱附件照片，受害者們的屍體腹部鬆垮，明顯有被使魔強行入侵過的痕跡）。過往的古代女巫及男巫們認為，如果使魔居住於人類體內，可能造成使魔外觀上的變異（其餘請參考女巫們撰寫的《使魔考古記談》在此不多做談論）。

此外，特別挑選黑髮女性作為目標，並摘下她們頭顱的習慣，也可能與使魔前任主人的行為有極大的關聯。

然而因捕獲使魔時，使魔已經在垂死狀態，無法詢問原因及前任主人為何人，因此疑問尚待釐清。

雖然關於白鴉樹謀殺案的相關細節尚不明朗，不過雪松鎮的謀殺案已確認事實真相，在捕獲使魔浮雀後，也已經找到自白鴉樹謀殺案以來，所有失蹤的女性受害者的遺體，使魔浮雀一直將她們藏在「房間」內作為巢穴之用。

目前警方已經協助配對屍體與頭顱，並一一通知家屬認領。

以上，其餘的調查細節及內容將待日後警方的協作資料出來，再做詳細報告。

備註：狩貓榭汀在此次調查中給予相當大的幫助，訪談順利，與一般民眾互動良好。缺點是體力差、廢話太多、愛亂花錢……提到這裡，順便想請問一下出差住宿費是不是能報公帳？

本次建議事項：

一、重啟白鴉樹謀殺案的相關調查。

二、派遣教士調查案件前，請先確認已明確告知教士如何使用聚魔盒。

三、將住宿費納入公帳，金額上限提高。

丹鹿．瓦倫汀

約書看著桌上那張丹鹿主動寫出來的報帳單，從抽屜裡拿出大章，大方地蓋了下去——否決。

「有了新車還要住上好房？這年頭的寶寶教士真是嬌生慣養。」約書嘖嘖嘖地邊搖頭，邊闔上丹鹿呈上來的男巫事典。

「我們的住宿費不就能報公帳嗎？當年你也是……」橘金髮的男人插話，聚魔盒被他當球一樣在手中拋著。

「噓噓噓——伊甸，這不一樣。」約書用食指抵著嘴唇，搖了搖頭。

「哪裡不一樣？」

「經費有限，我是學長，他們是學弟。」

「可憐的學弟們。」伊甸笑出聲來，他接住自己丟到空中的聚魔盒。

「可憐的使魔，沒聽牠都垂死了，你還這樣玩牠。」約書回嘴。

「我做的聚魔盒就像真正的母親的子宮一樣，很安穩的。」伊甸將小聚魔盒拿在手上觀看，那正是丹鹿他們呈上來的聚魔盒，裡面裝著憂鬱林的飄浮巨人，「對了，下午跟我回教廷一趟嗎？我必須把牠帶去。」

伊甸近乎沉迷地看著自己的作品，約書沉默地點了點頭。

「當然好，但先等我看完萊特的事典報告。」

「啊，小蕭伍德這次寫了些什麼呢？」

伊甸一臉好奇地湊了過來，約書則是翻開萊特呈上來的事典內容，裡面寫著——

嗨！學長。

創作瓶頸，我有些事情需要先想清楚、弄明白。

所以事典報告先讓我延一個星期吧？

反正我只是協助，應該不太重要吧？

愛你喔！（親親抱抱）

萊特．蕭伍德

「這混帳……」

在伊甸捧著肚子大笑開來前，約書捏斷了筆。

——《夜鴉事典02》完

高寶書版集團
gobooks.com.tw

輕世代 FW272

夜鴉事典 02 —丹蒼之臨—

作　　者　碰碰俺爺
繪　　者　woonak
編　　輯　林思妤
校　　對　林紓平
美術編輯　彭裕芳
排　　版　彭立瑋

發 行 人　朱凱蕾
出　　版　英屬維京群島商高寶國際有限公司臺灣分公司
　　　　　Global Group Holdings, Ltd.
地　　址　臺北市內湖區洲子街 88 號 3 樓
網　　址　www.gobooks.com.tw
電　　話　(02) 27992788
電　　郵　readers@gobooks.com.tw（讀者服務部）
　　　　　pr@gobooks.com.tw（公關諮詢部）
傳　　真　出版部　(02) 27990909　行銷部 (02) 27993088
郵政劃撥　50404557
戶　　名　三日月書版股份有限公司
發　　行　三日月書版股份有限公司 /Printed in Taiwan
初版日期　2018 年 5 月
六刷日期　2021 年 3 月

國家圖書館出版品預行編目 (CIP) 資料

夜鴉事典 / 碰碰俺爺著 .-- 初版 . -- 臺北市 : 高寶國際 , 2018.05-
冊 ;　公分 . --

ISBN 978-986-361-522-4(第 2 冊 : 平裝)

857.7　　107004299

三日月書版

三日月書版

GOBOOKS & SITAK GROUP©

GOBOOKS
& SITAK
GROUP©

三日月書版

三日月書版

草子信
illust 日々
遊戲結束
ゲームが終わる前に
前
IV
—絕望禁止—
BEFORE THE END OF THE GAME
三日月書版
輕世代 FW353

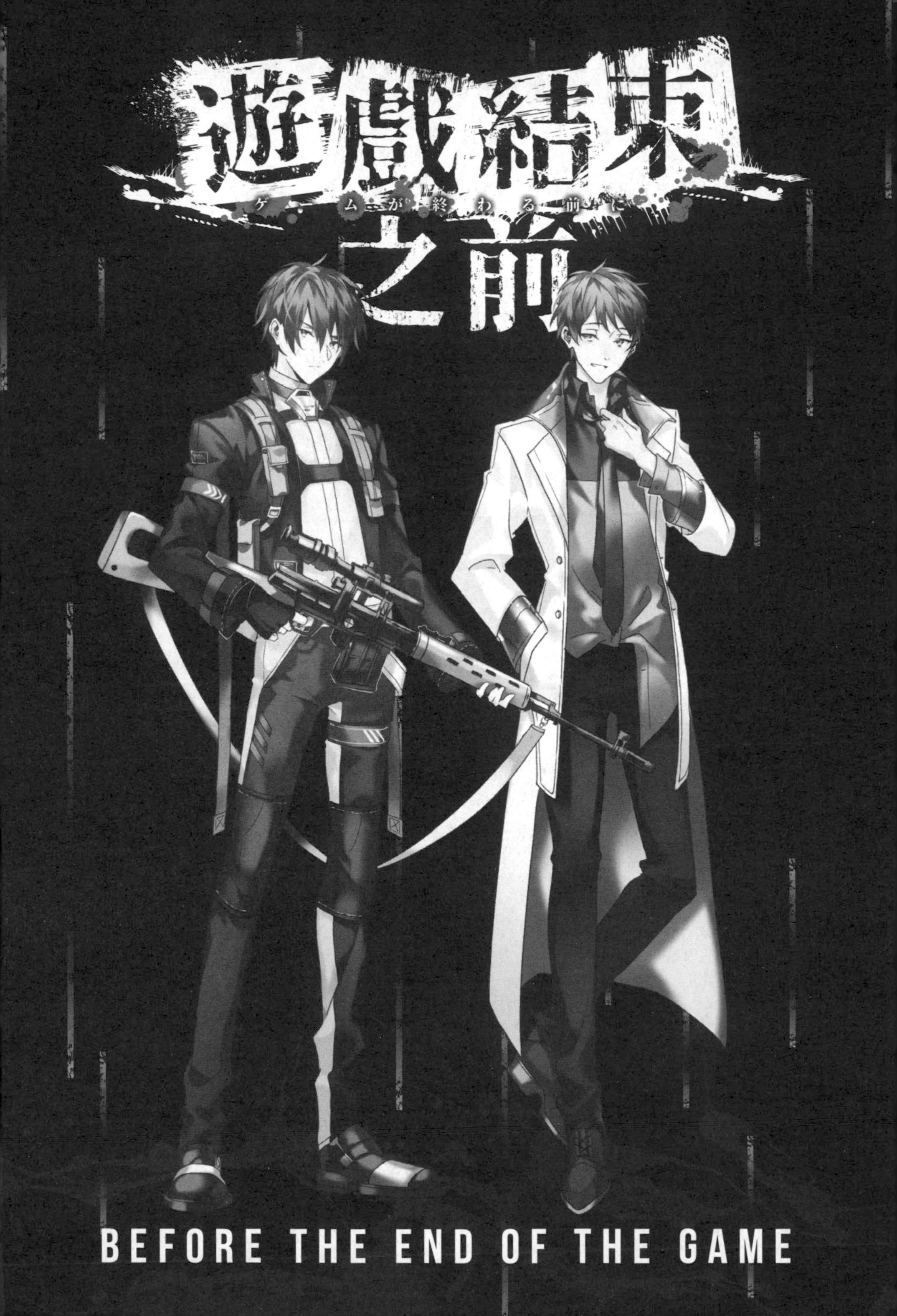
遊戲結束之前
ゲームが終わる前に
BEFORE THE END OF THE GAME

CONTENTS

BEFORE THE END
OF THE GAME
CHARACTER FILE 001
左牧
遊戲角色：玩家
喜歡耍小聰明，充滿心機的利己主義者。受人委託參加遊戲，有冷靜分析和觀察的能力，雖說是普通人，但對血腥畫面習以為常。
私家偵探

BEFORE THE END OF THE GAME

CHARACTER FILE 002

殺人魔

兔子

遊戲角色：罪犯／左牧的搭檔

個性古怪，偶爾會表現出懦弱的一面，但戰鬥時卻可以面無表情地將人殺害。

原是無主罪犯，遇見左牧後主動接近他。對左牧有相當強烈的占有欲，是個讓人捉摸不透的神祕男子。

BEFORE THE END OF THE GAME

CHARACTER FILE 003

羅本

遊戲角色：罪犯／左牧的搭檔

軍人

具有道義精神，但並非正義使者，會視情況判斷自己的行動，重要時刻也有可能背叛同伴。槍械專家，近戰不強，擁有很強的狙擊能力，基本上只要扣下扳機就不會失誤。

BEFORE THE END
OF
E GAME
CHARACTER FILE 004
研究學者
遊戲角色：玩家
邱珩少
只對自己有興趣的人事物執著，比起和真人互動，對資料數據更感興趣，是不折不扣的研究狂。
十分聰明，自我意識高，不擅長和他人合作。

BEFORE THE END OF THE GAME

楔子

華麗的廳堂內，隨處可見各種精緻美味的食物、高聳的香檳塔閃閃發光，還能透過透明的玻璃地面，看見下方的流水與偶爾游過的各種魚類。

在這樣美麗的空間裡，穿著典雅的美女與西裝筆挺的男人們坐滿了血紅色的沙發區，帶著笑容高談闊論，話題永遠圍繞著金錢及權力。而在正中央的長方型螢幕中，出現的是表情痛苦扭曲的人們，躲避追殺、逃命、在槍彈雨林中死亡的可怕畫面。

兩個完全不同的世界，彷彿不存在你我身邊，此時此刻卻又無比真實。

對於畫面中死去的人，這些人不僅沒有半點憐憫，甚至開懷大笑，抓住大把鈔票扔在螢幕上面，完全不在乎這些紙張的價值。

「媽的，明明我很看好那傢伙，怎麼這麼簡單就死了？」

「您才剛入會沒多久，不必氣餒。推薦您投注另外一位玩家，最近他的勝率很高。」

沙發後方的侍者恭敬地彎腰，端上一杯透亮的紅酒。壓在酒杯底下的白紙上，寫著英文和數字亂數搭配的密碼。

抱怨的男人看了一眼，這才稍微消氣，繼續將注意力投向其他螢幕。

侍者轉身離開，訓練有素的他，在完成任務後就會立刻返回工作崗位。此處的侍者只會乖順地聽從耳機裡的指揮，其他事情都與他們無關。

在他經過另一處沙發區時，有名男子舉起空酒杯，侍者很自然地用托盤接下，接著與一名穿著高衩白裙、身材妖豔的女子擦身而過。

女人踏著閃閃發光的紅高跟鞋來到男子面前，她的臉上沒有半點笑容，雙眸冰冷，看不出目的和想法。

男子彷彿早就料到女人會出現，從容地點了根菸，深吸一口。

「你早就計畫好了，是嗎？」

「我不懂妳在說什麼。」

「……你推薦到E3區遊戲場的玩家，現在正打算入侵島內系統、干擾遊戲進行，別跟我說你完全不知情。」

「想誣賴人也要拿出證據吧？我是有推薦人選，但推薦方又管不到玩家在島上做的事情。而且決定玩家人選的是主辦單位，不是我，就算他真想做什麼，又和我有什麼關係？」

由下注者推薦玩家人選早已成為常態，光靠這點就想來追究責任，根本站不住腳，這是「參與者」都知道的事。

聽見他的回答，白裙女子非但沒有放棄，還隱隱露出憤怒。

男子勾起嘴角，將菸叼在嘴裡，顯然不打算繼續說下去了，女人也只能撂下狠話。

「我會找出證據，將你逐出俱樂部。」

「呵，請便。」

男子取下菸撚熄，看著優雅離去的深V裸背，心情好得不得了。

眼前的螢幕出現一名戴著眼鏡的男人，他剛走出房屋，面向荒蕪森林的眼神看起來充滿自信及覺悟。

「出發吧。」

螢幕裡傳出那名男人的聲音，另一名戴著奇特防毒面具的男人隨即出現，兩人並肩朝森林前進。

男子盯著那張臉，將含在口中的白煙吐在螢幕上。

「你果然是最適合終結這場遊戲的人選。」

他的聲音很溫柔，微笑的嘴角卻隱藏著一抹不安。

「你是我看上的男人，可別輕易死掉哦——『刑警』先生。」

BEFORE THE END OF THE GAME

規則一：罪犯在島內屬於自由

ゲームが終わる前に

爆炸事件過後，左牧去見過徐永飛一次。

經過那名高中生模樣的醫生細心照料，徐永飛的傷勢已經恢復不少，於是左牧將爆炸當時的情況問清楚，同時確認他那些「被消失」的硬碟裡面有沒有存放什麼重要資料。

萬幸的是，硬碟是徐永飛自己處理掉的，並不是被主辦單位收走，而那裡面也只有他自己的資料而已，沒什麼重要的東西。

不過，「巢」的醫療設備畢竟還是比外面好，沒辦法接受正規治療的徐永飛，即便生存下來，仍然需要時間慢慢復原。就算使用從「巢」帶出的藥物，以他目前的狀況來說，還是不太能隨意移動。

起先左牧以為在這次爆炸後，主辦單位很快就會有下一步動作。但奇怪的是，原本緊湊安排「遊戲」內容的主辦單位，最近安靜得有點莫名其妙，不過這也讓倖存的五名玩家有了短暫的喘息時間。

在左牧與正一、黃耀雪商談之後，又過了三天，他帶著羅本和兔子來到最初進行搭檔認證任務的那棟廢棄大樓，準備調查呂國彥的罪犯搭檔。

在解除項圈限制之前，他必須先把這個隱憂處理掉才行，否則當他們向主辦單位進攻時，這名罪犯的存在很可能會成為動搖現況的不確定因素。

一開始左牧想找到他，只是要弄清楚呂國彥的死亡原因，不過現在來龍去脈已經調查得差不多了，也就不需要再從這名罪犯口中取證。

所以現在他要做的事情，只剩下兩件。

一是協助羅本報仇，二則是確認這名罪犯當初是不是受到主辦單位的命令而痛下殺手，將信任自己的玩家追殺至死。

「這裡果然還是我們離開前那樣。」

左牧苦笑看著那棟毀掉一層，卻仍穩穩聳立在眼前的建築物，不禁讚嘆起那強韌的結構，就算上層全部崩塌，基底也不受動搖。不過下層被水泥塊埋住後，出入口都被封死了，這棟大樓也就成為沒有用處的「障礙物」。

當時他才剛來到這座島，而且情況緊急，他沒怎麼留意周圍的情況，直到跟著羅本往大樓後走了三、四百公尺才發現，這附近還有其他建築物。

「沒想到這後面還有東西。」

「被雜草擋住、加上周圍沒有人行走的痕跡，很難發現樹林裡還有建築。」

羅本用大刀砍掉礙眼的樹叢，好讓左牧能夠順利走過來。

兔子緊跟在後，身上散發著輕鬆的氛圍，看來周圍應該是安全的。

「你是怎麼發現這個地方的？」

「其他罪犯跟我說的。那些傢伙住在底下的平地區，說有在這附近見過人影。」

島上的罪犯有很多，而被歸類在金字塔最底端的普通罪犯，通常都會避開玩家和面具型，努力在這片荒蕪之島生存下去。

有些罪犯會像博廣和還有正一那樣接受玩家的幫助，但也有些人不想和島上進行的「遊戲」有任何牽扯，所以盡可能躲得遠遠的。

不過也因為這樣，他們偶爾能取得一些比較特殊的情報，可說是相當珍貴的資源。

但相對的，這些人也不講求什麼「道義」或「忠誠」，很難撬開嘴巴挖掘情報。

「我實際過來調查後，發現確實有人在這裡生活的跡象，後來就看見那傢伙了。」

「虧你能認出來，照片上的那傢伙可是戴著防毒面具。」

「防毒面具也有分型號，而且M50是美軍專用的型號，在島上比較稀少，所以很好判斷。」

「光看照片就能看出型號？」

「這是基本常識，我好歹也是個軍人。」羅本指指左牧身後的兔子，「這傢伙應該也看得出來。」

「你是不是在拐彎說我笨？」

「沒這回事。」

三人繼續靠近前方的建築，左牧看羅本大大方方地上前，沒有要隱藏行蹤的樣子。雖然不知道他在想什麼，但羅本在出發前就說過這次要讓他來指揮，所以左牧也沒有多嘴。

這裡的建築物比較少，最高也只有三層樓，不過房屋的坪數很大，有點像是倉庫之類的。

建築物殘破不堪，加上風吹日曬雨淋，牆壁全是斑駁的痕跡，還爬滿了蕨類。窗戶也幾乎破光，很輕易就能看清楚裡面的模樣。

雖然外牆有裝設簡易的鐵製樓梯，但是看起來搖搖晃晃，踩踏的地方也因為生鏽變得很薄弱，承受不了多少重量。

算上去這樣的建築物有三棟，除此之外就只有一間看起來像電機房的正方型小屋。門把上有鐵鍊纏繞，不過沒有上鎖。

左牧待在空曠的地方，兔子和羅本則是分開進行搜索。雖然兩名強大戰力不在身邊有點讓人靜不下心，左牧還是乖乖接受羅本的安排。

不過，兔子倒是不太開心就是了。

「啊啊，該不會已經溜走了吧？既然這麼會躲藏的話，肯定在羅本發現他的時候就注意到情況不對勁了，而且我們也不是立刻過來調查……完全有時間可以落跑。」

左牧站在原地閒得發慌，無事可做的他，視線不經意地停在那間機房上。

纏繞在門把上的鎖鍊、半開的門，加上裡面好像隱約有光點在閃爍，害他在意得不得了。

左思右想後，左牧決定去看看狀況。

反正小屋就跟公廁差不多大，加上又被鎖鍊綁著，總不可能發生什麼危險。而且他也只是想看看機器有沒有正常啟動，至少可以確定是不是真的有人在這裡生活。

左牧扯著略沉重的鎖鍊，發現因為有點生鏽，不是很好拆。

花了三分鐘左右，他才把鐵鍊拆下來。門把一解開，門就像是受到後方的拉力，「嘎」一聲慢慢向內開啟，接著稍微傾斜，眼看就要整扇掉下來，差點沒把左牧嚇死。

「搞、搞什麼……」

左牧拍拍胸口，仔細看三個門軸，上面和中間的組件已經完全脫落，只剩底下安然無恙。

他彎下腰鑽進去，從口袋裡拿出小型手電筒。

果然，這裡的機器還在運轉，雖然聲音不是很大，但確實還有人在使用。

走進去五秒鐘就直接碰到盡頭牆壁，像這樣狹小的空間裡，不可能有躲藏的地方，也沒有留下什麼蛛絲馬跡。

就在他打算離開的時候，突然感覺到有隻手抓住自己的腳踝，下一秒就整個人往下墜落。

因此落地的手電筒，慢慢滾到門邊。漆黑的屋內只剩下機器運轉的聲音，彷彿沒有人出現過。

等到羅本和兔子發現左牧失蹤時，已經是三十分鐘後的事了。

一個人在黑暗中突然被人抓住往下拉，正常人都會被嚇到心臟驟停，左牧也不例外。

他在下墜後撞進堅硬的胸膛——不，更正確來說，是防彈背心之類的裝備，疼痛反而讓他擺脫驚嚇，迅速冷靜下來。

原本抓住他腳踝的那隻手，現在直接攬在他的腰間，另外一隻手則是摀住他的嘴，不讓他發出聲音。

四周的空間一片漆黑，左牧無法判斷自己身在何處，但是從濃厚的汙水臭味以及潮溼的氣息，大概能夠知道一些資訊。

地下水道嗎？

他在進門前明明有檢查過地板，很確定沒有任何通道或排水孔之類的，所以才會毫無防備地踏進來，沒想到這裡居然隱藏得這麼好。

「咳咳咳！」

後腦勺傳來嚴重的咳嗽聲，聽起來像病得很重，左牧有點擔心自己會不會被傳染什麼疾病。

由於對方不發一語地抓住他往前走，左牧也只能乖乖順從，一段時間後，終於在黑色的空間中看見微弱的火光。

那是在下水道盡頭處的平坦空間，放置著簡便的野營裝備，還有睡袋跟數量眾多的蠟燭。

雖然看起來像在露營，但旁邊就是地下水道，溼度非常高，氣味也不太好。

來到這裡後，抓住他的人用束帶綁住他的兩手拇指，反扣在身後，接著壓住他的肩膀，讓他坐在冷冰冰的地板上。

當對方在燭火圍繞的睡袋上坐下時，他才終於看清楚這個人的模樣。

那是張戴著防毒面具的臉，和照片裡的人一模一樣，只不過眼前的人感覺相當憔悴，身上也滿是傷痕，和照片中的形象差異很大。

左牧可以百分之百確定，這男人就是呂國彥的罪犯搭檔。

這時男人突然抬頭，左牧下意識一顫，慢慢流出冷汗。因為戴著防毒面具，他沒辦法從面部表情判斷對方的想法。

正當他這麼想的時候，男人忽然把防毒面具拉下一半，露出死人般的眼神，緊緊盯著左牧。

那雙眼底完全沒有生氣，甚至讓人懷疑他是不是想尋死，不過左牧更訝異的是，他竟然能夠隨意取下防毒面具。

「面具型」罪犯不能在他人面前任意拿下面具——除非面具有損傷，否則應該是禁止露出雙眼或任何臉部皮膚的才對。

左牧緊張地吞口水。這男人是不是不受主辦單位的項圈限制，所以才能這樣做？

為了確認自己的猜測，他小心翼翼地提問：「你想做什麼？」

想殺他的話，就不會把他帶到窩藏處，所以至少可以確定對方沒有這個打算。

男人沒有回答，只是繼續用那沙啞的喉嚨咳嗽。左牧有點尷尬，兩人之間再次沉默下來。

看來是他猜錯了。

男人一直盯著地上的卡式瓦斯爐，似乎是在等水燒開，靜止不動的畫面就跟石像沒什麼不同。

左牧沒輒，只能努力誘導對方開口。

「你應該知道我不是一個人來這的吧？」

他直接切入重點，果然成功引起男人的注意力。對方用惡狠狠的眼神瞪著他看，態度十分防備。

「我不是來追殺你或是指責你的，只是想知道真相。」左牧對他解釋，「你不能親口回答沒關係，用打字或寫的方式就可以了。」

「用不著，我能說話。」

男人沙啞的嗓音，把左牧嚇了一跳。

他瞪大眼睛看著男人，「你……果然不受到島上的系統限制。」

「畢竟是協議，那些傢伙雖然很討厭，但還算有信用。」

左牧皺眉，「你是指主辦單位嗎？」

看來這男人果然和主辦單位有牽扯，否則不會享有特殊待遇。

「你們來追查我，是想知道呂國彥的事不是嗎？」男人自嘲地笑道，「沒想到那個男人竟然還會有這麼關心他的同伴，真是可笑。」

「這樣的話，你等於是間接承認自己做的一切？」

「你是指鼓吹罪犯們反抗玩家的事？」男人冷哼兩聲，「若我說不是我幹的，你會信？」

「我會從你的回答來判斷。」

「呵，我憑什麼相信你？」

「你雖然躲在這種地方，但還是有在暗中觀察島上的狀況吧？」

「我和這座島上的無聊遊戲已經沒有任何關聯，你也看到我的情況了，應該能明白我沒有說謊。」

「若真是這樣，你就會直接把我殺掉，而不是把我綁起來藏在這。」

男人沉默了，但眼神變得銳利，像是盯著獵物的老鷹。

左牧知道自己要是說錯話，很可能會被對方直接殺掉，但是如果不老實，說不定也會被殺。既然不管怎麼樣都可能會死，那他不如大膽點直接挖情報。

「……你到底想幹什麼？」

「我剛才也說了，我想知道事實。」

左牧認真的表情讓男人有些動搖，沉默一段時間後，他深深嘆息，百般無奈地扶著額頭，看起來相當頭痛的樣子。

「你還真是個棘手的傢伙。」

「我的個性就是會追究到底，而且比起主辦單位，我比較願意相信你。」

男人張大眼，用力眨了幾下，接著忍不住笑出聲來。

「噗哈！哈哈哈！你果然——咳咳咳！」笑得太大聲，結果不小心又狂咳起來。

咳聲聽起來很乾，像是肺快被咳出來了一樣，連聽的人都覺得耳朵難受。

男人的嘴裡似乎咳出了什麼液體，但他只是用手背擦掉，完全不在乎。

「算了，你就當我在自言自語吧。」

男人垂下眼簾，看著搖曳的燭火，眼眸裡完全沒有任何情緒。

「我確實和主辦單位談成交易，只要幫助他們處理掉呂國彥，我就能夠獲得減刑，不用再強制戴面具，項圈也不會限制我在島上的發言權。」

「以結果來看，你成功了。」

「但是我卻賠上了很多東西，包括信賴我的朋友。」

「……呂國彥嗎？」

男人沒有回答，但他的沉默卻表明了一切。

「雖然不是親手，可是他也等於是我殺的。」

「也就是說，你知道他的死因？」

「知道又如何，那傢伙也不可能活過來。」

「羅本說過，呂國彥失蹤後並沒有立刻被殺，還存活了一段時間，直到三個月後才被主辦單位確認死亡。」左牧說完，抬頭對上他的雙眼，「關於這點，你知道什麼嗎？」

男人雖然沒有回答，但左牧卻已經猜出大概。

話已至此，男人不想再繼續討論這個話題，兩人就這樣安靜地盯著同一盞燭火，但氣氛卻不像之前那樣尷尬。

男人起身，從口袋裡掏出瑞士刀，切斷困住左牧的束帶。

重獲自由的左牧並沒有立刻爬起來，他輕輕揉著有點發麻的拇指，盤腿坐在地上。

男人疲倦的雙眼之下有著深深的眼袋，這是對方靠近自己的時候，左牧清楚看到的。他雖然不是醫生，但也知道這個人病得不輕。

左牧看了看周圍，接著對回到睡袋上的男人說：「我相信你說的話，但我的同伴不見得會信，他可是鐵了心要找你報仇。」

「羅本嗎？呵，還真是條忠心的狗。」

「他可是對你做的事火大到不行。」

「無所謂，我和他雖然都是那傢伙的搭檔，但一直都合不來。」男人喃喃說道：「不過，或許死在他手裡也不錯……」

左牧立刻打斷他悲觀的想法，厲聲道：「我不會讓你隨隨便便去送死！就算你真有錯，也要活著償還，這就是現在的你能做的事。」

男人無神的眼眸中多了一絲笑容。

「你真是個不輸給呂國彥的怪人。」

「但我可不會輕易死在這種地方。」

「……哈！真是好笑。」男人攤手，完全不相信左牧的話，「我知道你們想要進攻中央大樓，簡直就是白白去送死。難道你真以為自己有辦法反抗控制這座島的『神』？」

「他們是人類，不是神。」左牧看見旁邊有個很眼熟的醫藥箱，便走過去，從裡面挑出藥片塞進男人的手裡，「我絕對不會再讓任何一個人死掉。」

男人看著手中的藥，靜靜回答：「我這病可不是靠可待因就能治療的。」

「只要撐過去就好，我會解放這座島，到時候就帶你去看醫生。」

「再怎麼樣我也不會輸給那些玩弄人命的傢伙，你，給我活著見證這件事。」

「你……還真有自信。」

男人緊緊握住藥片，勾起嘴角。

這是他幾個月以來，第一次產生「希望」的感覺。

他還以為自己再也不會相信任何人說的話，可是不知道為什麼，左牧卻有種讓人信服的吸引力。

現在他似乎有點明白，為什麼羅本那條瘋狗會心甘情願為這男人效命。

「我把你綁過來，只是想讓那些傢伙離開這裡。現在他們發現你不見了，正緊張得到處找你，所以，你可以走了。」

「接下來你都會一直躲在這？」

「是啊，想殺我的話，隨時歡迎。」

男人的回答聽起來像是調侃，但左牧很清楚——他是認真的。

「如果只是想讓我帶人來取你的命，就不會選在那兩個傢伙不在我身邊時，才偷偷把我綁過來。」

左牧果斷地說出自己的懷疑，男人卻不再理會他。

無奈之下，左牧也只能輕聲嘆息，拿起地上的蠟燭往出口的方向走。離開前，他回頭看了一眼男人孤單的身影。

那男人只是自顧自地邊咳嗽邊鑽進睡袋，彷彿從未開口和左牧說過半句話。

左牧順著下水道來到往上的鐵梯，燭光的照明能力有限，所以他也不確定這裡是不是當初他被拉下來的地方，但也只能硬著頭皮爬出去。

頂端的水溝蓋有點沉，等他推開爬出來之後，才發現這裡並不是原本的機房，而是雜草叢生、被樹藤覆蓋的樹林深處，與此同時，手表也發出嗶嗶聲響。

左牧看了一眼，這才發現剛剛在下水道時，竟然完全收不到訊號。

這有點奇怪，中央大樓的訊號應該包含地底之下，他之前被關在古堡底部時訊號也都很正常，區區下水道應該不至於接收不到。

沒有訊號，加上人消失不見——他大概可以想像兔子會有什麼樣的反應，得趁整座島天翻地覆之前阻止那隻傻兔子才行。

將水溝蓋恢復原位，左牧想了想，決定把見到男人的事情暫時保密。不只是羅本絕對不可能相信那男人說的話，他也覺得呂國彥的死似乎另有隱情。

直覺告訴他，呂國彥不是被那男人殺死的。若想證實自己的猜測，就只能從中央大樓的資料下手。

那裡一定存放著呂國彥死前的錄影畫面，而且呂國彥並不笨，搞不好有留下什麼線索。

如果那男人能直接告訴他真相，肯定會輕鬆很多，但他不覺得那個人會乖乖開口。感覺起來，對方抓走自己只是想私下說說話而已，這才是最讓他迷惑的地方。

總而言之，左牧先把自己的位置訊號發給羅本和兔子，畢竟在這種情況下，他還是別隨便亂跑比較安全，誰都不知道樹林裡面有什麼危險。

「布魯，剛才沒有訊號，應該不是因為在地底下的關係吧？」

「是，大概是有干擾訊號的設備，所以左牧先生的訊號有斷掉幾分鐘，但並無大礙。」

「干擾訊號的設備嗎？看來他做足準備，就是打算當這座島上的『幽靈』。」

既然對方如此努力隱藏，卻還是忍不住和他見上一面，左牧忍不住猜想，那個人是不是原本想跟他坦白一切，但又臨時反悔？

總之，他繼續在這邊猜測也是無濟於事，就先把這件事藏在心底，等之後再想辦法把對方帶出來吧。

十分鐘左右後，盤腿坐在地上的左牧，突然被從天而降的白色人影嚇到魂都飛了。

還來不及看清楚對方是誰，就已經被用力攬入懷中，緊緊抱住不放。

感受著熟悉的味道和那看似強壯、卻對他表現出柔弱一面的身軀，左牧輕輕嘆息，忍著骨頭快被壓斷的感覺拍拍他的後腦勺。

「我沒事，兔子。」

兔子不能說話，肢體語言卻相當豐富。

明明被人抓走的是他，照理來說害怕的應該是他才對，但兔子卻渾身顫抖，像這樣緊緊相偎，左牧能夠清楚感覺到他的不安與恐懼。

因為沒辦法掙脫，左牧只能乖乖讓兔子抱著，直到羅本趕來。

羅本滿頭大汗，上氣不接下氣，看得出來非常緊張，在見到左牧平安無事後，眸中的慌亂才慢慢收起。

左牧倒是有些擔心，他還以為羅本絕對會碎碎念一堆，對方卻什麼也沒說，只是用凶狠的眼神死死瞪著他。

「回去了。」羅本看了一下手表上的時間，對兔子下令。

兔子二話不說，直接就把左牧橫抱起來，緊跟在羅本身旁。

「嗚哇！不要用這種姿勢——」

才剛開口抗議就被兩道銳利的目光狠瞪，自知理虧的左牧只能乖乖閉上嘴巴。

「有什麼話等離開這裡再說。這附近之前有進行過『鑰匙任務』，埋藏不少地雷，而且很多都尚未引爆，得小心留意。」

「地、地雷？」

「嗯，主辦單位在事後沒有清理，所以很多不知情的人會誤闖引爆。任務剛結束那段時間，這附近很常傳出爆炸聲，大家都聽習慣了。」

「哈、哈哈……你知道得真清楚。」

羅本和兔子到來之前都沒事，所以左牧還以為這裡很安全，看來他選擇待在原地等待是正確的決定。

三人離開樹林後，回到那棟半塌的大樓前。直到看見它，左牧才意識到原來自己還在這附近，並沒有離開太遠的距離。

不過依照這兩個人花費的時間來看，肯定是在發現他不見之後就立刻到處尋找，所以花了一點時間才到附近的樹林裡和他會合。

總歸來說，要不是因為他擅自亂跑，也不會發生這些事，所以左牧難得乖乖聽羅本碎碎念自己整整半小時。

原本以為羅本只是因為方便才成為他的搭檔，兩人之間的交易也都是和呂國彥有關，沒想到他會這麼生氣。

雖然有些心虛，但左牧沒有把見到男人的事情說出來，至於這段時間他究竟去了哪裡，左牧也只是說自己被人弄暈後扔在那附近。

兔子和羅本很信任左牧，所以對他說的話沒有任何懷疑。不過為了檢查左牧的身體沒有被動手腳，他們選擇回到「巢」，利用裡面的醫療設備對左牧進行全身檢查。

想當然爾，檢查結果證明左牧的身體好到能上臺領獎，是個健康寶寶，只是體內有少量的致昏迷藥品反應。

由於現在玩家只剩下五人，又幾乎都和左牧結盟了，即便是在「巢」裡待超過規定的時間，也不會有任何的危險。

所以這天在羅本的強烈要求下，左牧被兔子監視著躺在床上休息。畢竟他體內還有少量的昏迷藥品殘留，安全起見還是好好地睡一覺比較妥當。

拒絕的話會太麻煩，所以左牧接受兩人的好意，直接睡到太陽下山。

晚上還要跟另外三個人用視訊的方式開會討論，就算他想繼續睡，也會被挖起來參加。

在博廣和的協助下，他們開設一條安全的通訊網路，可以繞過中央大樓的監視私下交流，但是每次的時間限制是三十分鐘，超過的話就有被發現的風險。

「主辦單位今天還是沒有任何動作。」黃耀雪邊嘆氣邊說，「這樣也太奇怪了吧！就好像已經發現我們想做什麼一樣。」

「主辦單位不傻，他們應該已經猜到我們要對中央大樓動手。」邱珩少反駁道，理直氣壯地說出自己的判斷，「不過這樣下去也不是辦法，時間拖得越久，對我們越不利。」

「不，主辦單位才更不希望我們把時間拖長，如果我們這時出手，反而能給他們殲滅我們的理由，所以最好的辦法就是等待。」

左牧一開口，黃耀雪和邱珩少立刻被他的判斷說服了。

看見另外兩人乖乖閉嘴的模樣，博廣和忍不住笑出聲來。

「你們兩個人同時安靜的畫面真有趣。」

邱珩少冷眼瞪向博廣和，黃耀雪也氣得鼓起臉頰。

左牧怎麼看都覺得他們四人沒辦法安然相處，但至少現在目的相同，彼此都能退讓一些。

「總之再等一段時間吧，徐永飛才剛恢復沒多久，我不想勉強他。」

「你認真的？我們可沒有多少時間。」邱珩少皺起眉頭，看起來不是很高興。

左牧知道邱珩少沒什麼耐心，對他說：「我明天會過去你那裡一趟。」

邱珩少沒有拒絕，直覺認為他是來探望徐永飛的，只是朝螢幕隨性地揮揮手。

已經習慣他這種反應的左牧笑了笑，接著和黃耀雪及博廣和繼續討論之後的事。

他決定要安靜等待，但並不表示他什麼都不會做。

在進攻中央大樓之前，他必須先盡可能將島上的罪犯拉攏到他們的陣營。

面對大軍，就只能用大軍來對抗。

BEFORE THE END OF THE GAME

規則二：島上罪犯沒有確切人數

ゲ ー ム が 終 わ る 前 に

博廣和和邱珩少是這座島上勢力最強的兩大陣營，依附在他們手下的罪犯人數不少，可是對左牧來說還不夠。

相較於他和黃耀雪這種新玩家，這兩人比較了解這座島的狀況和罪犯的情報，所以左牧將拉攏罪犯入伙的任務交給他們負責。

黃耀雪繼續監視中央大樓，而他，則是負責計畫接下來的行動。

進攻中央大樓並不簡單，更何況他們的目的是解放面具型罪犯的項圈限制，危險程度更高。一旦計畫成功，整座島將陷入無政府狀態，也就順利達到破壞遊戲的目的。

主辦單位很重視這座島，這是可以百分之百確定的。不只是因為害怕其他國家發現這種無良遊戲的存在，而是將之視為更加重要的其他東西——十之八九和金錢利益脫離不了關係，畢竟此處可是為那些有錢到沒地方花的傢伙提供的「娛樂場」。

所以若想逃離，就只能趁整座島陷入混亂時離開。雖然這賭注有點太武斷，可是左牧依舊認為成功的機率很高。

——不過在這之前，他還是得先解決羅本的問題才行。

由於昨天他才被「綁架」，所以羅本今天堅持自己過去那塊區域調查。免子也難得強硬地黏在左牧身邊，說什麼也不離開，就連上廁所都是直接蹲在門口盯著他看。

覺得自己沒有半點隱私的左牧，差點想把廁所門摔在兔子臉上。他強行命令兔子在門口等候，終於在廁所找回一點點自由空間。

最後，羅本的再次調查仍舊無功而返，沒有找到半點有用的線索。他的心情也變得非常不好，做飯時直接開大火用鐵鍋爆炒小菜。

不知道是不是想轉移注意力，羅本的廚藝精益求精，簡直能媲美五星級大廚。只不過「主廚」本人卻是一張臭臉，眉頭緊皺，看起來隨時都在爆發邊緣。

羅本的態度讓左牧越來越心虛，不過他還是沒說什麼，默默把美食吞下肚。

就這樣又過了幾天，白天早上左牧有空就會去探望徐永飛，有機會就把中央大樓的情況問清楚，下午則和兔子去實地調查其他可疑設備，順便尋找能夠逃離島嶼的路線。

在徐永飛的協助下，左牧已經大致描繪出中央大樓的基本構造，心裡有了底，計畫的輪廓也慢慢浮現。

看來，想攻破並不是什麼難事，只是他還需要再把計畫安排得更加謹慎才行，畢竟只有一次機會。

然而在這天晚上，許久沒有主動跳出來的螢幕畫面，毫無預警地傳出熟悉的聲音——

「各位玩家，晚安。我們是這場遊戲的主辦單位，很抱歉這麼長時間沒有發布任何鑰匙爭奪任務，今夜便臨時公告，新任務將於明日上午舉行。」

到廚房拿冰啤酒的左牧正好經過客廳，好巧不巧聽見主辦單位的直接通知。他大口灌下啤酒，走到電視機前，兔子和羅本已經站在那裡了。

「左牧，這是……」

「是啊，」左牧垂下眼簾，「那些傢伙果然已經按捺不住了。」

主辦單位的主動聯繫，完全在左牧的預料之中，而這就是他們在等待的機會。

「由於目前島上玩家人數過少，所以暫時取消鑰匙爭奪任務。但也請不用擔心，主辦單位將舉辦其他遊戲，讓各位在補充下一批玩家前的這段空檔也能獲得最高層級的遊戲樂趣。」

補充玩家？

聽見這四個字，左牧相當懷疑。都已經決定殺光島上所有玩家，怎麼可能還想補充玩家進來。

除非他們是想清除現存的所有玩家，直接換一批新玩家來重新進行遊戲。

原先的猜測，在此時此刻得到證實。面對主辦單位接下來說的話，左牧露出了比以往都還要認真的表情。

電視中出現相當可愛的動畫娃娃，並開始進行說明。

「明天開始，要請大家尋找島上的指定目標人物，並進行獵殺。獵殺分數有所不同，請各位玩家留意，更詳細的遊戲內容和規定已經傳到各位的平板，傳真機則會列印紙本的分數列表以供查看。」

剛說完，左牧就看見一旁的傳真機發出聲響後開始列印，距離最近的羅本拿起來一看，頓時臉色大變。

「喂！左牧，這是──」

左牧接過羅本匆匆忙忙遞來的紙張，還沒來得及看內容，就聽見可愛的聲音繼續說：「請記住，這場獵殺遊戲將從明天早晨開始，至晚上八點結束，請在這段時間內好好活下去吧！」

動畫娃娃露出開朗活潑的笑臉，「另外提醒各位玩家，這個消息已經同步傳遞給島上的所有罪犯。但請不用擔心，在遊戲規定的時間內才能進行獵殺。」

隨著左牧的表情越來越難看，主辦單位的發言聽起來也越來越刺耳。

「請享受這場小遊戲，主辦單位由衷祝福各位玩家。」

動畫娃娃消失在螢幕上，整個「巢」頓時鴉雀無聲。不知道這是什麼情況的兔子，正左右為難地看著左牧的臭臉。

「這可不是什麼好玩的獵殺遊戲。」羅本冷著一張臉道，「簡直就像回到集體殺害玩家事件那時候……」

羅本說得沒錯，在看完紙張內容後，左牧也鎖緊眉頭。

「沒想到那些傢伙竟然會出這招，看來他們已經完全不打算隱藏目的了。」

紙上寫著的是現存的玩家名字，旁邊則是分數列表。

獵殺的目標不是那些罪犯，而是玩家。

主辦單位打算利用那些無主罪犯一口氣剷除剩餘玩家，才制定出這種瘋狂的遊戲。

他們不過區區五人，就算加上手下的罪犯，也不可能贏得過島上所有罪犯的圍攻，雖然獵殺時間並不長，但——活下來的機率真的微乎其微。

轉眼間，「玩家」已經不是這座島上最安全的身分。

抓到正一和黃躍雪的話可以折抵刑期二十年，博廣和的話則是五十年，邱珩少和他則是直接免除罪行。

「唉……看來今晚別想好好睡覺了。」左牧頭痛萬分地將紙張揉成球，扔進垃圾筒，「主辦單位既然已經把情報告訴所有罪犯，那就表示從公告結束後，這場獵殺遊戲就已經開始。」

主辦單位突如其來的一招讓他們措手不及，甚至沒有時間彼此聯繫。但好處是徐永飛不會有危險，因為清單上的目標只有他們五個人。

「要怎麼做？」羅本雙手環胸，詢問他的意見。

左牧再次嘆氣，「你跟兔子準備準備，得趁這裡被包圍之前先離開。」

現在島內全是毒氣，雖然普通的罪犯大多數都和他們一樣無法行動，但可能有人取得了防毒面具。再來還有那些無主的面具型罪犯，這場遊戲對那些人來說是絕佳的機會，絕不可能錯過。

相較於邱珩少，他比較危險，因為眾所皆知他身邊只有羅本和兔子兩人。沒想到當初為了方便行事的計畫，現在卻讓自己落入最危險的境地。

「這座島無處可躲，你要有心理準備。」羅本十分認真地對左牧說，但也對他說：「我會盡我所能保護你，可是你別抱太大希望。」

「別擔心，我也沒打算依賴你們。」左牧從兔子的手裡拿走平板，走向自己的房間，「你們準備武器，不用太多，簡便就好。羅本，我知道你在外面幾個地點都有藏備用武器，緊急的話就拿它們來用。」

「什、你是怎麼知道的！」

「這可是我的『巢』，沒有什麼事能瞞過我。」左牧勾起嘴角，用平板輕敲自己的肩膀，態度相當欠揍。

羅本頭痛萬分地扶額，果然在左牧面前，沒有祕密隱藏得住。

「兔子，跟我來。」羅本對心不甘情不願的兔子說，「我們去武器庫，這次你可別只給我帶刀子，好歹拿把槍。」

兔子皺起眉頭，看起來不是很願意，但心裡很清楚，他們即將面對的狀況不容許他再任性。所以這次他沒有反對，而是順從地跟著羅本。

左牧回到房間後，隨口一喊：「布魯。」

「是，左牧先生，請問有什麼需要協助的地方？」

「幫我傳訊息給其他四名玩家，就說後天中午我會舉辦餐聚，請他們吃飯。」

布魯難得地遲疑了幾秒，並沒有像之前那樣果斷回應。

「……是的，我明白了。只要傳達以上訊息就可以嗎？」

「這樣就好。」

他想，那些人不可能笨到不知道他刻意約後天餐聚的用意是什麼。

而且他也相信，這次的遊戲大家都能平安活下來。

此時此刻，左牧樂觀地規畫未來的情景——然後，面對主辦單位設下的最糟糕難題。

他收起輕鬆的態度，嚴肅地盯著平板電腦。

兔子和羅本完成準備工作後回到客廳，只見左牧背著熟悉的隨身背包，雙手插入口袋，對兩人露出笑容。

「準備好一起逃命了嗎？」

兔子和羅本同時瞪大雙眼，眼前之人並沒有因為被通緝而陷入恐慌或害怕，反而露出自信滿滿的表情，彷彿認定自己能平安無事。

羅本越來越搞不懂左牧這個人了，一般人這種時候肯定已經驚慌失措，而且他才來到島上沒幾個月的時間。

他還沒回神，左牧就扔了兩個東西給他們。

兩人反應很快地接下，羅本還以為是自己遺漏了什麼裝備，打開掌心一看，竟然是根棒棒糖。

他困惑的模樣讓左牧笑了出來。

「糖分能提高專注力，也可以讓人冷靜下來。」左牧將棒棒糖放入口中，「別緊張，我不會死的。」

「……真不知道你的自信是從哪來的。」羅本大聲嘆息，但不得不說，左牧的舉動讓他放鬆不少。

兔子已經將棒棒糖收進胸前口袋，小心翼翼地珍藏，羅本看了他一眼後，也跟著照做。

見兩人都沒打算吃掉，左牧也沒說什麼，拿起掛在旁邊架子上的防毒面具。

「走啦，要開始逃跑囉。」

「別用郊遊的輕鬆口氣說這種話啊你……」

獵殺遊戲已經開始，像這樣的輕鬆對話，不知道還能持續多久。

如果可以，羅本希望當他們回到這裡的時候，左牧還能像現在這樣笑著。

左牧一行人離開「巢」的時間還算早，出發時周圍很安靜，沒有半點聲響。

羅本用熱感應功能的夜視鏡巡視周圍，確定沒問題才會示意兩人前進。兔子不需要這些特殊裝備，他的夜間視力很好、警覺性也很高，所以就由他待在左牧身邊。

左牧的目的並不是找地方躲藏，而是盡可能不接觸到其他人，但是沒有體力的話根本撐不到明天晚上八點，所以還是得找個地方落腳。

距離不能太遠、短時間內可以到達，而且必須是絕對安全的休息區域——他能想到的，只有一個地方。

那就是他剛上島的時候，追隨呂國彥的足跡找到的那座隱藏洞窟。

洞窟內部有新鮮空氣流通，受氣壓差異的影響往外吹，多少能沖淡毒氣的濃度。但在完全停止施放之前，還是不能隨便取下防毒面具。

但在這裡待著絕對不是明智的決定，畢竟溫度比外頭低很多。

羅本起先不是很贊同，直到他看見左牧熟門熟路地從某塊大石後面拖出一袋物資。

「你什麼時候在這裡藏了東西？」

「有過幾次被綁架的經驗，加上主辦單位不知道什麼時候又會出怪招，所以我早就有所準備。當然，兔子是知道這件事的，畢竟他有幫我忙。」

羅本面無表情地看著他，「你還說我，結果自己也有藏東西。」

「我藏的不是武器，是生存需要的物資。」左牧邊拉開拉鍊，取出袋內的東西，依序放在地上，「你別站在那納涼，站進來一點，太靠近入口會被發現亮光。」

「你該不會是想升火取暖？」

「這種溫度的洞窟我可睡不著。」

「……居然還打算睡覺嗎？你也太沒緊張感了！」

左牧打了個哈欠，無視羅本的抱怨，而兔子則是從另一側抱來軟綿綿的睡袋，興高采烈地開始舖床。

不只如此，他還不知從哪拿來了大堆乾草，墊在睡袋底下增加柔軟度。

左牧用石頭堆成半圓擋住火光，點燃瓦斯爐當克難火堆。

看到這兩人一副來野營的樣子，羅本連吐槽的力氣都沒了。

「你們這樣反而會讓我覺得自己像個白痴。」他一屁股座在地上，把槍隻和包包放在左右兩側。

幸好戴著防毒面具看不見彼此的表情，他的臉色肯定好不到哪去。

「隨便點瓦斯沒關係嗎？」

「你是說氣味？還是怕引爆？」

「都有。」

「現在還能在室外行動的人全都戴著防毒面具，不可能嗅得到。這個毒氣也不是有燃點的氣體，不然這座島上都是樹林，易燃物一堆，要是施放會引爆的氣體，隨便來個火星都能瞬間摧毀整座島。」

「……這是你的猜測？」

「不，是合理的分析。」

「明明才來幾個月而已，為什麼我覺得你比博廣和那些傢伙還要瞭解這座島？」

「那是因為我比他們都更認真看待這場遊戲。」左牧提起眼眸，透過防毒面具的鏡片直視羅本，「我可不打算死在這種鬼地方。」

就算看不見表情，也能從聲音聽出他的覺悟。

除了相信左牧的判斷，羅本也沒辦法說什麼，不過，左牧的決定向來沒有出過差錯，他對這個男人除了佩服，還有些許恐懼。

幸好他們是同一陣線，要是與左牧為敵，恐怕做任何事情都會被他先一步料中，根本沒辦法行動。

「那麼我先去前面守著，兩小時輪班一次，直到毒氣完全消失？」

「不，你和兔子先睡。」

左牧一開口，就把剛鋪好床的兔子嚇得半死，恐慌到極點。

他好不容易才鋪好床，為什麼是他和那傢伙先睡！

「單人守夜，順序就從我、兔子、你這樣輪替。」

看到兔子的哀怨眼神，羅本只能哈哈苦笑，但是也能理解為什麼左牧會這樣安排。

要是左牧在兔子之前睡的話，兔子絕對不會把左牧叫起來，所以這樣的安排沒有任何問題。

「既然這樣，我就恭敬不如從命。」

羅本起身，直接鑽進兔子替左牧鋪好的睡袋，二話不說就開始呼呼大睡。

隔著防毒面具都能聽見兔子氣得磨牙的聲音，但羅本才懶得理他。

時間就是保命的關鍵，現在可不容許那種抱持私心的態度。

「兔子。」左牧用冷冰冰的聲音向生悶氣的兔子下令：「給我睡覺。」

下一秒，兔子已經鑽進另外一個睡袋，閉上眼睛。

見兩人終於乖乖入睡，左牧獨自盯著瓦斯爐的火焰，眼眸呆滯，完全看不出在想些什麼，直到耳機裡傳來布魯的聲音。

「左牧先生。」

離開「巢」的時候，他們三人都帶著通訊用耳機，雖然開著共通頻道，布魯連線的卻是私用頻道。

對方過於人性化的行為讓左牧有點意外，但想了想，也很有可能是系統設定了某些特定情報必須「率先」告知玩家。

否則，布魯早就跟以前一樣直接透過手表說話了。

「什麼事？」他低聲詢問，小心地避免驚動身旁兩人。

「您交代的訊息已經轉達，其他玩家也同樣有留言要轉給您。」

「……好，放吧。」

左牧閉起眼睛聽著，除了黃耀雪的態度有些激動之外，內容都大同小異，就是要他特別留意人身安全。

而且他們都很清楚最好不要湊在一起增加滅團的機率，所以沒有人提議一起行動，包括最愛黏著他的黃耀雪也是如此。

各自的位置、行動、目的地，甚至是對明天的計畫全都沒有透露——在上次的「遊戲」經驗後，所有人都清楚，絕對不能讓主辦單位有機可乘。

現在左牧也只能期望他們不會有事。

「請問需要回覆嗎？」

「不，不了。」左牧勾起嘴角，「倒是我有件事想確認一下，布魯，在這場獵殺遊戲中，你能協助玩家嗎？」

「系統並沒有被強制要求關閉，和平時一樣，請您盡情使用。」

這有點讓人意外。

主辦單位若是想要趕盡殺絕，應該不會讓他們使用ＡＩ系統才對，這無疑增加了玩家的對抗手段。

既然沒有限制的話，就表示ＡＩ的存在是必需的。

他用手指輕敲手表，默默思考。

不過，他很快就將這件事暫時擱置，因為他得在這兩個人醒來前好好規畫明天的所有行動。

「布魯，你可以幫我偵查周圍的熱源嗎？」

「可以。但我只能掃描到普通罪犯，沒有辦法捕捉到面具型的蹤跡。」

「沒關係，我只要確定有沒有被包圍就好。」

「我明白了，熱源反應會即時連接到左牧先生的手表，請直接從上面確認。」

左牧看了一眼，見到像雷達顯示畫面的網狀綠線，這還真有點方便。

他畢竟和羅本、兔子不同，沒有那種天生的野性和警覺能力，只能依靠儀器輔助，雖然信誓旦旦地說自己要先守夜，實際上內心卻沒有底。

這兩小時，對他來說十分煎熬。

夜晚的時間過得很漫長，但也總算熬過去了。

洞窟外的天空一轉亮，羅本就率先走出去，脫下防毒面具嗅了嗅，確認空氣中的毒氣濃度是否安全。

「可以拿下來了。」羅本把防毒面具收進包包，左牧也跟著取下自己的面具。

羅本畢竟已經習慣這種生活，可以確切掌握島內毒氣散去的時間，左牧對他的判斷有百分之百的信任。

簡單準備後，三人帶著最輕便的裝備離開洞窟。

「再來要去哪？」

「邊移動邊說。」

羅本走在最前面，左牧跟隨其後，兔子押隊。他們縱向行走，沿著樹林邊緣往海岸前進。

前方是岩盤地區域，之前占領這裡的是已經死亡的四把鑰匙玩家，也比較靠近博廣和的領地。

選擇這個方向是想取得更多情報，畢竟現在是隨時隨地都有可能受到襲擊的狀態，他也很肯定，普通玩家絕對不可能單獨行動。

昨晚守夜時因為無聊，他向布魯問了許多關於這次遊戲的細節，這才發現主辦單位的公告非常籠統。加上離開「巢」前沒有時間看完平板傳來的資料，正好利用守夜的短暫空閒好好了解。

看完之後還得吸收，吸收完之後還必須想出對策，所以左牧的腦細胞在昨晚死掉了不少。

「你看起來已經有對策了。」

「嗯，昨晚我可不只是守夜而已。」左牧的語氣自然，「昨天你應該也有看平板傳來的遊戲規定吧？」

「看了，但是規定太多，所以我沒有看懂多少。」

「我想也是，規則裡很多話術看起來很複雜，但其實意思都差不多。」

「嘖，果然是狡猾的狐狸。」

「這種文字遊戲對現在存活的玩家來說不是很困難，我想大多數都看得懂。」

「包括黃耀雪那笨蛋？」

「黃耀雪雖然看起來很笨，但不是真的傻。」

「真的假的……就憑那種個性……」羅本垮下臉，根本不相信那種人竟然比自己聰明。

三人繼續往前走，離開樹林後就看見了岩盤地。

這裡的地形非常複雜，雖然岩壁的高度不高，但不小心摔下去的話還是會受傷。而且也沒有能躲藏的地方，在這裡走動的話相當顯眼，很容易就會被看到。

不過左牧並不打算往上走，而是繞著岩壁外圍走，正當羅本好奇原因的時候，不遠處傳來人群聲。

左牧露出中了大獎般的笑容，示意兔子把自己抱起來。

之前他不允許兔子把他當成貨物運送，所以兔子彎曲手臂將他攔腰抱住，直接沿著岩壁往上跳，不到十秒就來到最高處。

在兔子落地的同時，在此看守的罪犯們防備不及，被兔子右手的軍刀直接劃破脖子，倒地不起。

慢幾秒鐘抵達的羅本冷汗直冒，看著兔子小心翼翼在乾靜的地面把左牧放下，以及那滿地的鮮血。

只不過分開幾秒鐘，他就錯過了精彩好戲？

「你們到底做了什麼？」他繞過倒地的人，將狙擊槍握在手裡，「還有，你為什麼突然跑上來，站在這裡太顯眼，也會暴露行蹤。」

「不用擔心，這個位置有視線上的死角，你去把那傢伙的斗篷撿起來穿在身上，站在他原本的位置，不要讓其他罪犯發現這裡有狀況。」

「你又把這種麻煩事交給我處理……」雖然嘴裡碎碎念，但羅本還是乖乖照做。

他把屍體拖到角落利用岩石遮掩，接著撿起死者的槍和裝備，背對兩人站在岩壁邊緣。

左牧和兔子則是來到內側蹲好，觀察聚集在正下方的罪犯團體。

就算有點距離，但岩壁區很安靜，所以聲音還是能傳到他們的位置，大部分的對話都能聽得見。

由於有布魯的系統協助，他大概掌握了罪犯們的位置，雖然涵蓋範圍只有以自己為中心的直徑一公里左右，但已經綽綽有餘。

大部分的人遇上這種狀況，都是想離罪犯越遠越好。但左牧不同，他們只有三個人，行動起來更加容易，所以主動接近敵人會比躲藏更安全。

只要知道罪犯們的行動方式和分布位置，他就能規畫出最安全的路線。不過，這僅限於敵人是「普通罪犯」的情況。

「這些人似乎是打算以博廣和為目標。」

從他們的對話，左牧大概知道了三件事。

一，這些罪犯認定玩家絕對不會在毒氣消散前離開「巢」；二，他們取得情報的時間和他們差不多，也早就在「巢」和玩家可能出現的地點安排了人手；三，普通罪犯是團體行動，但面具型罪犯似乎幾乎都是單獨行動。

由於無法溝通，所以沒有人知道面具型罪犯是什麼想法，加上他們都是危險人物，也沒有人敢靠近，所以兩方之間沒有交集。

但是，普通罪犯們似乎也有跟在面具型罪犯後面撿尾刀的意圖。

左牧取得了想要的情報，也沒有被底下的人注意到，那些人大概不覺得會有玩家這麼大膽躲在暗處偷聽吧！話雖如此，他們還是派人在高處戒備——這就表示普通罪犯之間已經產生派系。

看來今天一天，會很難過。

「差不多要開始了。」左牧確認時間後，透過耳機通訊器對羅本說：「先離開這裡到安全的地方，要在那群罪犯行動前先移動才行。」

「好，你們先走，我會跟上。」羅本觀察周圍後，慢慢退回兩人身邊。

兔子用相同的方式抱起左牧，從岩壁頂端跳下去，羅本這次則是緊跟著，沒有落後太多。

「接下來要往哪走？」

「去西北方的廢棄建築物區域。」

「呃，你確定？那邊很空曠，更容易被襲擊，萬一有危險的話也不好撤離。」

「不用擔心，我倒覺得大部分的罪犯不會去那些地方追殺玩家。」

「什麼……意思？」

「我、博廣和、黃耀雪和正一的『巢』距離很近，所以我想大部分的罪犯應該都會先朝我們下手，所以才會聚集起來。剛才從那些人的討論裡也聽得出，他們現在的目標是玩家們的『巢』。」

「不，我不是在問這個。」羅本搖搖頭，擔憂地問：「西北方向不就是邱珩少的領地嗎？別跟我說你是打算去跟那個男人會合。」

「放心吧，我沒那個意思。再說，繼續保持移動狀態會比較安全。」

「那就好。」羅本冷哼，看得出來他真的不是很喜歡邱珩少。

「往那個地方的話，我有安全路線，跟我來。」

「呵，真是可靠的搭檔。」

「……別這樣說，你家那隻兔子正在用殺人的眼神狠狠瞪著我。」

不喜歡看到羅本被稱讚、甚至被說可靠，兔子的眼眸裡充滿熊熊火光，讓羅本冷汗直冒。

左牧笑得更開心了，而且也沒有要幫他一把的意思。

他有種預感，這場短暫的流浪行程應該會比想像中更有趣一點。

BEFORE THE END OF THE GAME

規則三：罪犯專屬的獵殺遊戲

ゲームが終わる前に

這場獵殺遊戲，玩家的選擇有兩種。

一種是像左牧這樣主動離開「巢」，靠移動來避開危險，躲過這段時間；其次則是以「巢」為據點迎敵，靠自己的人數優勢和武器數量來抵抗罪犯們的攻擊。

對博廣和、正一和邱珩少來說，當然是後者的優勢較大；但是對經驗較少、手下不多的左牧和黃耀雪而言，前者反而更安全。

不過，這還只是面對普通罪犯的最「基本」判斷。這座島上的情況已經不能用「常識」來解釋，再加上還有比例相當高的變數存在，左牧只能見招拆招，盡可能保住自己的小命。

他會選擇遠離另外三人、來到靠近邱珩少的地區，其實最大理由並不是躲藏，而是想要觀察那些罪犯會怎麼進攻。

有兔子這個天然危險探測機在，就算有面具型的罪犯在附近也能事先察覺。更不用說兔子本來就很擅長匿蹤行動，只要能順利活到晚上八點，就可以結束這場惡夢。

只不過主辦單位恐怕不會讓他們如願以償。

畢竟就算躲得再好，島上安置的監視器數量還是能夠捕捉到他們的身影，進而判斷玩家移動的方向與所在位置。

若主辦單位舉辦這次的獵殺遊戲，目的是一口氣把他們五個人全幹掉的話，那麼——

「我和兔子已經確認這棟建築周圍沒有問題，附近也沒有人活動的跡象，你確定要待在這裡？」

羅本和兔子回到左牧所在的房間，他們現在正待在廢棄建築物區的其中一棟四層大樓內。適才左牧挑了個有兩扇窗戶的邊角房間，接著就讓兩人徹底確認周遭環境的安全。

四樓並不算高，周圍還有更高的建築物在。無論是位置還是視野，此處都不算最佳選擇，羅本很懷疑為什麼左牧會挑上這裡。

「先待三十分鐘左右看看狀況，最多一小時就移動。」

兩人去附近檢查的時候，左牧便坐在窗戶底下做筆記，像是早料到這附近不會有什麼危險似的，整個人的態度很輕鬆。

兔子很快就黏到他的身邊，乖巧得像隻小狗，羅本則盤腿坐在門口，開始擦拭槍支。

「你還沒回答我的問題，左牧。」

「選擇這裡的原因？」左牧勾起嘴角，「我是想做點測試，待會你就知道了。」

羅本不是很喜歡左牧露出這種笑容，不但會讓他寒毛直豎，還有種討厭的感覺。

左牧繼續寫筆記，兔子則是無聊地開始玩起平板內建的小遊戲，這兩人毫無緊張感的態度讓羅本覺得武器不離身的自己有點蠢。

他真的很想知道左牧的腦袋瓜裡在想什麼，卻老是猜不出來。自從跟著左牧之後，他不禁產生自己智商下滑的錯覺。

五分鐘後，原本在玩接龍的兔子忽然抬起頭，羅本見他有反應，也迅速拿起距離最近的手槍，蹲在地上示意左牧別出聲。

左牧點點頭，羅本便透過窗戶往外看。

空曠的街道上，有個戴著面具的高大男人正搖搖晃晃地往這邊走過來。

對方的步伐很慢，但方向明確，因為他並不是到處搜尋，而是像早就知道哪裡有人，直直地進入他們所在的這棟建築。

「是面具型？」

羅本才剛收回視線，就聽見左牧用中大獎般的口吻笑嘻嘻地向他確認。

這下他終於明白了左牧在盤算什麼。

「你是故意躲在這，讓面具型自己找上門來？」

「不完全正確。」左牧將筆記本收回包包，輕拍兔子的大腿，因為他看起來快要衝出去了，得在他真的這麼做之前阻止才行。

左牧起身走到房門外，站在樓梯口往下看。

雖然看不太清楚，但沉重的腳步聲卻很明顯，有人正在往上走。

而且對方並不是逐層搜索，感覺直直往四樓走來。

左牧苦笑，他證實了自己的猜測，但也表示他將面臨最麻煩的狀況。

空蕩蕩的大樓回音很強，所以羅本刻意壓低聲音在他耳邊問：「你該不會真想和面具型戰鬥吧？」

「雖然我知道兔子能贏，不過確實，我不希望讓你們花費太多力氣，要是你們之中有人倒下的話，我就危險了。」

聽見左牧對他期望這麼高，甚至信誓旦旦說自己會贏，兔子整個人心花怒放到讓羅本有點看不下去，忍不住吐槽：「你未免太高估那隻兔子了，光這樣就知道他會贏？」

「如果打不贏，兔子早就帶著我落跑了。」

「呃、是這樣嗎……」

「而且你們兩個聯手的話，我不覺得在面對『一個面具型』的時候會輸。」

雖然是讚美，但羅本卻高興不起來。

「總而言之要逃對吧？」

「嗯。」左牧轉身走回房間，打開窗戶，一腳踏到窗臺上，「要溜囉！小的們。」

「混帳，我可不是你的小弟……喂！」

羅本還沒抱怨完，左牧就突然跳下去，嚇得羅本差點沒大叫出來。

等他衝到窗戶邊往下看之後，才發現左牧竟然蹲在三樓窗戶外的遮雨棚上，看著羅本緊張到不行的表情捂嘴偷笑。

「噗！兔子都沒反應，你卻這麼緊張，真好笑。要是我真的跳下去，兔子早就衝下來接住我了。」

「你……」羅本是真的被他惹火，都什麼時候了還做出這種屁孩行為！

但他聽見腳步聲越來越近，也只能暫時停止抱怨，跟著爬上窗臺。

此時左牧也已經順著遮雨棚跳到對面大樓的小陽臺，身手俐落到讓羅本覺得這傢伙早就規畫好撤離路線，所以才會這麼輕鬆。

三人跟著左牧來到隔壁大樓，起先羅本以為左牧會選擇離開這塊區域，沒想到他卻拉著兩人躲進一間狹小的儲藏室。

這裡的空間擠到必須人貼人站著，而且又不透風，溫度瞬間上升不少。

兔子倒是看起來很開心就是了，重點是他居然還趁機直接從背後抱住左牧，把他當成娃娃摟在懷中，不停用臉磨蹭。

被防毒面具直接磨蹭頭頂的感覺應該很不舒服才對，但左牧卻拿著平板看得很專心，完全沒有意識到自己的頭頂很有可能會被磨禿這件事。

「左……」

「噓！」

才剛想開口，就立刻被左牧用噓聲阻止。羅本很不爽，直到他聽見門外有腳步聲。

沉重緩慢的步伐聽起來和剛才的面具型有些類似，看樣子那傢伙有注意到他們逃到這棟樓裡。

三人很安靜，等到門外的腳步聲消失後，左牧才推開門走出去。

雖然不在這層樓，但那個面具型還在附近，羅本原以為左牧會躡手躡腳地慢慢離開大樓，沒想到他卻大剌剌地往前走。

羅本沒辦法，只能跟著他直到走出大樓。

「嗯，確認了不少事。」左牧將平板收回包包裡，轉頭對羅本和兔子說：「接下來就輪到你們兩人上場了。」

「欸？」

羅本還沒反應過來，就聽見身後傳來大型物體從天而降的巨響，他僵硬著脖子慢慢轉頭，看見那片被體重撞碎的地面所揚起的塵埃，以及隱藏其中的高大黑影。

兔子已經抽出軍刀，冰冷地看著對方，但羅本根本沒有時間拿出自己最擅長的狙擊槍，只來得及從大腿槍套迅速拔出手槍，對準敵人。

高大的男人，慢慢從塵埃中走出來。

那是個身材壯碩、比兔子高出半個身體的「巨人」，雖然不是人類應該有的身高和體型，對方卻戴著項圈及矽膠防毒面具，身分明顯也是島上的「罪犯」。

矽膠防毒面具的面罩雖然透明，裡面那張臉卻另外戴著面具，讓人聯想到恐怖片裡的連續殺人魔。

面具只有半臉，在眼部挖出兩個不規則的洞，雙唇則是被手術線縫起來，重點是，不知道為什麼縫線看起來很有彈性，嘴巴還能夠一張一合。

洞口中的眼球布滿血絲，在見到三人後，嘴角高高揚起。

「找……到……了……」

在那不應該發出聲音的喉嚨中，伴隨沙啞的嗓音，慢慢說出這三個令人毛骨悚然的單字。

羅本和兔子還來不及思考，粗壯的手臂已迅速揮拳，逼得兩人不得不往後閃避。

兔子緊揪左牧的上衣，把人拎在手裡，落地後隨即推到後面。

羅本直接對左牧說：「待會我再找你問清楚，你先退到安全的地方。」

「安全的地方？」左牧自嘲，「在這場遊戲中，沒有地方是安全的。」

話剛說完，三人後方的大樓突然也跳下一個身影，與前方的「巨人」不同，這個人的身材很普通，甚至有些偏瘦，全身被繃帶捆住，嚴格來說就是個把繃帶當成衣服穿的變態。

這個男人戴著全罩式刺蝟頭盔，嘴部裝著過濾器，是個沒看過的新型防毒面具。

他的脖子上同樣有項圈，也和那名「巨人」一樣能夠說話。

「別跟我搶啊，胖子。是我先看到這傢伙的。」

「不准……插手……」

同時被兩個面具型罪犯包圍，可說是被逼到絕路，左牧雖然沒有表現在臉上，但內心卻忐忑到不行，有種今天就要被殺死的預感。

羅本和兔子分別站在左牧的前後方，島上的面具型罪犯數量沒有普通罪犯多，碰上的機會很稀少。就算這次是因為獵殺遊戲的關係，在幾乎相同的時間裡同時遇上兩名面具型罪犯，機率可能比中樂透還低。

畢竟這些人本來就是殺人成性的瘋子，就連罪犯都有可能被他們獵殺，對手是不是面具型對他們來說根本沒差。

「那不然誰先挖出那傢伙的心臟，就算贏？」

「惡……趣味……」

悠哉的繃帶變態和不太會說話的沙啞巨人，性格可說是完全相反。

面對這樣的情況，左牧沒說話，而是用力往地面上的水溝蓋一踩，接著就把羅本和兔子踹下去。

當兩個面具型罪犯發現左牧的行動時，他們三個人已經消失在漆黑的空間裡。

「嘖！早知道就不跟你廢話了。」繃帶變態迅速鑽入地下通道，緊追在後。

巨人因為體型關係不得不放棄追逐，只能孤獨地站在地面上沉默不語。他的眼眸緊緊盯著水孔蓋，接著把頭抬起來，似乎決定好方向，慢慢地往前走。

躲入下水道的左牧三人，當然不可能傻傻站著，更不可能拿出手電筒照明，這種時候只能依靠昨晚戴的夜視鏡。

地下水道的路線非常複雜，而且還有嘔吐物般的腐臭酸味，讓左牧相當不舒服。羅本和兔子倒是相當習慣，完全沒有反應。

兔子知道那個繃帶變態跟在後面，不過利用這裡的複雜通道就能順利甩掉。

「唔呃……好想吐……」左牧捂著嘴，臉色鐵青。

羅本忍不住吐槽：「不是你把我們踹下來的嗎？」

「那時想逃也只有這個辦法。」

「當你說『交給我們』的時候，我還以為是要我們去戰鬥。」

「如果敵人只有一個的話就可以，但我沒想到後面還有一個人。」

左牧只是故意耍帥才說什麼「這座島沒有安全的地方」，沒想到還真的跳出第二個面具型罪犯，害他不得不執行B計畫。

自從被綁架到下水道之後，他就將這座島上的下水道系統跟路線研究了一番。原本是覺得搞不好能在對付主辦單位時派上用場，沒想到反而是在這場獵殺遊戲中先拿出來使用。

主辦單位舉行獵殺遊戲實在太過突然，在沒有多少時間準備的前提下，左牧能做到這個份上，老實說羅本真的覺得很不可思議。

面對如此困境還能面面俱到、冷靜應對，左牧的理性真的就像銅牆鐵壁一樣，堅不可摧。

「應該已經把那傢伙甩掉了。」拐過許多彎，加上過了二十分鐘左右敵人都沒有追來，足以證明現在他們已經脫離危險，於是羅本也趁這個機會追問左牧：「現在可以從實招來了吧？從剛才開始，你到底是在盤算什麼？」

「怎麼樣也不該在這個時候問，我的嗅覺都快陣亡了。」

左牧真不懂，為什麼這兩人可以如此輕鬆地面對惡臭和溼氣。沒想到這附近的地下水道竟然這麼難聞，這點完全在他的計畫之外。

「下次我會記得幫你帶芳香噴霧。」

「噁——芳香噴霧加上這種惡臭，信不信我直接一大口吐在你臉上。」左牧忍著反胃感，直接詢問布魯：「布魯，最近的出口在哪？」

「是，往前第三個交會口就有離開的鐵梯。」

「第三個交會口嗎。」左牧拿出平板查看他們目前的位置，「看起來沒什麼危險，就從那裡離……」

話還沒說完，兔子和羅本突然同時掏出武器，警戒地盯著前方。左牧被他們的舉動嚇了一跳，接著就看見旁邊水道那充滿髒汙的水，慢慢揚起漣漪。

漣漪的動靜是由遠方往他們這邊過來，也就是說，有某種東西正在接近。

雖然一段時間後眼睛就能習慣黑暗，但能見度還是有限，所以左牧什麼也看不到，只聽見羅本對兔子說：「該死，那傢伙是從哪進來的？」

兔子反手握住短刀，朝面前扔出一枚閃光彈。

閃光瞬間照亮四周，也讓左牧看清楚對方的模樣。

那是剛才死追著他們不放的巨人！這怎麼可能？他的體型應該鑽不下來才對！

「放棄前面的出口，快點叫布魯提供新的位置給我們。」

羅本趕緊對左牧說，接著兔子就把左牧直接扛到背上帶著跑，羅本緊跟在旁，用牙齒拉開保險桿，往巨人的方向扔了三枚手榴彈。

爆炸聲響從後方傳來，整座地下水道都在震動，卻無法阻止那傢伙的行動。

與笨拙的體態不同，他正用非常快的速度踏水前行，聽著水花聲快速逼近，心理壓力也隨之飆高。

「布、布魯！出口位置！」

「是，往前三百公尺後左轉進入Y字形通道的左邊路線，在第二個路口左轉後再右轉，會來到扇形水道底端，那邊有樓梯可以離開。」

「你別刻意在這種情況下故意挑這麼複雜的路線給我！」

「這是距離您目前位置最近的出口。」

「啊啊啊！知道了啦！」

左牧扶額大嘆，感覺布魯根本是在考驗他的記憶力。

「左牧！」羅本在旁邊大喊他的名字，他沒辦法，只能硬著頭皮上。

「布魯，再說一次……」

「是。」

第二次聽完敘述後，左牧咬緊牙根記下，再指引兩人逃脫。

這段時間羅本不斷用閃光彈和手榴彈來阻止敵人的速度，但頂多也只能爭取幾秒鐘，直到他的手邊沒有任何東西能丟。

慶幸的是，他們總算來到布魯指示的地點，成功看見階梯上的鐵門。

羅本和兔子想也沒想立刻衝過去，同時踹開門一躍而出，之後立刻將門緊閉，從旁邊推來櫃子等重物壓住。

才剛卡好，鐵門就立刻被拳頭重擊，門面直接凸起，拳頭的形狀牢牢印在上面，幸好阻隔物還算穩固，門沒有被破開。

等了幾秒鐘，門外不再有動靜，他們才總算安下心來。

終於有喘息空間的三人環視房間，看起來像是某棟樓的地下室。為了確定他們的位置，左牧拿出平板，卻發現平板的定位系統無法使用。

平板本身沒有問題，單純只有定位系統被干擾，也就是說在某個地方有干擾裝置。

「沒辦法了，總之先回到地面再說。」

兔子和羅本走在左牧的前面探路，確認周圍的安全，也順利找到樓梯。

好不容易離開地底空間後，他們總算透過窗戶重見陽光，幸好沒再見到那些怪異的面具型罪犯。

這棟建築應該是工廠，高度有三層，中間安放正在運轉的大型機器，看起來類似發電機。機器是由系統自動控制，沒有操作人員。

不過，在工廠入口外的鐵皮屋內能清楚看到幾個人影，並不是完全沒人。

左牧不想引起騷動，便對兔子和羅本說：「別傷害那些人，但也別讓他們有機會攻擊我們。」

想離開工廠就必須通過大門，所以最好的辦法就是先控制住對方。

羅本都還沒開口回答，兔子就已經跑進那間鐵皮屋，傳出幾聲重擊後便安靜下來。

左牧和羅本來到鐵皮屋的時候，裡面的三個男人已經翻白眼昏倒在地，害左牧頭疼萬分。

他原本只是想把人綁起來、嘴巴貼膠帶就好，不是想讓他們昏迷不醒啊！

「兔子，你這傢伙下手未免太快了！」

「他沒殺人已經不錯了。」羅本真心誠意地為這些人默哀。

被神出鬼沒的兔子襲擊，絕對是件可怕的事，醒來後搞不好還會做惡夢。

「喂，兔子。我說話你有沒有在聽？」

左牧氣呼呼地朝背對他的兔子抱怨，但兔子很少見地沒有立刻回應，反而一直盯著靠牆的桌子。

羅本走過去，驚訝得睜大眼，趕緊提醒左牧：「這裡有個小鬼。」

「什麼？小孩子？」

左牧趕緊從兩人中間擠過去，果然看到有個少年捲曲身體，躲在桌子底下瑟瑟發抖。

這讓他大感驚訝，島上關押的罪犯應該都是成年人才對，怎麼可能會有這種年紀的小孩子？

「兔子，把刀收起來。」左牧命令兔子，並蹲下來與少年平視。

少年看起來十多歲，應該還只是國中生。雖然是個男孩，懷裡卻緊抱著髒兮兮的兔子娃娃，倔強地忍著淚水。

「羅本……島上為什麼會有小孩子？我可沒聽說過。」

羅本雙手環胸，嘆口氣道：「我記得去年某次『任務』中，主辦單位為了提高精彩程度，特地把十幾歲的孩子帶上島，捕捉最多孩子的玩家就能贏得那次的『鑰匙』。」

「這座島不是只收罪犯嗎？這些孩子難道也犯了什麼罪？」

「不，沒有，但是能夠拿來利用的孩子在這世上可是多不勝數。」

「你的意思是……人口販賣？」

「這我就不清楚了，不過數量並不是很多。」他回想當時的情況，「甚至有玩家決定殺掉小孩減少數量，以提高自己的獲勝機率。倖存下來的孩子在『任務』結束後仍被留在島上，被玩家抓住的則是沒再回來過。」

「主辦單位那些傢伙的喜好真令人作嘔。」

「我同意。」

了解狀況後，左牧溫和地對少年說：「抱歉嚇到你了，我們不會做什麼，只是單純路過而已。倒在地上的大叔也都沒事，你不用害怕。」

左牧伸出手想展現友好，然而男孩在看到左牧左手腕上的手表後，臉色大變，內心的恐懼全寫在臉上，模樣令人心碎。

「看樣子是在那場『任務』後產生陰影了。」左牧嘆口氣，不打算逼迫對方，他起身對兩人說：「我們先離開吧。」

撇除畏懼他這點，男孩整體的狀況還不錯，看得出有好好被人照顧，而且他現在的情況也不能做什麼。於是他們把男孩留在鐵皮屋，來到工廠外面。

早在看到有人的時候左牧就在懷疑了，現在則更加確定——這裡是島上其他罪犯為了生存而建立的城鎮。

雖然只是利用島上的廢棄建築，但是他們拉起圍籬、建立防衛牆，每個人都有攜帶著防毒面具，互動的感覺也十分和平，和那些殺紅眼的普通罪犯完全不同。

「原來島上還有這種地方？」

「畢竟不是每個人都願意被玩家豢養。就算能受到保護，也只限於玩家活著的時候，玩家一但死亡，就會失去庇護所。既然如此，倒不如一開始就不要接受。」

羅本很熟悉地回答，讓左牧忍不住好奇地問：「你該不會以前也是？」

「嗯，聽得出來？」

「因為你說得像是親身經歷。」

「也只有最開始而已，後來我就獨自行動了。比起人多的地方，我還是比較習慣一個人。」

「你還真孤僻……」

「少廢話。」羅本咬牙，硬是把話題拉回正軌，「這些傢伙很討厭玩家，最好還是繞開人多的地方離開這裡。」

「嗯——到牆邊應該就可以了，這高度兔子跳得過去。」

「我想也是。」羅本見過很多次兔子可怕的身體能力，對這點是不懷疑，但他可做不到，而且也不想被兔子扛著跳出去，「我最慢二十分鐘內會過去和你們會合。集合地點的話，就在那面有紅色旗幟的牆邊附近。」

「知道了，你要小心點。」

左牧知道他不想被兔子當沙包扛，兔子大概也不願意，於是接受羅本的提議。

他們直接和羅本分開行動。既然知道這裡有小孩在，左牧就得盡快離開才行。如果剛才他測試出的結論沒有錯，那麼那些面具型罪犯很快又會找到他。

這些事，就等待會和羅本會合後再慢慢解釋，現在他只要想辦法到那面牆邊就好。他也沒忘了在地下水道追逐他們的巨人，那傢伙絕對不可能這麼快就放棄自己。

於是左牧和兔子小心翼翼地繞過人群，好不容易終於來到那面牆壁的正下方。雖然路途不遠，左牧卻覺得好像花了三天三夜，累得不得了。

「好，兔子。抱起我跳出去吧！」

平常兔子都會乖巧地點頭或是露出愉快的笑容，這次卻沒有。

他異常冷靜，但仍聽話地用公主抱的姿勢抱起左牧。

左牧討厭這個姿勢，可是兔子似乎很喜歡，而且抱得超順手。

就在他以為兔子要往牆壁方向跳過去的時候，對方卻突然轉身，直接跳到旁邊的建築物屋頂上。

「什……兔、兔子！你是想把我帶去哪裡啊！」

左牧嚇了一跳，沒想到兔子竟然不聽話，就在他以為兔子又莫名其妙地開始叛逆的時候，插著紅旗的那面牆壁被人從外面用力砸碎。

牆壁毀壞的巨響傳遍整座城鎮，短短一秒間，此處便成為所有人的目光焦點。左牧扒在兔子懷裡，雙手緊繞他的脖子，欲哭無淚。

因為從被砸毀的牆壁破口中，高大的身軀第三度出現在他的眼前。

沒錯，用拳頭毀掉牆壁的就是那個詭異到不行的巨人罪犯！

「媽啊！怎麼又是這傢伙！」

他雖然知道沒那麼容易擺脫追殺，但這傢伙不管怎麼甩都甩不掉，比跟蹤狂還要執著可怕！

在理智飛走前，左牧聽見城鎮居民的尖叫聲，所有人都被這個闖入者嚇得半死。更重要的是，普通罪犯在面具型罪犯面前就和螻蟻差不多，更不用說他們這些完全不想參與遊戲、沒有反抗能力的人。

左牧拉回思緒，向兔子下令：「這樣下去會把他們都捲進來，兔子，到空曠一點的地方去，盡量走人少的地方，不要牽連到其他人。」

兔子點點頭，按照左牧的指示，迅速鎖定剛才的工廠。

工廠旁邊有塊很大的空地，如果是在那裡的話就能不拖累其他人。

原本想用耳機通訊器聯絡羅本，卻發現耳機內都是雜訊音，而且呼叫布魯也沒有反應。

看來除了定位系統之外，連通訊設備也受到干擾，不過羅本應該會跟在巨人後面找到他們，所以左牧並不是很擔心。

怕就只怕，羅本被「其他人」拖延而沒辦法趕過來會合。

「……沒辦法了，兔子。」左牧輕咬拇指指甲，壓低雙眸，「就在這裡把巨人處理掉。」

兔子笑起來的眼睛相當好看，對左牧的命令十分滿意。

他終於可以盡情「殺戮」了。

BEFORE THE END
OF THE GAME

規則四：追殺者與被獵捕的人們

ゲームが終わる前に

左牧選擇去廢棄大樓區是為了證實自己的猜測，畢竟研究這局遊戲的時間很少，他只能盡量吸收情報後再推斷現況。

這場遊戲是為了罪犯而設置，無論是不是面具型都不好對付。普通罪犯數量眾多，而且很多都是為了活下去或離開島的偏執狂，自然不可能放過減刑的好機會。他們除了要解決玩家之外，還得面對同樣立場的競爭對手，困難度雖然高，卻有個絕對優勢——人數。

想要搶在面具型罪犯之前殺死玩家，他們就只能組團進攻。雖然不能保證一定能達到目的，卻能大大提升成功機率。

至於面具型罪犯，他們的優勢是怪物般的戰鬥能力。光是這點就已經相當危險，所以左牧最開始想的就是要避開他們。

布魯雖然說過它能偵測玩家周圍的罪犯位置，但左牧並沒有完全相信，直到他確定布魯的系統確實有將普通罪犯的位置正確標示出來。

可是，布魯再怎麼說都是主辦單位操控的人工智慧系統，絕對無法百分之百信任，更何況，他心中還抱持著某個懷疑。

主辦單位想利用島上的罪犯殺掉倖存的玩家，既然如此，他們的主力絕對不是那些沒能力沒野心、只會群聚的弱小罪犯，而是那些面具型的罪犯。其次，遊戲中主辦單位還是很清楚玩家的位置——於是，他有了個猜想。

以執行力來說，絕對是面具型罪犯的狩獵效率比較好，那麼主辦單位很可能會直接將玩家的位置告訴他們。

這麼做比讓他們各自在島內盲目尋找快許多，畢竟遊戲時間只有半天多，可說是分秒必爭。

為了證實自己的猜測，左牧特意選擇廢棄大樓作為觀察據點，果然引來兩個面具型罪犯。

依照他們的走向和態度來判斷，絕對有人在背後指揮這些傢伙，否則不可能如此篤定玩家藏匿的地點。這個「巨人」的出現也解開了左牧心裡的許多疑惑。

主辦單位就是指揮塔，而這些面具型罪犯就是聽從他們指揮的乖巧棋子，否則巨人不可能如此順遂地尾隨他們。

不過，看樣子並不是所有面具型都受到主辦單位的控制，因為他們很輕鬆就甩掉了那個全身綁繃帶的變態。

坦白說，這是個不好也不壞的消息。

左牧盤腿坐在地上，仔細地在腦袋裡重新統整自己觀察到的情況。在他面前不遠處的地方，則上演著激烈的戰鬥。

壯碩的巨人和敏捷的兔子正在空地上近身肉搏，手持軍刀的兔子照理來說應該比較有優勢，但他的刀子竟割不開巨人的皮膚。

最後，刀身甚至直接斷裂。

水藍色的眼眸難得露出驚訝，但閃神不過半秒，巨人的拳頭就揮了過來。

兔子向後縮起身體，對方的拳擊從鼻尖削過去，雖然沒有實際受到傷害，但可以感受到拳頭的風壓有多麼可怕。

若是被這種拳頭打中，可不是斷幾根肋骨而已的事情，這力量簡直和「守墓人」不相上下。

趁對方尚未收拳，兔子左手在他的拳頭上一撐，縮起雙腿就側身踹向巨人的雙眼。

可是他的腳卻被緊緊抓住，整個人被遠遠甩飛。

靈活的兔子並沒有因此就受到傷害，而是利用他可怕的運動神經，迅速轉身踏在牆面上，安然無恙地落地。

但他只是稍微拉開距離，巨人就立刻把目標轉移到左牧身上。兔子沒有喘息的空間，立刻設法逼迫敵人與自己戰鬥。

可是這樣下去會沒完沒了，巨人看上去雖然笨重，行動卻很靈活，甚至能跟上兔子的攻擊速度，若不全神貫注，就會被抓到空隙反擊。

在無法用軍刀造成傷害的情況下，兔子一邊進攻一邊閃避，飛快地思考著該如何殺死對手。

全心投入戰鬥的兔子相當開心，他很久沒有遇到能撐這麼久的敵人，而且現在他不用擔心左牧會有危險，能夠盡情戰鬥。

再一次躲過對方的拳擊，兔子從長褲的兩側口袋迅速掏出爪刀，反手緊抓在掌中，由上而下踩在巨人的肩上，直接將刀刃插入對方的面具。

雙眼的兩個洞口立刻噴出大量鮮血，然而即便是這樣，巨人也沒有哀嚎，只是腳步有些不穩地往後退了一點。

兔子沒有因此停止攻擊，轉而對人體較脆弱的部位下手。

腳後跟、手腕內側、甚至是鼠蹊部，全都一刀刀砍過去。

就算身體練得再結實，但這幾個地方是無法靠鍛鍊改變的人體弱點。兔子在發現沒辦法用普通方式對付巨人之後，就決定這麼做。

就算是巨人也敵不過大量放血，很快就倒在自己的血泊中動彈不得。

兔子沒有去確認對方的死活，他的目的只是要讓對方停止追殺左牧而已。

在完成任務後，滿身是血的兔子興高采烈地回到左牧面前，想獲得左牧的稱讚。

左牧抬起頭看看他，再看看其後倒地的巨人，不禁苦笑。

兔子的速度似乎比他預料的還快一些。

「做得很好。」左牧拍拍屁股上的泥土，起身說道，「得在騷動變大之前離開，要不然就很難……嘖，看來晚一步了。」

左牧最不想面對的事情終究還是發生了，巨人的突襲曝露了他們的存在，不但在城鎮引起混亂，也讓居住在這裡的罪犯有時間匯集過來。

在兔子戰鬥的空檔，他們已經被一大群人團團圍住，大多數人持有武器，看起來雖然不是很新，有些甚至像是自己組裝的，但還是擁有殺傷力。

兔子用凶惡的眼神掃過在場所有人，在血氣瀰漫的威嚇下，眾人雖然不敢行動，但也沒有要退離的意思。

左牧稍微觀察包圍他們的人群後，向兔子下令：「住手，兔子。」

兔子收起殺意，不過沒有降低警戒。

這樣僵持下去並沒有任何好處，而且依他的判斷，在兔子解決掉巨人後，絕對會有其他面具型罪犯殺過來。他們得盡快離開，因為他從包圍的人群中發現了幾個和鐵皮屋中的少年差不多大的小孩。

左牧大聲說道：「我並不想把你們牽扯進來，所以會立刻離開。」

雖然機率只有一半一半，但左牧還是願意相信這些人不想把麻煩留在這邊，所以試圖溝通。

不過從這些人的眼神看起來，他們似乎認為自己人數上占優勢，能夠輕易解決掉左牧兩人。

就算最開始不打算參與這場殺戮遊戲，但獵物自動上門，多少還是會動搖他們原本的決定。

得讓這些人立刻明白，誰才是擁有優勢的那一方才行。

「只要我下令，我的搭檔會把你們一個不剩地殺掉。」左牧壓低雙眸，表情嚴肅，「我不想平白無故取人性命，所以——」

「我們怎麼知道你是不是在虛張聲勢？」有個拿槍的鬍渣大叔，鼓起勇氣反駁左牧。

左牧暗自嘖嘴，還是維持著臉上的微笑。可是在他開口之前，一聲槍響劃破寧靜，子彈不偏不倚地打穿鬍渣大叔的帽子。

當帽子掉在地上時，所有人立刻倒退，只剩鬍渣大叔留在原地動彈不得。

看到這幕，左牧不但沒有緊張，反倒傲慢地勾起嘴角，攤開雙手向眾人說：

「這只是小小的警告，可別輕舉妄動哦？」

沒有人知道開槍的人躲在哪，所以只能選擇相信左牧的話。

而且說實在話，站在左牧身邊的兔子可怕到令人屏息，就算沒有狙擊手的威脅，他們也沒有膽量扣扳機。

「走了，兔子。」

左牧往前走，人群也朝兩側退開，沒有人膽敢阻攔。

那些隱藏在大人之中的孩子，用害怕又好奇的目光盯著左牧。注意到他們的視線，左牧很自然地勾起嘴角，給他們一個大大的笑容。

孩子們覺得左牧的笑容閃閃發光，而兔子很顯然不太高興，不滿這些小鬼占據了左牧的視線。

就這樣，在有點緊張的氣氛下，左牧和兔子從巨人撞破的牆壁破口出去，順利離開這個遠離人煙的偏僻城鎮，羅本則是背著狙擊槍站在外面等待。

「剛才那槍打得真不錯。」

「我只是私自判斷當時的情況必須開那槍才行，並沒有什麼值得誇獎的地方。」

「虧你在通訊器斷訊的情況下還能做到這種事。」

「畢竟躲在暗處的子彈，比任何言語都要令人畏懼。」

「呵，這點我倒是承認。」

再次會合的三人，繼續移動位置。

而在遠離那座城鎮後，通訊器和座標定位也恢復了正常。

左牧邊走邊將自己觀察的結果解釋給羅本和兔子聽，兩人很快就理解了狀況，也十分相信他的判斷。

即使知道玩家的位置會暴露給面具型罪犯，他們必須更加警惕，但是也不能完全不休息修整。

兔子雖然是個體力怪物，但羅本和左牧依舊是需要適時充電的普通人。

「我說，你應該有規畫休息的地點吧？」

「當然有，畢竟都快中午了，一直移動真的很累。」

「……厚著臉皮要兔子背的你還有臉說這種話？」

「反正他看起來很高興的樣子。」

左牧走累了就要兔子背著自己，羅本有點看不過去，但兔子毫無怨言地照辦更讓他感到無言。

兔子真的太寵左牧，根本把他的要求當成聖旨，只希望這份執著不要成為之後的絆腳石就好。

他們現在已經穿過島中央的山巒，雖說是「穿過」，實際上也只是從人工通道快速經過而已，而且路線還是兔子提供的。

在山後面是島嶼的東北方海岸，之前是和邱珩少同樣有四把鑰匙的玩家的據點。不過比起其他地方，這裡感覺比較像未開發地區，大部分都是自然景觀，沒有什麼建築和埋藏地雷的樹林之類的地方，就連來很久的羅本也很少到這附近。

不過，東北方有處聽說會出現幽靈的沼澤區，而且位置也很詭異，是在海岸邊而不是內陸，讓人懷疑會不會是主辦單位特意製造出來的地景。

「到這裡休息一下吧。」

正當羅本想著左牧應該不可能帶他們到那個的沼澤區的時候，左牧就已經笑盈盈地指著前方的樹林，而那個地方正是沼澤所在的森林。

「為什麼要特地躲在那種鬼地方啊！」

「因為兔子說那裡有地方可以休息。」

羅本立刻轉頭用懷疑的目光盯著兔子，卻被對方無視，氣得他狠狠咬牙、又沒辦法反駁。

「唉，知道了。」

三人「和平」地達成共識，兔子也言出必行地帶他們到了沼澤地的一處廢棄木屋。

木屋建在河道邊，看起來水源是來自他們剛才經過的那座山巒，空氣中瀰漫著濃郁的溼氣，夾雜著一股瓦斯般的臭味。

木屋內沒有隔間，所有家具都擺放在長方型的空間內。好消息是有床可以躺，而且看起來還不算太髒，只不過被單上有幾塊血漬。

看到這個情景，原本想躺床的左牧果斷轉移到沙發上休息。

「床讓給你，羅本。」

「幹嘛這麼客氣？」

起先羅本還沒發現，直到看見床上疑似有血跡後才恍然大悟。

他真不懂，不怕看見死人或親眼目睹殺人場面的左牧，為什麼會沒膽子躺在染血的床單上？

不過他沒有說什麼，畢竟有床可以睡，何樂而不為？

毫不客氣直接躺下的羅本，不到幾秒後就睡著了，感覺得出他是真的很累。

兔子從櫃子裡拿出乾淨的毯子披在左牧身上，接著熟門熟路地開啟電暖器。

這裡居然還有電，左牧有些意外，他從包包裡拿出平板遞給兔子，順口問道：「你看起來很熟悉這裡，難不成來過很多次？」

兔子接過平板，點點頭。

「這裡很隱密，方便躲人。」

「躲人？你在躲誰？」

兔子指著天花板的角落，再指指平板上的鏡頭，左牧這才恍然大悟。

原來兔子所謂的「躲」，就是逃避主辦單位的視線監控，這樣就算知道位置也看不見他們在做什麼。

「這裡應該也是主辦單位建的吧？竟然沒有監視器。」

「是我建的。」

「……欸？真假……你還能做這種事？」

「我時間很多。」

「呃，不過建材你是怎麼……」

兔子眨眨眼，停頓三秒後亮出螢幕。

「我扛來的。」

左牧無言以對，腦中頓時閃過兔子扛木材的畫面，有點想笑。

「那這裡的東西？」

「從其他地方撿來的。」

「建築師嗎你，這木屋不會垮掉吧？」

「不會。」

兔子的眼眸閃閃發光，自信心爆棚，左牧也就不好再繼續懷疑下去。只是沒想到兔子竟然還會蓋房子，完全想像不出來。

結果他就這樣莫名其妙得到一個奇怪的情報，兔子也繼續蹲在地上，用充滿期待的目光看著他，似乎還希望他多問點問題。

「……幹嘛？」

「問問題。」兔子的雙眸變得更加閃亮了，「我也想問問題。」

「你想知道什麼？剛才在路上我應該都解釋清楚了。」

左牧原本想拒絕，兔子卻根本沒打算等他答應，直接打出下一句話，「為什麼要對別人笑？」

面對這突如其來的疑問，左牧皺起眉頭，發出疑惑的聲音。

「啊？」

「剛才左牧先生對那些小鬼笑了。」在亮出這些字的平板後方，兔子的眼神變得異常可怕，就像躲在樹叢裡注視獵物的猛獸。

左牧頓了頓，不由自主地冒冷汗。

兔子幾乎不曾用這種眼神看著他，所以他一直以為這男人對自己百依百順。難不成，事實上並不是這樣？

……不，他從一開始就知道兔子對他的「異常執著」，知道他的行為有點超過保護的界線。羅本也提醒過他很多次，只不過他並沒有實際感受到。

然而在看見這雙眼眸後，他終於知道以前那些畏懼兔子的敵人，究竟是用什麼樣的心情在面對這個男人。

因為兔子的過於順從，讓他幾乎就要忘記這個男人是「罪犯」，甚至有著「殺人魔」一般的行為和性格。

但他心中的慌張只有短短幾秒，左牧不會這麼簡單就畏縮，畢竟他現在是這個男人的「飼主」。

「我不能笑嗎？」他反問兔子。

「可以，但我會殺掉看見左牧先生笑容的人。」

「照你這樣說，羅本也得死？」

「羅本有幫助，所以不會殺。」

「……我不知道你在吃什麼醋，可是你這樣等於是限制我的行為，這可不是我的搭檔該有的行為。」

兔子一驚，眼神立刻軟下來，甚至開始狂冒汗。

看來他還是很害怕會惹自己生氣。

只要還有能夠勒緊這隻衝動兔子的韁繩，就還能馴服這個危險的傢伙。

「生氣了？」

「是啊，誰叫你這麼煩。」

兔子垂頭喪氣，是真的很難過，可憐兮兮的，完全不像殺人不眨眼的危險人物。

鞭子和糖果必須同時使用才行，否則像兔子這種性格特質迴異的偏執狂，很容易會出問題。

於是左牧朝兔子招招手，兔子也聽話地靠過去。

接著左牧露出賊笑，一把拉住他的手腕，和兔子一起倒在沙發上。

兔子措手不及，將平板摔在地面，回過神來發現自己正壓在左牧身上，而左牧則是躺在他的身下，笑嘻嘻地說：「吃醋可以，但不准限制我，聽見沒？」

兔子一時沒辦法回神，只能乖巧地點頭，接著左牧就將他的頭用力按壓在自己的胸前，像是哄孩子般。

「現在就先別考慮其他事，好好休息。」他邊說邊打了個哈欠，就這樣抱著兔子昏昏沉沉地睡去。

雖然隔著防毒面具，但屋內十分安靜，靜到他能夠清楚聽見左牧的心跳聲。平靜而有規律的呼吸，以及證明著這個人還活著的心跳，莫名讓兔子感到安心。

他在不知不覺中回抱左牧，閉上眼。

羅本醒來的時候，發現自己睡了至少三十分鐘。

當他發現屋內沒有人守著的時候有些緊張，尤其又看見那兩個人緊抱著彼此躺在沙發上，簡直不知道該把視線往哪擺。

兔子和左牧都睡得很沉，羅本也就沒叫醒他們，索性到屋外撒泡尿，順便到周圍去查看情況。

這棟木屋雖然不錯，但缺點就是沒有廁所。雖然在野外應急已經不是第一次，可他並不是很想在有幽靈傳聞的地方隨便便溺，總感覺會遭天譴。

就在羅本出門後沒多久，兔子慢慢睜開眼睛，但他看著的並不是羅本離開的門，而是相反方向。

他的眼神銳利，似乎察覺到什麼狀況，突然從沙發上爬起來。

沙發不大，兔子的動作讓睡到流口水的左牧就這樣面朝下摔到地上。

巨響把兔子嚇得半死，左牧也痛到說不出話來。

兔子緊張地把人拉起來，一見到左牧的鼻子紅腫還有點流鼻血，頓時臉色蒼白，有種見到世界末日的絕望感。

左牧摸摸鼻子，看見指尖的血色後，無所謂地用舌頭舔乾淨。

「好痛啊……你幹嘛突然亂動？這張沙發很小欸。」

還來不及搞清楚兔子為什麼驚醒，他就整個人被橫抱起來，接著就看到兔子抓起他的包包直接破窗而出。

下一秒，木屋就被炸毀。左牧張大眼睛，看著木板碎片朝自己飛過來，正以為閃不掉的時候，兔子直接蹲在地上，鬆開左手，以手肘將木片打飛。

他迅速把包包塞進左牧懷裡，繼續往前衝刺。

「等、等等，羅本人呢！」

沒見到羅本，左牧有些緊張。

剛才的攻擊太過突然，不知道羅本有沒有順利逃出來，萬一他就這樣死掉，對他來說可是很大的損失！

兔子完全沒有理會，突然側身閃過從肩膀上方射過去的長條物。

等那個「東西」插進旁邊的樹幹，左牧這才發現那不是手榴彈也不是火箭筒，而是綁著爆裂物的弩！

被那種粗大的弓弩射中身體的話，可不是開玩笑的！

兔子飛快地鑽進樹林，依靠障礙物讓敵人找不到攻擊角度，很快左牧就再也沒聽見身旁傳來爆炸聲。

跑了一段時間後，兔子確定已經甩掉攻擊者，這才安心地把左牧放在大石頭後面。

左牧雙腳落地，雙手卻還有些顫抖。

就像羅本說的，看不見的子彈比任何威脅都更令人恐懼，現在他可以體會那些被羅本舉槍瞄準的人心理壓力有多大。

左牧原本想拿平板查看周圍的情況，確認敵人是普通罪犯還是面具型，卻發現平板不在包包裡。

「嘖……掉在木屋裡嗎？沒辦法了。」

左牧壓住耳機通訊器，試圖聯絡羅本，但是對方沒有回應。

突然的聯繫很可能會造成危險，所以他們三個之前就說好，要聯絡的時候先用手指頭輕敲通訊器，如果可以通話就開口，沒回應就表示暫時沒空。

「布魯，下次有敵人靠近的時候立刻通知我。」

「非常抱歉，左牧先生，這個要求不在協助玩家的範圍內，而且面具型罪犯的位置是不能隨便透露的。」

布魯表面上雖然拒絕左牧，卻提供了非常有用的情報，也算是讓左牧明白對方的身分。

他不知道布魯是不是故意的，如果是的話，這個ＡＩ也未免太聰明了，讓他懷疑布魯是真人而不只是一堆程式代碼。

「兔子，你一個人的話能把射弩的傢伙解決掉嗎？」

兔子點點頭。

「那麼你去吧，我待在這裡。」

兔子又立刻搖頭，眼神看起來相當嚴肅。

「躲在這種角落，除非對方從我的頭頂射擊，否則是傷不到我的。」

這個躲藏點找得不錯，不過也不能躲藏太久，而且這樣躲下去也不是辦法。

但兔子很堅持，就是不肯離開左牧身邊，在失去平板沒辦法溝通的狀態下，他只能盡量用肢體語言來表達自己的意思。

他先是指指耳機通訊器，接著拍拍左牧的胸口，把他拉到自己的懷中，用身體將他保護到密不透風。

「我說過我不是抱枕，而且現在也不是做這種事的時候！」

兔子很困擾，因為左牧完全沒有搞懂，於是他抓起左牧的右手，輕輕地在他掌心上寫字。

筆畫不能多，而且要清楚明瞭。

所以，兔子選擇寫下「本」和「ＯＫ」的字樣。

左牧愣了下，皺著眉毛回頭問：「你認真的?沒開玩笑？」

兔子笑彎雙眸，用力點頭，接著又用戴著防毒面具的臉往他的頭頂蹭。

頭頂被蹭到火辣辣的，但左牧沒打算掙扎，只是懷疑兔子說的究竟是真是假。

「本」代表的應該就是沒回應的羅本，至於「ＯＫ」，他只能猜測是不是兔子打算把敵人交給羅本來應付。

「你還真信任羅本。」

兔子嚇一跳，不知道為什麼看起來很開心的樣子，接著在左牧手掌心寫下「吃醋」兩個字的注音。

左牧差點沒給他一記直拳，認真討論卻被當成吃醋，他男人的面子往哪擺！

不過兔子真的反應挺快的，不但知道要避開筆畫多的字，甚至想到用注音代替，另外就是也相當擅長使用關鍵字讓他理解。

雖然很想稱讚他，但是像這樣被當成玩偶摟在懷中的姿勢還是讓他很不爽。

「好啦好啦，就聽你的，現在可以放開我了吧？」

兔子不但沒鬆手，反而越抱越緊，看樣子他是不用奢望能夠脫離這傢伙了。

接著左牧再次感覺到頭頂被防毒面具用力磨蹭，晚上回「巢」後他可能要叫羅本替他檢查到底禿了多少。

前提是羅本不會死。

現在他也只能選擇相信羅本，以及兔子的判斷。

話又說回來——

「兔子，你該不會知道羅本在哪？」

兔子點點頭，不過沒有說出方位，反而很愉快地在左牧的手掌心裡畫畫。

先是畫朵花，接著又畫了幾個愛心，甚至開始繞起漩渦。

幸好左牧的手掌皮夠厚，否則被他這樣玩真的會癢死。

不過這樣愉快的時光卻沒有維持太久，一個黑色物體沿著拋物線朝他們躲藏的地方掉下來。兔子立刻就發現了，高舉起手握住後，以強大的手勁朝飛來的方向扔回去。

黑色物體在落地後瞬間爆炸，兔子也踏到石頭上，凶神惡煞地瞪向沼澤中的人影。

一個……不，兩個，是全身掛滿手榴彈的兩個男人。

兔子雖然沒有告訴左牧，但最開始炸掉木屋的並不是射弓弩的敵人，而且弓弩上的炸藥也不可能把屋子炸成碎片，肯定是威力更強大的炸藥。

也就是說，炸藥是早就安裝好的，但是設置得很完美，大概是趁他們睡著時布置的。

也許是抱著左牧睡太過鬆懈，兔子第一時間沒有察覺到動靜，只有隱約聽見嗶嗶聲響。

無氣味的炸藥、連他都察覺不到的氣息——他心裡有數。

那是面具型罪犯中很有名的三人組合，所以他才不想離開左牧身邊，因為他很清楚對方的進攻方式。

他是絕對不會讓這些傢伙碰左牧一根手指的。

兔子從大腿槍套抽出手槍，同時拿出他慣用的軍刀。

這場，要速戰速決。

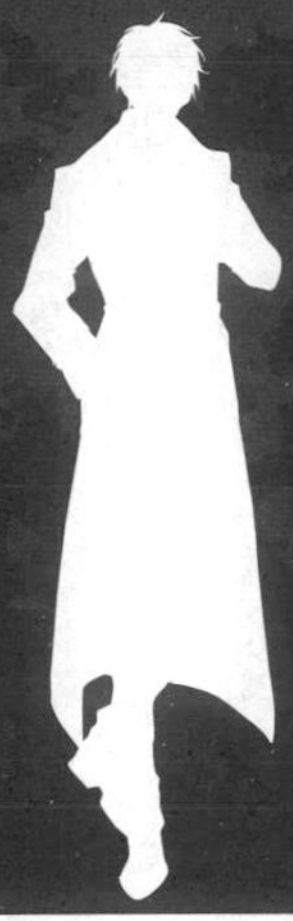

BEFORE THE END
OF THE GAME

規則五：自殺式攻擊具有極高風險

ゲームが終わる前に

坦白說，當羅本撇完尿回到木屋附近的時候，卻看見房子在眼前炸飛，真的是嚇到魂都飛了。

那瞬間他的腦海一片空白，不過很快就恢復冷靜。

兔子不可能讓左牧死掉，所以，那兩個人應該沒有問題才對。

果然，他很快就發現樹叢裡有人拿著弩射擊，多虧這傢伙，羅本很快就找到兔子和左牧的身影，也確定自己的猜測沒有錯。

他小心翼翼地跟在那個人身後，甚至觀察到另外兩個背著一堆手榴彈和炸藥的面具型罪犯，和兔子一樣，他立刻就認出這個三人組合。

畢竟會同時行動的面具型罪犯很稀有，也因此格外引人注目。

恐怕這也是主辦單位安排的「殺手」，看來是真的不打算讓他們好好休息。

見到左牧兩人安全地躲到大石頭後面，羅本開始計畫要怎麼把他們救出來。

憑兔子的個人實力，逃脫基本上不會有什麼問題，但對手是遠距離攻擊型，所以兔子絕對不可能離開左牧身邊。

如果兔子知道他沒被炸死的話，應該會猜到他正暗中跟隨在後。

這時他聽見耳機通訊器裡傳來輕敲聲，看樣子左牧是想確認他的狀況，不過現在他沒有辦法聯絡，最好還是先不要讓對方知道自己還活著比較好。

從爆炸中的木屋裡逃出來的只有左牧和兔子，所以敵方絕對不會猜到他還活著。但是，這些人究竟是什麼時候安置炸藥的？還有為什麼——要挑在這個時間點引爆？明明就可以趁他們熟睡的時候下手……

「……算了，還是先想辦法處理這傢伙再說。」

羅本繼續潛伏在陰影處，沒過多久就發現背著幾串手榴彈的兩人往前行動，其中一人用嘴咬開插銷，接著往兔子和左牧躲著的地方扔過去。

他看見兔子伸手抓住手榴彈，壓著保險桿穩穩地扔回來。

兔子迅速站到石頭上方，凶神惡煞地瞪著敵人，而羅本也意識到這是進攻的機會。

在沼澤地很難匿蹤前進，地面不穩又潮溼，不但容易留下鞋印，步伐也不會完全無聲，只要有點戰場經驗的人都可能會察覺到。

尤其是在這座三百六十五天都處於戰爭狀態下的孤島，就算是沒開過槍的人，僅憑想活下去的本能也能學會這些小技巧。

然而，羅本畢竟是軍人出身，和罪犯本來就是不同等級，就算這些人曾經犯下殺人罪、甚至是職業殺手，他也不見得會輸。

趁三人組分開的這個機會，他悄悄靠近手持弓弩的男人，打算從背後偷襲。

他抽出軍刀刺向對方的脖子，沒想到原先架在弓弩上的那隻手突然伸過來，直接抓住他的手腕。

對方的力道相當強勁，羅本不但甩不開，甚至就被這樣強行拉住，動彈不得。

他看見那雙銳利的眼眸瞬間轉向自己，接著腹部就被對方的膝蓋重擊。他痛得往後退了好幾步，差點沒有跪下去。

雖然手被放開，但腹部的瞬間衝擊讓他岔了氣，而對方也沒給他喘息的機會，撿起他的軍刀就衝了過來。

「唔……該死！」

性命受到威脅，羅本根本無暇顧及身體上的疼痛，立刻往後閃躲，卻晚了一秒，右腕再度被男人抓住，軍刀同時從左側眼角插下來。

羅本迅速抬臂格擋、再反扣住對方的手腕，兩人就這樣僵持不下地面對面站在原地。

這男人的速度真的很快，感覺像是知道他躲在附近，故意露出破綻讓他主動偷襲，再用反擊的方式一口氣把人拿下。

雖說羅本有預料到這種狀況，其實早有準備，但對方的身體能力卻遠比預想的還要難對付。

「不愧是面具型……有夠棘手。」羅本咬牙切齒，臉上卻維持著笑容。

接著他稍微下蹲幾公分，迅速轉身，瞬間就把男人拉到肩上，就這樣直直摔出去。

但對方在落地時彎曲雙膝、穩穩蹲好，迅速舉起掛在身上的弓弩，一箭射向羅本。

距離太近，羅本的第一反應不是往上跳起或左右閃躲，而是瞬間撲倒，緊貼地面，讓弩箭從自己的頭頂射過去。

對手放完箭後立刻蹬步過來，反手握住軍刀向下一插，刀刃筆直刺入羅本的背，痛到差點沒罵髒話。

他咬牙從懷裡掏出手槍，越過肩膀向後扣下扳機，這才把人從自己的背上趕走。

羅本撐著身體站起來，感覺得到背後正在汩汩出血，依照傷口大小和血流速度判斷，他頂多只能再撐十分鐘。

他的想法完全被男人看透，接二連三的反擊都太過順遂，順到他都快懷疑這男人是不是能夠預知未來。

——當然這種超自然的事情是不可能存在的，也就是說，這男人有著絕佳的觀察能力，能夠百分之百預測對手的行動。

這樣的敵人實在有點棘手，更不用說他不擅長近戰，獲勝的機率很低。

男人手中的軍刀沾著他的鮮血，面具底下的眼眸看起來相當興奮。

他像是殺瘋了一樣衝向羅本，羅本立刻舉槍射擊。

對方閃掉兩發子彈，第三發則直接打中那把軍刀，就這樣脫手飛出。

「站住！」羅本大聲喘氣，槍口完全不敢從男人身上移開，「敢靠近我就打爆你的腦袋！」

弓弩的威力雖然強大，上箭卻需要兩手以及幾秒的時間，又是單發型的武器，所以男人才只用軍刀進攻。

而在沒有武器的狀態下，這傢伙就算再行也不可能——

羅本才剛這樣想，男人就突然把弓弩往後背，直接衝過來。

速度太快，加上距離本來就很近，羅本反應過來的時候，對方已經鑽入自己的懷中。

見到握緊到冒青筋的拳頭，羅本心頭一涼，使盡吃奶的力氣扭身閃避。面對危機時的腎上腺素救了他一命，但對方的攻擊卻沒有停止。

無論是速度還是攻擊力道全都在他之上，羅本心裡很清楚，自己打不贏這個傢伙。

拚老命閃避攻擊的羅本，求生欲望雖強，卻力不從心。

他本來就不擅長這種戰鬥方式，而且這個男人面對持槍的對手還能毫無畏懼的貼近攻擊，簡直就是個瘋子。

不過，在這座島上的面具型罪犯基本都是這種變態，羅本早就習慣了。

他能清楚感覺到後背的刀傷正在大量流血，但所有的精神只能集中在對手身上，根本沒時間考慮會不會失血過多。

羅本不斷朝男人扣扳機，即便距離這麼近，對方還是能夠避開他的子彈，簡直不合常理！

男人掏出另一把軍刀橫掃過來，羅本只能用槍身擋住刀刃。

手一施力，背上的傷口就一陣抽痛，萬幸的是他現在的意識很清楚，因為他不能就這樣死在這裡！

開什麼玩笑，就算面具型罪犯再強，他羅本也不是好惹的！

他可是靠自己的力量，在這座島獨自生存好幾年的男人！

羅本突然反手握住槍管，反轉半圈，直接用扳機的洞口卡住男人的軍刀。

對方被羅本突如其來的動作嚇了一跳，兩人四目相交、僵持不下。

男人轉動軍刀，刀身壓住扳機，就這樣發出清脆的「喀嚓」聲響。

原以為對準羅本腦袋的槍口會射出子彈，沒想到卻什麼也沒有。

羅本勾起嘴角，「我可是有好好在計算開槍次數的，你以為我會犯這種低級錯誤，讓自己的腦袋開花？」

說完，羅本將手槍往下壓，接著從口袋裡掏出閃光彈，直接用拇指推開保險。

近距離炸開的刺眼強光讓人防備不及，眼前一片雪白，什麼都看不見。

早一步閉上雙目的羅本從槍套裡拔出第二把手槍，貼在對方的胸口扣下扳機，子彈零距離地貫穿血肉之軀。

安靜一秒後，羅本又開第二槍、第三槍——直到用光子彈。

閃光消失，羅本的眼睫輕顫，慢慢睜開眼看向動也不動的男人。

「這樣應該死透了吧……」

已經撐不下去了，羅本的雙目開始迷茫，此時卻發現男人面具下的血紅眼睛竟然轉了過來，令他背脊一顫。

不過，也僅只於此。

男人的身體很快就癱軟倒地，動也不動，被槍打中的地方開始流出大量鮮血，溢到羅本的腳邊。

羅本跌坐在地上，此刻的他臉色發白，但不是被死者的最後一眼震懾，而是因為失血過多。

「不過是個小刀傷，沒想到會這麼麻煩……哈、哈哈……看來我真的不行……」

低聲呢喃後，羅本直接手腳擺成大字型，閉上雙眼倒地不起。

在戰場另一頭，兩名炸彈客默默地看著手持軍刀和手槍現身的兔子，連武器都沒有拿。

由於不能說話，雙方間的對峙格外安靜，瀰漫在空氣中的緊張氣氛讓人窒息。

右邊的炸彈客突然抬手指向兔子後方，下一秒那邊便傳出爆炸聲。

兔子不為所動，連看也沒看，絲毫不關心被炸倒的樹幹正從頭頂壓下來。

他從岩石上跳到兩人面前，樹幹同時不偏不倚地砸在他剛才的站立之處。

倒下的樹並沒有滾落，只是就這樣躺在石頭上，躲在岩石後的左牧被嚇得不輕。

兔子的身影剛落地便瞬間消失，那兩人甚至連影子都沒看清楚，下一瞬間，一人被刀刃抵住喉嚨，一人則是感覺到冰冷的槍口貼在自己的太陽穴上。

兔子站在他們中間，眼神至始至終都沒有改變。

只要是面具型都知道兔子，雖然沒有幾個人和他正面對打過，關於他的傳聞卻越來越可怕。

但是比起對死亡的恐懼，想要贏得這場遊戲獲得自由的渴望更加強大。

兩人迅速往後拉開距離，但兔子早就看穿他們的想法，緊跟著趨前。

既躲不過、又甩不開兔子的威脅，兩人很有默契地交換眼神，接著各自單手抓住兔子對著他們的手臂。

下一秒，他們同時按下引爆器。

兔子瞪大雙目，完全來不及閃避，就這樣和兩人一起被爆炸吞噬。

這場爆炸相當大，周圍的樹和地面幾乎全毀。在煙硝飛散後，剩下兩具只留半身的人體，以及兩隻手臂皮開肉綻、垂放在身邊流血不止的白色身影。

呼吸器裡傳出低聲喘息，泛水光的藍色眼眸也因為過於疼痛而恍惚，兔子雙腿一軟，跪在泥濘的土地上。

在爆炸的前一秒，兔子朝左邊的人開槍，幸好他的速度夠快，在對方引爆前就先射穿他的腦袋，卻來不及阻止右邊那位。

他只能在引爆的當下一腳踹開對方，但距離不夠遠，護在臉前的兩臂還是受了傷。

爆炸的威力比他想的還要大很多，幸好只剩下一邊，若是兩人都成功引爆，恐怕連岩石後面的左牧都會被波及。

他沒想到這兩人竟然會用自殺式攻擊，感覺不像是為了自由來獵殺左牧，更像是受到主辦單位的控制。

「兔子！」

兔子的腦袋嗡嗡作響，卻依舊能清楚聽見左牧喊他的聲音。

他轉身看著左牧朝自己飛奔過來，視野卻漸漸傾斜，整個人倒在地上。

兩隻手都抬不起來、身體也動不了，明明現在的他還不能倒下。虧他還自信能自己解決這兩人，結果還是大意了。

他艱難地轉頭，看見遠處的羅本也一樣動也不動地躺在那，心裡更是緊張。

如果他們兩個都倒下的話，誰來保護左牧？

離遊戲結束時間還有五、六個小時，光靠左牧自己一人哪躲得過這段時間的追殺！

擔憂成為動力，兔子強迫自己保持意識清醒。

左牧看見兔子虛弱卻硬撐的眼神，輕輕嘆口氣。

「……你還能稍微撐個幾分鐘嗎？」

鏡片的反光遮掩了左牧的雙目，沒辦法看清楚此時此刻的他到底在想什麼。

可是，他的聲音卻毫不動搖。

兔子雖然覺得意識快要消失，卻還是努力點頭，掙扎著撐起身體。

他已經很久沒有因為受傷把自己搞得這麼狼狽，而他最不想要的就是在左牧面前失去意識。

無知無覺太過可怕，更讓他恐懼的是睜開眼之後會見到左牧的屍體。

「沒事的。」就像知道他的想法，左牧突然轉過頭來說，「相信我，兔子。」

兔子搖搖晃晃地跟在左牧身後，現在的他已經沒辦法思考或是做出判斷。

在這之後的記憶似乎出現斷層，只剩一片空白。

左牧先檢查了羅本的傷勢，萬幸的是他的狀況還算不錯，除背後的刀傷和失血過多之外，沒有其他問題。

他從包包裡拿出手術縫合線，撕開羅本的上衣，對傷口進行緊急的縫合處理。完成後，他不客氣地朝他的背踹了一腳。

「痛死了！」

「不過是小傷而已，別裝死。」

羅本大叫著睜開眼，第一眼就看到左牧那張皮笑肉不笑的臭臉，原本想開罵，接著便看見行屍走肉般站在左牧身後的兔子，以及那兩條嚴重灼傷的手臂。

不用等左牧開口，羅本很快就意識到發生了什麼事。

「趁兔子昏過去之前，把他帶到邱玠少的醫生那邊，位置大概在這裡。」

左牧也沒有多做解釋，掏出地圖交給羅本，上面已經用筆標示出位置，十分淺顯易懂。

羅本愣了愣，抬起頭問：「你這麼信任那傢伙的人？」

「兔子的傷必須盡快接受治療，那裡離這裡比較近。」

「也就是賭一把的意思？」

「沒這麼誇張，反正你乖乖照做就對了。」

左牧覺得煩躁，再次往羅本的背踹一腳。

「好啦好啦。」羅本倒抽一口氣，痛加上大量失血，讓他的反應和思考能力都變得很遲鈍。

「那我先走一步了。」

「啊？」聽見左牧說的話，羅本嚇了一大跳，連忙從地上爬起來，「你想幹嘛？不是要一起過去嗎？」

他還以為左牧把地圖給他只是想讓他更清楚位置，完全沒想到他是要分開行動。

「我不是把地圖給你了？就是要讓你帶兔子過去的意思。」

「開什麼玩笑！現在離遊戲結束還有好幾個小時！沒有我跟兔子的話，你哪有機會生還！」

「不用擔心，我有其他辦法。」雖然嘴上這麼說，其實左牧對自己的B計畫並沒有多少把握。

當初只是為了最壞的情況做出的安排，沒想到竟然真的會派上用場。看來他在這座島上待了太久，又加上有兔子在身邊，實在是過得太過安逸了。

「那至少一起過去，把兔子留在那裡之後讓我陪著你。」

「不，系統追蹤的是玩家，所以我必須和你們分開。萬一在路上再次被襲擊，這次兔子真的會死的，你很清楚現在的他根本沒有反擊能力。」

「可是如果你死了，就沒有意義了！」

「呵，放心吧。」左牧勾起嘴角，「我沒那麼容易死。」

羅本不知道該不該相信左牧的話，也不知道他的自信究竟從何而來。

「……你真的不會死？」

左牧沒有馬上回答，他從槍套裡抽出手槍，熟稔地推開彈夾檢查、拉開保險，一氣呵成地對準旁邊的岩石扣下扳機。

子彈乾淨俐落地打在岩石中心——這可不是沒碰過幾次手槍的傢伙能達到的準度。

想起左牧在上次的「遊戲」中開槍的準度、以及對槍的熟悉度，羅本皺起眉頭，深刻體會到左牧還有很多事情沒有告訴他。

「我會自己保護自己，你不用擔心，幫我綁好兔子就好。如果他知道我單獨行動，肯定會衝過來找我。」

羅本大概能夠想像那個畫面，勾起嘴角苦笑。「我盡力。」

左牧將手槍收回槍套，把背上的包包交給羅本，只從中拿了能簡易攜帶的單肩包和兩枚彈夾，甚至連防彈背心都脫掉了。

「我要盡可能減少裝備，所以剩下的東西交給你。」

「喂，你難道要靠這點裝備混到遊戲結束？甚至連防彈背心都不穿？」

「拿刀的人那麼多，穿了也沒什麼用，而且這樣行動比較方便。」

「你真的是……唉！」

知道自己說服不了固執的左牧，羅本只能硬生生把抱怨的話全部吞回去。

左牧輕拍他的肩膀，「如果事情都按照我的計畫進行，那麼我活下來的機會大概有七八成。」

羅本只能選擇相信他，連忙用肩膀扛住搖搖晃晃軟倒的兔子。

「通訊器呢？」

「一樣用打暗號的方式，不要開口。」左牧提醒他：「你的傷也記得治療，我只是隨便幫你縫合而已。還有順便輸點血吧，你的嘴唇都開始發白了。」

「要是留下很醜的疤，我就把帳算在你頭上。」羅本冷哼，雖然語氣很不爽，言語中卻透露出擔憂，「所以你絕對要給我活下來。」

左牧沒有回答，只是輕輕勾起嘴角。

這是兩人最後的對話，在這之後，他們便分頭前行。

而左牧也開始了他在島上的第一次「個人旅行」。

左牧並不是沒有想過在兔子和羅本不在身邊的情況下該如何應對，只是懶惰的他根本不希望會真的有這一天，沒想到最終還是得面對。

光靠他的腳程絕對沒有辦法在廣大的島嶼上長期行動，雖然他嘴硬說沒問題，實際上他的計畫要到山巒的另一側才能執行。

也就是說他必須原路折返，但他不覺得自己的體力做得到。

在木屋休息的時間根本不夠恢復體力，可是他也只能硬撐下去。

幸好兔子知道能夠快速通過山巒的路線，而且那條路並沒有標示在官方提供的地圖上，至少從那裡穿過去的話遇到危險的機率很低。

在和羅本分開後，左牧目標明確地前進。不知道是不是只剩自己的關係，此刻他全身神經緊繃，也變得比之前還要敏感。

但是，在缺少平板的狀況下，他很難確認周圍的情況。頂多在周圍五百公尺左右有其他人出沒的時候，布魯才會在耳機通訊器裡提醒他。

雖然這不是他的專長，可是左牧還算擅長隱藏自己，畢竟私家偵探也當了好幾年，暗中埋伏、不讓人察覺地跟蹤什麼的都是基本功。

只是這座島上的面具型罪犯一個比一個還變態，和他以往的跟蹤對象完全不同等級，所以他才常常覺得自己跟個廢人一樣。

不過，當初他本來就打算單獨調查這座島，若沒有基本的實力，怎麼可能安然無恙地進行調查？所以他早就做好了心理準備和安排，誰知道剛入島就被那隻笨兔子纏上，打亂了他的步調。

——無聊的抱怨就先放在一邊，現在，他只需要活著看到晚上的月亮就好。

不知道該不該說幸運，他沒有遇見其他的面具型罪犯，平安無事地穿過山巒，回到島中央偏西南側的位置。

往左邊一點就是中央大樓，但他要去的地方是稍微偏右的廢墟。

雖然一路上都很順遂，可左牧還是有點不安。就算他盡量避開了監視器、從死角下通過，可是只要有手表在，主辦單位還是能掌控他的位置。

而且，他百分之一百相信主辦單位絕對知道現在他落單了，想殺他的話，這個機會再好不過。

可是他也知道，主辦單位不會輕易殺死他，畢竟他手裡有他們想要的東西——也就是那枚紀錄著一切的隨身碟。

雖然東西不在他手上，不過是他親手交給羅本保管的，這件事也只有他們兩人知道。

這也算是給自己上個保險，畢竟他只是個普通人，不可能不怕死。

「找到人了嗎？」

「沒有，不在這裡！」

「該死，剛才明明看到人了，到底躲哪裡去了！」

左牧躲在暗處，閃避手持武器的普通罪犯們。

這是稍早之前在岩壁區遇見的那伙人，不過看起來不像在追殺他，應該只是路過。

大概是找不到他的關係，普通罪犯們並沒有把目標放在他身上，而是打算用群攻的方式去對付那些以「巢」為據點硬撐的玩家。

這對他來說算是好事，畢竟並不是所有人都知道玩家的長相，大部分都還是靠左腕上的手表來辨認。

左牧嚥下口水，雙手戴護腕的決定果然沒錯，至少他不會第一眼就被識破。但這些罪犯也不是省油的燈，目前似乎不論對象是誰，只要手腕上有戴東西就一律先殺。

寧可錯殺一百，也不願放過一次機會。

話雖如此，要繞過這些人還算簡單。畢竟他們人數不少，遠遠就能聽見聲音，加上布魯也會提醒，所以左牧一開始還以為能順利繞過。

然而，當他好不容易來到離目的地只剩七百公尺左右的距離時，竟然被人攔了下來。

「唔。」

左牧沒想到會有人獨自站在樹林裡，立刻停下腳步。

對方手裡拿著衝鋒槍，背後插著一把長刀，全身上下都穿滿裝備，右手則綁著染血的白布。

男人身上並沒有受傷，那條白布反而比較像是從某個死者身上扯下來的，大概是類似戰利品的東西。

更重要的是，這傢伙不僅戴著面具，布魯也沒有事先提醒，這表示眼前這個男人是「面具型」。

「嘖，結果還是遇上了。」不過幸好對方只有一個……人……

左牧才剛這麼想，旁邊的樹幹後方又緩緩走出一個男人，他的身後還跟著同樣穿著的其他面具型罪犯。

不過短短幾秒，這裡就聚集了五名面具型罪犯，將左牧團團包圍。

左牧勾起嘴角苦笑，內心警鈴大作——

人真的不能高興得太早，他現在這樣就是樂極生悲的最佳寫照。

「啊哈哈哈……沒想到我這麼有人氣？」

面具型罪犯不能隨便開口說話，一片寧靜之中就只有左牧自言自語的聲音。

所有罪犯同時舉槍，對準那張帶著困擾的笑臉。

左牧緊抿雙唇，立刻壓低身體，並從外套內袋掏出閃光彈輕輕放在腳邊。

毫無預警的白光瞬間照亮周圍，所有人都睜不開眼。在視線不清楚的狀況下，沒人敢開槍，更沒人注意到左牧從包圍中奮力衝了出去。

當視力恢復後，他們才意識到左牧逃跑了，急忙追在後面。

一大群拿著衝鋒槍的男人追趕在身後，生死一線的壓力大到讓左牧想吐。雖然他已經走了很長一段時間，體力早就到達極限，「想活下去」的執念卻讓他腎上腺素爆發，飛奔的速度不低。

「唔喔喔喔喔喔！」

然而，即使他已經使出了吃奶的力氣，距離還是很快就被拉近，進入了敵方的射程。

左牧很清楚這些傢伙會在什麼樣的距離下開槍，於是在他們有機會扣下扳機前，利用曲折的地形和茂密的樹木植物來妨礙這些人的射擊。

子彈一發發穿過左牧身旁的障礙物，背對子彈狂奔很需要勇氣，他雖然雙腿發軟，但還是咬緊牙根努力往前衝。

只要衝出去就是廢棄大樓了！到那裡的話，怎樣都會有辦法！

「碰！」

一聲異常響亮的槍聲炸響，左牧的左肩中彈。

子彈穿過他的身體飛射出去，鮮血湧出，灼燒般的疼痛讓左牧咬牙顫抖。

但左牧已經衝出樹林，來到遍布障礙物的廢棄大樓區域，他立刻閃進旁邊的水泥牆後。

「呼……呼……呼……」左牧按緊左肩大聲喘氣，他很久沒有中槍了，但腦袋和身體都還記得這種感覺。

普通人此時此刻肯定會驚慌失措，不過左牧仍然很冷靜。

他靠著半塌的水泥牆，聽著那些持槍的面具型罪犯衝上前的腳步聲，仰頭喘息。

「終、終於硬撐過來了。」

幾乎是自言自語的音量應該沒人能聽見，但左牧還是用最後一絲力氣懇求：

「抱歉，我也是不得已的，所以拜託幫幫我吧。」

這是他最後的賭注，坦白說他覺得成功機率不高，之前雖然厚著臉皮對羅本說成功機率有七八成，實際上他只有三四成的把握。

但這是目前唯一的辦法，也是能確保他在沒有兔子和羅本的保護下生還的最後機會。

腳步聲快速逼近，左牧轉頭一看，已經越過水泥牆的面具型罪犯將槍口對準他的眉心。

他算準時機，在對方扣扳機的瞬間迅速翻身而起，右手順勢將槍往上推開，接著拔出手槍朝對方的腳板開槍。

趁那人痛到跪地，左牧反身逃離水泥牆。他知道身後有更多把槍正對著自己，只能盡可能S型閃避，但還是被幾道子彈劃傷，接著又被擊中腹部右側。

左牧沒有停下來，直接衝進廢棄大樓後方的機房。

他關上門，才剛用地上的鎖鍊纏緊門把，衝鋒槍的子彈就貫穿門板，差點沒把他打成蜂窩。

他縮在牆角，透過彈孔看著迅速逼近的敵人。

「別給老子裝死！還不快點——」

左牧低吼到一半，嘴巴就被人從背後摀住，接著整個人直直往下墜。

當那群面具型罪犯踹開門進來時，裡面只有機器在運轉，左牧就這樣從人間蒸發了。

只有地上的血跡證明他曾經存在過，其他什麼也沒有。

BEFORE THE END OF THE GAME

規則六：以失敗終結這場獵殺遊戲

ゲームが終わる前に

同樣的漆黑空間、同樣的方式，以及同樣讓人難以忘懷的惡臭——當左牧終於能看清眼前的畫面後，才意識到自己已被拉入地下水道。

一回頭，身後是那張皺緊眉頭、明顯一臉火大的男人。

「你為什麼故意把我捲進來？」他的語氣相當不爽。

左牧勾起顫抖的嘴角想回答，但痛到說不出話來。男人見狀沒有再繼續抱怨，小心翼翼地觀察上方的情況後，悄然無聲地把人帶回自己的據點。

溫暖的火光在冰冷的地下水道裡就像綠洲，讓人忍不住心嚮往之。

男人把左牧放在自己的睡袋上，傾身觀察他的槍傷，接著拿出酒精沾溼紗布，用力壓住傷口。

「還好子彈沒留在裡面，不然就麻煩了。」

椎心刺骨的疼痛讓左牧幾乎要大叫出來，但他的嘴被男人捂住，強行把聲音封在他的口腔裡，直到傷口消毒、縫合完畢。

男人處理傷勢的動作俐落又熟練，在接受他的簡單治療後，左牧總算是脫離了失血而死的危機。

他才剛勉力撐起身，男人就把止痛藥和溫水遞了過來。

左牧想也沒想就張開嘴，讓他把藥丸丟進來，然後就著他的手把溫水一口灌下肚。

「你還真信任我。」

「總好過追殺我的那些傢伙。」左牧還有些氣虛，聲音有氣無力，但語氣中仍舊充滿著對自己的信心。

男人冷哼一聲，轉身坐在他對面的空地上，像之前那樣和他保持微妙的距離。

左牧知道他是想給自己空間喘口氣，也就默默接受他的好意。

直到止痛藥起作用後，他才終於舒服了一些。

「好多了？」男人的臉色還是很難看，但他很有耐心地等到現在才開口，「那麼你可以開始解釋了嗎？」

「別這麼急，我大老遠跑來找你幫忙，可不是為了被你質問。」

「大老遠？你是從哪過來的？」

「東北岸的沼澤地。」

「……那麼遠？就你一個人？」男人張大嘴，一臉不可置信。

在這座島上要是沒有搭檔或其他罪犯保護，絕對不可能獨自進行長距離移動。

「我是靠知識和觀察來行動的，所以存活率比普通玩家高一點。但要是到了這裡之後你選擇不幫忙，那我也是死路一條。」

「這可不是普通玩家能做到的事，你究竟是……」

「看你的反應，應該是不知道地面上發生的事，也沒收到主辦單位的公告？」

男人注意到左牧想岔開話題，雖然很在意，但還是順著他的意思回答：「我和這座島上發生的事基本上沒關係，就只是個活在地底的無關路人。」

「哈哈！這形容還真有趣。」

「我只是實話實說。」

「噗呵，那麼找你這個路人幫忙還真是正確的決定。」

「話別說得太早，我沒說要幫你。」

「你都已經從那些面具型的槍口下救了我，現在才嘴硬已經太遲了。」

「……你真是個討人厭的傢伙。」

「抱歉。」意料之外地，左牧竟老實地道歉，但他不打算放棄，「要不是逼不得已，我也不會把你放進B計畫。」

「你幹嘛擅自……」

「主辦單位想殺掉島上現存的玩家，今天舉行的遊戲，簡單來說就是罪犯和玩家的『躲貓貓』。」

左牧將島上的現況和今天的遊戲內容，用最簡單的方式解說給男人聽。

同時，也說出自己的目的。

「只是暫時借你的地方躲一下，等遊戲時間結束後我就會離開。」

這裡有能干擾手表訊號的儀器，還有能夠對抗面具型罪犯的「幫手」，對現在的他來說是最好的藏身地點。

算是直覺吧！他認為男人打從一開始就對他沒有殺意，所以才會大膽地把命賭在這人身上。

幸好他的判斷沒有錯，否則剛才他真的會被打成蜂窩。

男人摸著下巴沉思，沒有立刻反駁，也沒有像剛開始那樣針鋒相對。

左牧很緊張，因為他現在的命就掌握在對方的手裡。

「羅本……那傢伙還活著吧？」

「活得好好的。」

「……是嗎。」

左牧沒想到男人最先擔心的竟然是羅本的安全。看來他跟羅本之間的關係真的還不錯，或許也是因為這樣，羅本才會對他殺紅眼，完全不打算放過他的樣子。

「我可以幫你，但話先說在前頭，我並不是要賣你人情，這是我欠羅本的。」

「保護我就能讓羅本寬恕你背叛他的事？」

「別開玩笑了，那傢伙可不會因為這樣就原諒我。」男人抬起眼直視左牧，「你和他相處過，應該很清楚他是個什麼樣的男人。」

左牧垂下眼簾，坦白說，他現在的心情有些複雜。

雖說自己和呂國彥連面都沒有見過，對他的死沒有半點感覺，可是這些曾經和他相處過的人，全都如此惦記著死去的他。

若那個人沒有死的話，他還真想見上一面、聊聊幾句。

「雖然你說躲在這裡沒關係，但我可不能冒這個險讓我家曝光。所以等你休息一下之後，我們就離開。」

左牧還以為待在這裡就能安心地躲到遊戲結束，「為什麼？」

「主辦單位在追殺你，要是你的信號消失太久肯定會起疑，這樣那些傢伙就會知道有人在暗中協助你，有很高的機率會猜到是我做的。」

男人說得沒錯，可是左牧不太放心，這人竟然說想跟著他到外面去，這樣不也是很危險嗎？

「我會戴上面具跟項圈，裝作是你的搭檔跟著你，就像被那些主辦單位控制的罪犯一樣……你那是什麼表情？懷疑我保護不了你一個人？」

原本還在說明接下來要怎麼行動的男人，一發現左牧的眼神充滿遲疑，銳利的眼神便狠狠扎在左牧身上。

左牧冷汗直冒，趕緊否認：「呃，不……只是有點意外你有在思考這些。」

「我又不笨，別擅自把人當傻瓜。」

「抱歉抱歉。」左牧邊笑邊道歉，沒有半點誠意，反而讓男人爆青筋。

感覺到他如野獸般凶神惡煞的視線，左牧趕緊釋出善意，改口問：「話說回來，我們還沒自我介紹吧？總不能老是用你啊我的來稱呼。」

「知道名字又如何？我們只會相處幾小時而已，等遊戲結束後就是不相干的陌生人了。」

「我叫做左牧，左邊的左，牧羊人的牧，姑且算是個私家偵探。」

男人的眉頭皺得比之前都還要緊，表情也很可怕，不斷用眼神譴責把他的話當成耳邊風的左牧。

看著對方擺出滿臉笑容等待自己回應，男人的臉色越來越尷尬，最後還是熬不過那張笑臉，舉雙手投降。

「高仁傑，這樣你滿意沒？」

「嘿——你的名字和外表真不搭。」

「少廢話，又不是我取的。」

「那我叫你阿傑可以吧？」

「……隨便你。」

突然被對方用親暱的方式稱呼，高仁傑有點反應不過來，但很快就恢復冷靜，依舊用臭臉瞪著左牧。

「快點給我休息，最多一個小時就必須讓你離開。」

「沒想到挺久的？我還以為你只會讓我睡十幾分鐘。」

「都說了是『最多』。」高仁傑起身走向水道，很快就消失在黑暗中。

左牧來不及叫住他，一方面是措手不及，一方面則是體力實在撐不住了，上下眼皮彷彿變成磁鐵，很快就緊緊密合。

現在是傍晚五點左右，距離遊戲結束只剩三小時。

和左牧分開已經將近兩個小時，這段時間中，羅本完全沒有接到左牧的任何聯繫。雖然打暗號的時候有得到回應，但這樣並不能完全確定左牧的狀況是否安全。

說實話，他很擔心左牧，可是現在的他更擔心自身安危。

因為好不容易包紮結束、從麻醉中清醒過來的兔子，一沒看見左牧的身影，就開始發瘋似地掙扎，甚至用能殺死人的可怕目光狠狠瞪著他。

幸好他猜到會變成這種情況，所以事先用鐵鍊把人綁在椅子上。替他治療的醫生倒是被他的抓狂反應嚇得不輕，完全不敢靠過來，縮在角落瑟瑟顫抖。

畢竟還是有治療之恩在，羅本也不想拖累對方，尤其是想到這裡是邱珩少的地盤，就更加讓他沒辦法靜下心來。

輸完血之後他已經恢復不少，再加上止痛和消炎藥的加持，他完全感受不到傷口的存在，也能夠自由行動。

照理來說，他現在應該要立刻去跟左牧會合才是，但也不能就這樣把變成瘋狗的兔子留在這裡。

正當他開始考慮要不要用麻醉槍把兔子弄暈、等遊戲結束後再來接人的時候，木屋的門突然打開，穿著白大衣、面露倦怠的男人大搖大擺地走了進來。

羅本嚇了一跳，兔子則是咬牙切齒，像是要撲過去直接把對方的脖子咬斷一樣可怕。

被人用這麼明顯的敵意對待，換作普通人早就嚇尿了，這個男人卻沒有半點反應，連跟隨在他身邊的面具型罪犯也沒把兔子放在眼裡。

「少……少爺……」醫生怯生生地出聲，但還是不敢離開牆角。

邱珩少沒有理他，把目光放在羅本身上。

「這還真是意外，你的飼主不在身邊？」邱珩少勾起嘴角，冷冰冰地笑問：「死了嗎？那傢伙。」

「左牧沒死！你這混帳！」羅本不太高興地回嘴。

他真的沒辦法對這個男人產生好感，實在是不明白為什麼左牧會這麼信任他，甚至還願意和他聯手。

這個人，一副很希望左牧被主辦單位幹掉的樣子，令人厭惡。

「呵，我當然知道，只是覺得這麼問一問很有趣而已。」與表情不符的回答，讓人完全看不透他在想什麼。

「臭小子……你玩我嗎？」

「太有趣了，沒忍住。」

「話先說在前面，我和左牧不同，完全不相信你。」

「這樣很好，我也不覺得自己能被人信任，會這麼做的只有像左牧那種笨蛋。」邱珩少忍不住笑意，嘴角上揚，「沒想到他竟然還把我這裡當作醫療站……呵呵呵，真是有趣，看起來你們當時的情況真的很不妙。」

「嘖！」

羅本不悅地咋舌，還沒來得及開口，邱珩少的目光已經落在兔子身上，「叫那傢伙安靜點，在我的地盤不准吵鬧。」

「要不我現在就鬆開他，讓這隻凶殘的兔子把你的脖子咬斷如何？」

「他現在的目標並不是我，而是左牧吧？」

邱珩少舉起手，對身後的面具型罪犯下達指示，對方立刻從旁邊的架上拿出一支注射器，大步上前往兔子的大腿插下去。

沒過幾秒，兔子就慢慢停止動作、垂頭昏睡，總算還這間屋子一些寧靜。

邱珩少走向裡面的房間，站在門外說：「我進去了。」

他沒等回應便開門進去，羅本跟在他身後，意外的是，邱珩少的搭檔完全沒有阻攔的意思。

房內的徐永飛坐在床上，十分專注地盯著筆電的螢幕，甚至戴著防噪音耳機完全隔離外面的聲音。

邱珩少走過去，輕輕拉開耳機的一側，故意大聲喊：「喂！」

「嗚哇！」

徐永飛嚇到差點沒把電腦摔出去，在掉下床之前被邱珩少一把抓住手臂。他的心跳飛快，這時才發現羅本和邱珩少的存在，不滿地責罵：「你是想害我心臟病發嗎！混帳！」

「我好歹也是提供你安全的人，有點禮貌行嗎？」

「還敢說……幫你補強防禦系統的可是我。」

「呵，那只不過是救你命的一點小回報而已。」

徐永飛看著邱珩少的眼神相當憤怒，不得不說，羅本真的很能感同身受對方的不爽，因為他也一樣。

對邱珩少這傢伙，他連相處一秒都撐不下去，總會有種想掐緊拳頭揮過去的衝動。

「說起來，你沒事了嗎？羅本。」

「沒事，兔子也很好。」

徐永飛是因為兔子太過吵鬧才戴起耳機，不久前這兩人渾身是傷出現在這裡的時候，他可是嚇了一大跳。

在沒見到左牧的當下，他也是直覺猜測是不是死了，但羅本的回答很快就讓他安下心來。

「話說回來，你為什麼會這麼悠閒地出現在這裡？這次的遊戲不是針對你們玩家嗎？」徐永飛很快就把矛頭再次對準邱珩少，對方的反應卻很普通。

「我是殺不死的。」

「……嘖，真是讓人討厭的回答。」

「不過你說得對，我悠哉悠哉地跑到這裡來，是因為收到左牧家的寵物跑到我的地盤上求助的消息。」邱珩少戲謔地說完後，轉以嚴肅的態度詢問徐永飛，「還有就是，我委託你寫的程式完成了嗎？」

「你這混帳，也不想想我才剛恢復沒多久，竟然就這樣逼著人工作。」

「這是替你治療的費用，難不成你以為我會免費讓你留在這？」

徐永飛氣得咬牙，但是面對這個狐狸般的男人，他也只能忍氣吞聲。

「原來你還要求徐永飛做這種事，左牧知道嗎？」

羅本沒想到邱珩少居然偷偷利用徐永飛，他雙手環胸，一副打算追問到底的態度。

邱珩少眨眨眼，把徐永飛重新扶回床上。

「一旦被懷疑，不管說什麼都是浪費唇舌。」

「那就試著說服我。」

「呵，你與其浪費時間在我身上，不如去做點更有意義的事情如何？」

「你說什麼！」羅本被邱珩少的態度激怒，狠狠瞪了他一眼。

邱珩少維持著欠揍的笑容，瞇起眼輕聲說道：「我聽說『那傢伙』出現了哦，而且就在這附近——」

羅本立刻意識到邱珩少說的是誰，因為他在找的只有一個人。

他失去冷靜從容的表情，迅速揪住邱珩少的衣領。

「在哪？」

邱珩少的眼眸映照出羅本的怒火，滿意地勾起嘴角。

啊啊，這種表情果然是百看不厭。

一聽完邱珩少提供的情報，羅本馬上轉身奔出房間，一聲不吭地拿起自己的裝備，飛也似地奔出木屋。

從頭旁觀到尾的徐永飛，看見邱珩少笑到停不下來，內心相當反感。但是見到羅本那副表情後，比起對邱珩少的不快，他更擔心羅本的情況。

「你真是個惡劣的人。」

「呵，謝謝誇獎。」邱珩少睜開眼，遮住嘴巴的指縫中，仍舊能隱約看見興奮到顫抖的上揚嘴角，「那麼我們也開始談正事吧，徐永飛。」

徐永飛緊張得冒冷汗，他知道自己沒有拒絕的權利。

此時此刻他真的很想把左牧抓出來質問，這種男人究竟哪裡值得信任。

「那傢伙現在在西海岸附近的廢屋——和你的飼主一起。」

邱珩少的聲音深深扎進羅本的腦袋。在聽見那個男人就在左牧身邊的瞬間，他的心裡似乎有什麼東西瞬間斷裂。

等回過神來的時候，他已經衝出木屋，就這樣把兔子丟下、違背了左牧的命令。

實在很不想欠邱珩少人情，可是他沒辦法控制自己。當那張熟悉的面具出現在眼前時，他下意識舉起手槍，不顧一切地衝出去扣下扳機。

子彈穿透胸膛，敵人倒地不起。一臉驚訝的左牧瞪大雙目看著他，但羅本什麼也不想解釋。

「羅本？你為什麼會——」

左牧怎麼樣也沒想到羅本會出現，但是話還來不及說完，手持衝鋒槍的面具型罪犯們又一窩蜂地追上來。

羅本一腳踩著剛被自己射殺的面具型罪犯，雙手穩住槍托，不斷開槍嚇阻那些人。

「有話待會再說！先走！」

他連看也沒看左牧和那張讓他恨透了的面具，一心一意地射擊，直到彈夾打空。他迅速換彈匣後再次舉槍，但這些面具型罪犯的速度比他想的還快，趁這個空檔就已經衝到面前。

羅本下意識地後退，心裡很清楚自己是躲不開了，身後卻傳來槍響，逼近他的面具型罪犯被打穿眉心，就這樣倒地不起。

那是能貫穿防毒面具的子彈，有這種強大威力的武器，可不是什麼普通的手槍。

「你也別發呆！」

羅本還沒回過神，就被左牧拽住手臂，往後方的山崖飛奔而去。

他看到左牧和另外那個男人根本沒有停下的打算，嚇得臉色發白。

「等、等等，你們想幹什——」

羅本差點沒咬到舌頭，他就這樣被跳下山崖的左牧硬生生地往下拉。下墜大概三、四百公尺後，他們的腰被強而有力的手臂環繞，停在一處凸出的小區域。

這個著陸點很小，頂多只能站兩個成年人，而且邊緣還在慢慢剝落，感覺不怎麼安全。

但身後的山壁上有個剛好能讓單人穿過的洞口，於是羅本和左牧就這樣被硬塞進去，彷佛是被塞到娃娃身體裡的棉花。

洞口離底部還有一小段距離，兩人半跌半摔下去，胸口先著地，差點連氣都喘不過來。

「痛死了……」對背上還有傷的羅本來說，幸好不是背部落地，否則傷口又要裂開了。

左牧憤憤不平地對最後鑽進來的男人抱怨：「喂，這跟說好的不一樣！」

男人轉開小手電筒，塞在左牧手上，看樣子根本沒有要解釋的意思。

而男人還來不及關心羅本的狀況，就被他用左臂壓住喉嚨推到山壁上。

巨大的撞擊聲在狹小的封閉空間裡聽起來格外可怕，感覺像骨頭要被壓斷了，左牧嚇得抖了抖。

「羅本！住手！」

左牧衝上去想拉住羅本，卻被他用槍口抵住額頭。

他最不想看到的結果終究還是發生了，而且這個時機點真的有夠糟糕。

左牧和面具底下的那雙眼對上，輕聲嘆息，但他不打算退縮。

而且，情況比他想的稍微好一點。

「羅本，冷靜下來聽我說。」總而言之要先讓羅本放開高仁傑，「我會解釋的。還是說，你不相信我？」

「看到你跟這傢伙走在一起，還接受他的保護，要我怎麼相信你？」羅本咬牙切齒，可以感覺到他被背叛的痛苦。

左牧慢慢伸出手，壓住對準他的槍管，表情嚴肅。

羅本頓了一秒，看上去略為動搖。這樣的眼神是要他怎麼拒絕？

他知道自己完全信任著左牧，所以才會在發現兩人同行的時候失去理智。

羅本握槍的那隻手收了回去，壓住高仁傑喉嚨的手臂也慢慢放了下來。

他往後退兩步，雖然看上去有比較冷靜了，但並沒有放鬆戒心，目光依舊凶惡地鎖定高仁傑。

高仁傑自知不可能取得信任，便站在原地不動。

現在的他戴著防毒面具和項圈，所以羅本絕對想不到他不但能開口說話，也不受主辦單位限制——可是，要是他把這些說出口，就等於承認他接受了主辦單位的賄賂，陷害了呂國彥。

這件事絕對不可能得到羅本的諒解，而他也不奢望能夠被他原諒。

左牧也深知會有什麼樣的結果，所以示意高仁傑不要有任何舉動，全部都由他來解釋。

畢竟高仁傑是因為幫他的忙才冒險離開原本的安全屋，他可不是那種在接受幫助後不懂得回報的無良男人。

「這傢伙就是你的B計畫？」

「……嗯。」

「你是什麼時候認識……嘖，所以你是在故意拖延時間，不讓我找到他？」

羅本越想越不明白，甚至開始懷疑左牧是不是在刻意保護高仁傑。但怎麼想都覺得奇怪，該不會左牧打從一開始就在說謊？

「上次我不是有短暫失聯？那時候就是被他綁架的。」

「什——你為什麼沒有告訴我！」

「雖然你表面上看起來對他沒有恨意，也同意了我不殺他的決定。但我知道你見到他之後會是這種反應，所以才沒有告訴你。」

左牧最初想找高仁傑的理由，是想要從他的口中得到關於呂國彥和主辦單位的情報，但羅本的目的是報仇。

雖然羅本沒有說，他的態度卻早就露餡了，在見到高仁傑之後的反應也證明了左牧的猜測。

「你……你是認真的？呂國彥可是因為他才——」

「老實說，呂國彥對我來說只是個陌生人，而且我不是說過要讓他成為證人？這樣的話我更不能讓他死掉。」

羅本咬牙，一腳狠踹旁邊的岩壁。

「這種背叛人的騙子，我不會相信他。」

「那麼，為什麼剛才你開的第一槍不是對準他，而是追殺我的面具型罪犯？」

「廢話！當然是因為你有危險！」

「那麼之後呢？為什麼你仍然選擇掩護我們，而不是殺掉你最想殺的男人？」

羅本愣住了，他看著左牧認真的表情，說不出話來。

三人之間的氣氛變得有些詭異，好消息是，少了一點殺氣騰騰的感覺。

看見羅本面色鐵青、握緊雙拳顫抖的模樣，左牧輕輕嘆了口氣。

果然，羅本雖然嘴上說著要替呂國彥報仇，實際上他根本沒有殺死高仁傑的意圖。

「你只是因為把我跟呂國彥重疊了，才會憤怒到失去理智。」

「我才不——」

「承認吧，羅本。你的反應早就暴露了一切。」

「唔！」

羅本自知無法反駁，只能繼續把氣出在無辜的岩壁上。

左牧無視羅本的粗魯態度，讓他自己去旁邊發洩，轉頭對高仁傑說：「我早說過你的辦法很糟糕，還不如待在原本的地方。」

高仁傑很想回嘴，可是礙於羅本在場，他只能選擇閉嘴。

左牧肯定也是看出了這點才會故意嗆他。

「所以呢？」左牧大概猜得出是什麼狀況，向羅本問道，「你是被邱玠少挑釁，才會丟下兔子跑到這裡來找我？」

左牧的預測精準到像是開了天眼，羅本因為心虛，冷汗越冒越多。

「……算了，邱珩少應該知道怎麼處理。」左牧搔搔頭，轉身便看見高仁傑想從洞口爬出去的舉動，只好一手抓住他的褲頭，差點沒把他的褲子拉下來。

「你要去哪？」

高仁傑拉著褲子，垂頭沒說話，不過左牧也大概猜得出他在想什麼。

「別以為羅本來了就沒你的事了，我還是需要面具型的幫忙，所以你不准給我溜走。」

雖然兩人之間的恩怨還沒化解，可是此時此刻他們心中卻有同樣的想法——左牧察顏觀色的觀察能力就像超自然事件一樣可怕。

左牧看了看兩人的臉色，雙手環胸，「別用那種眼神看我，我又不是什麼可怕的惡魔。」

「與其說惡魔，還不如說是肚子裡的蛔蟲。」

「喂！」

左牧出聲抱怨，但很快的，他們就聽見正上方傳來腳步聲。

看樣子他的手表訊號又暴露了躲藏的位置，所以那些面具型知道他們沒有掉下山崖，而是在山崖「裡面」。

意識到的同時，一陣陣的爆炸讓整座洞穴劇烈晃動起來，高仁傑立刻推著左牧往更裡面走。

左牧被推到差點摔倒，還不忘回頭抱怨。羅本靜靜看著兩人的互動，遲疑幾秒後才跟上。

原本他還因為呂國彥的死而想要殺掉這個男人，可是在被左牧那樣質問後，他開始有些不太確定了。

左牧真的很可怕，簡單的一句話就能動搖他數個月以來的目標，或者該說——他本來就不是很確定，所以才會如此輕易就被左牧牽著鼻子走？

百思不得其解的羅本，甩頭拋開這些難解的思緒，暫時把問題扔到腦後。

在這之後，直到遊戲結束的這幾個小時，他都跟在這兩人身邊。

而他的心也異常平靜，彷彿回到了呂國彥還活著的時光。

「獵殺遊戲結束，恭喜您順利存活下來，左牧先生。」

布魯的聲音從手表裡傳出，宣告遊戲終結的同時，也宣告了主辦單位的計畫失敗。

玩家獵殺遊戲活動終止。

死亡玩家人數——零。

BEFORE THE END OF THE GAME

規則七：好人的性格會傳染

ゲ　ー　ム　が　終　わ　る　前　に

獵殺遊戲結束後，高仁傑就消失了。羅本和左牧甚至連他離開的影子都沒看到，就像是憑空不見一樣。

當晚回到「巢」之後，左牧原本以為羅本會瘋狂追問他高仁傑的事，但是他卻異常安靜，換完傷口的藥之後便鑽回自己的房間。

兔子則是在遊戲宣布結束後就被邱珩少的搭檔送了回來，當然還是處於被麻醉的狀態下。邱珩少的搭檔只把人扔在門口就走了，害左牧花費不少力氣，冒著傷口裂開的危險、好不容易才把兔子扛進門放到沙發上。

他的搭檔一個安靜到讓人害怕，另一個則是被麻醉尚未醒來，無所事事的左牧決定早點洗洗睡覺，沒想到卻收到邱珩少的通訊請求。

「噗哈，你還真狼狽。」開啟視訊畫面後，邱珩少立刻用欠揍的笑臉率先開口調侃，「真虧你還能活下來，命真硬。」

「吵死了，你幹嘛故意挑釁羅本！」

「因為很有趣的樣子，而且你應該感謝我才對。」

「你的性格比博廣和那隻狐狸還糟糕。」

「我這麼做可是為了你好，越晚發現反而會讓那男人越不信任你，甚至可能反過來變成絆腳石，我可不想讓計畫被這種小事破壞。」

其實邱珩少說得沒錯，左牧也有在反省，可是他本來不太確定羅本心裡的想法，而且在看到高仁傑毫無生氣的模樣後，他就什麼也說不出口了。

不過，他是絕對不可能老實向邱珩少道謝的。

「那你聯絡我要幹嘛？我今天東奔西逃了一整天，想早點休息。」

「雖然我在『巢』裡喝了不少紅酒，也有點睏，但還是有些事情想找你討論。」

「……你是故意打來酸我的？」

「這次主辦單位的計畫沒有成功，你認為接下來會發生什麼事？」邱珩少迴避左牧的抱怨，直接了當地詢問。

左牧輕嘆口氣，「下次大概就不會用這麼拐彎抹角的方式來殺我們了。」

「正確，所以我覺得要盡快對中央大樓出手。」邱珩少摸摸下巴，「不過我現在有點猶豫。」

左牧知道邱珩少是在顧慮他這邊的情況，畢竟他這個玩家帶著槍傷、行動力大減，兔子的雙手又嚴重灼傷，而羅本則是情緒不穩定。

從旁觀角度來看，他們三人很可能會拖累其他人，左牧很清楚這點。只不過，也不能因為這樣就耽誤整個計畫。

「我沒事，明天我們五個先見面開個會吧。」

「……五個？」

「雖然正一似乎沒有加入的意願，但他仍然是我們的同伴。」

「呵，真是個老好人……要是我的話，絕對不會讓這種不確定因素介入。」

邱珩少瞇起眼眸，直勾勾地盯著左牧。顯然這句話不只針對正一，也是故意說給左牧聽的。

但左牧直接無視他，信誓旦旦地回答：「就算正一真的打算背叛我們，也不會妨礙到計畫。」

邱珩少陷入沉默，雖然他沒有說什麼，但從表情可以看出他對左牧的回答不是很滿意。

不過，直到通訊結束前他都沒有直接了當地拒絕左牧。

左牧搔搔頭，疲憊感突然一口氣全壓上身，他拖著沉重的腳步回到房間。

也許是因為體力透支又失血過多，左牧渾身燥熱，彷彿被大石頭壓著，很不舒服。

他往床鋪一倒，在碰到床單前就已經昏睡過去，直接斷片到隔天下午。

因為睡得太沉，反而猛然驚醒，感覺到自己正被某個人緊緊抱在懷裡，窒息般的束縛感讓他不太舒服，卻無法掙脫。

罪魁禍首不用想也知道，就是兩手臂纏滿繃帶的兔子。照道理來說受傷的手臂不可能這麼有力，就算接受過緊急治療，也沒辦法這麼快就恢復。左牧也不敢用全力推開，就怕會不小心造成二次傷害。

「現在……幾點？」

「下午三點。順帶一提，您總共有三十八則通訊請求未回覆。」

左牧喃喃自語地提問，而回答他的是精神亦亦的布魯。

「對了，開會……唔……」

一想到昨天和邱珩少說好要開會，左牧就努力扭動身軀想掙脫，沒想到兔子立刻瞪大雙眼，翻身將他壓在身下，整張臉貼到他的面前。

強大的壓迫感讓左牧昏沉沉的腦袋清醒許多，同時也感覺到四肢的無力，彷彿被人分屍成一塊塊。尤其是中槍那一側的手臂，幾乎沒有了知覺。

不過他大部分的注意力還是被兔子湛藍的眼瞳吸引過去，因為那隻漂亮的眼睛布滿可怕的血絲，散發出的氣魄也讓人難以主動開口。

左牧喘息著思考起自己的狀況。大概是因為昨天只有簡單包紮、沒有服用藥物，所以傷口感染了吧。

布魯可以提供玩家身體狀況的相關資訊，所以左牧要求布魯進行檢測，結果顯示在房間的電視機螢幕上。

果然，他有點發燒，外加些微貧血，現在的狀況真的不適合外出。

雖然有點自打嘴巴，但左牧也只能留言請布魯轉告給邱珩少。

他可以想像出邱珩少會用什麼樣的表情讀取，但是他真的沒辦法赴約。現在的他必須好好休息。

「……兔子，你沒事嗎？」

兔子終於願意放鬆禁錮，起身跪坐在左牧身邊，但仍舊緊緊盯著他，似乎不願讓他離開視線一秒。

比起左牧，兔子的精神看起來比昨天還要好。明明受了這麼嚴重的傷，卻能在短時間內恢復行動自如，看來他不只是身體能力強，就連自癒能力也是怪物等級。

昨天那雙手臂還軟趴趴的，今天卻能用蠻力抱著他不放。這樣的話，左牧應該就不需要太過擔心了，該擔心的是他自己才對。

遇上昨日那種情況還能倖存下來，只能說他的運氣實在太好。

「與其擔心別人，不如先擔心你自己的狀況。」

羅本就像有超能力一樣，立刻就知道左牧醒來了，他端著藥和剛煮好的粥走進房間。

左牧嚇了一跳，因為羅本的態度和平常沒有什麼不同，他還以為羅本會鬧幾天的彆扭，沒想到這麼快就願意跟他說話了。

羅本冷冰冰地把藥片塞入他的嘴裡，強行灌水，差點沒把左牧嗆死。

「呃咳咳咳咳！你就不能溫柔點？」

「啊？」

羅本黑著臉捧起熱粥，因為那張臉真的太過可怕，左牧只能乖乖閉嘴，深怕羅本會把那碗熱騰騰的粥甩在他的臉上。

左牧安靜地吃完羅本煮的粥後，這才看到他緊皺的眉頭鬆開了一些。

「今天主辦單位沒有動靜嗎？」

「沒有，和往常一樣，即便遊戲時間開始也沒有罪犯來襲，不過其他玩家倒是自己先開會了。」

「邱珩少說的？」

「不，是博廣和。」羅本勾勾手指要左牧坐過來一點，接著熟練地替他脫掉上衣，更換包紮的紗布。

發現左牧的傷口周圍有些發炎，他才剛鬆開沒幾秒的眉頭又皺了起來。

「你果然沒有好好接受治療。」

「我都快累死了，根本沒力氣去想那些事，只想睡覺而已。」左牧雖然這樣說，其實也有點心虛。

他有留意傷口，可是最終仍然敗給疲倦，結果就變成了這樣。

「你該不會不知道該如何處理槍傷？」

「當然知道，只是力不從心……」

「唉，算了。」羅本替他打了一針抗生素，重新包紮傷口，嘴裡不斷碎碎念，「昨天幫你換藥時沒注意到的我也有點責任，所以你今天給我好好休息。槍傷可不是一天就能恢復的小傷，其他玩家那邊我會去幫你回覆。」

「喂，等等，你這是強迫我休息？」

「廢話，難不成你想頂著這種身體去進攻中央大樓？」

「呃……倒是不至於啦，但是給主辦單位太多時間的話，像昨天那種沒意義的突發遊戲只會越來越多，我可沒心思提供娛樂給那些傢伙看。」

「我反而覺得，主辦單位接下來可能不會再做這麼拐彎抹角的事。」

左牧一愣，「什麼意思？」

「昨天圍攻你的那些『面具型』不太對勁，你後來的狀況有點糟，所以可能沒注意到，但追殺你的人看起來不像是島上的面具型罪犯。」

這話讓左牧感到意外，不過也點醒了他。

仔細想想，在見到高仁傑之前，那些追殺他的「面具型」雖然拿著島上提供的衝鋒槍，可是無論行動還是配合都很「專業」，確實和剛開始追殺他們的面具型罪犯有些不同。

「你的意思是？」

「那些傢伙的行動十分專業，這樣說你應該聽得懂吧。」

「雇傭兵或者是私人軍隊嗎……」

要管理這樣一座殺戮之島，光是用監視器和項圈無法完全控制那些罪犯，所以這樣的集團不可能沒有自己的軍隊。

左牧剛開始有懷疑過，但他認為主辦單位只會把自己的軍隊用在保護中央大樓或是據點的周圍，沒想到會直接派他們混入島中，替主辦單位解決目標。

他不禁想起高仁傑說過的話，突然覺得那個男人或許真的沒有說謊。

遊戲規則上寫著主辦單位不會干涉島上的事情，但這不代表策畫規定的人自己就會乖乖遵守。那些傢伙只是想讓所有人產生「有這個規定所以絕對不會發生這種事」的錯覺，所以潛意識地不會往這個方向思考。

「很明顯，主辦單位就是想殺掉我。」雖然還在發燒，但左牧的大腦轉速沒有放慢。也許是因為有好好補足睡眠的關係，現在的他能夠把問題看得更清楚。

「我問過其他玩家，他們都沒遇到類似的面具型罪犯團體，只有你碰上了。」羅本將蒐集來的情報毫不保留地告訴左牧，「而且攻擊他們的幾乎都是普通罪犯的組合，沒有幾個面具型，後來抓到的普通罪犯供稱主辦單位有額外給他們其他好處，所以就算知道機率很低也想拚死一搏。」

「畢竟在這座島上困了那麼久，既然知道逃不出去，還不如拚拚看。」

左牧能夠理解那些罪犯的想法，也知道這是主辦單位操控人心的手法。不得不說，這些傢伙真的很會抓住機會利用他人。

「如果那傢伙也是因為這樣……」羅本壓低聲音，小聲呢喃。

還在深思的左牧沒有留意到，不過想太多的下場就是腦袋過熱，一陣暈眩、差點直接昏過去。

兔子在旁邊看得很緊張，揮舞雙手像是想說什麼，但沒有平板溝通、加上他的手又沒辦法寫字，於是只能用肢體語言表達。

但他的動作看在兩人眼裡，不但無法理解，甚至加深了困惑。

「總之你先休息，明天那些傢伙會來你的『巢』集合，有話到時再說。」

羅本黑著臉對兔子下令：「你把這笨蛋看好，絕對不准他擅自下床。」

兔子用力點頭，難得乖乖聽從羅本的話，他把左牧壓回床上用棉被綑成草履蟲。

左牧臉色鐵青地大喊：「等、等等，用不著這麼誇張吧！」

「這是為了你好。」

羅本接著拿出另外一支注射劑，直接往他的脖子打下去。

左牧根本來不及反應，沒幾秒就沉沉睡去。兔子很乖地坐在旁邊，眼睛眨也不眨地盯著左牧的睡臉。

端起碗盤的羅本突然覺得左牧有點可憐。不但被弄暈，還被人這樣死盯著，說實在話，換作是他絕對會受不了。可是這也是逼不得已，要是不這麼做的話，左牧肯定不會好好休息。

而且，在對付主辦單位之前，他還有私事要先解決。

羅本垂下視線，「……我出去一下，會在宵禁前回來，這段時間就麻煩你照顧這傢伙了。」

兔子眨眨眼，完全不擔心的樣子，甚至難得地瞇起眼微笑，讓羅本清楚感受到他對自己的信任。

這種感覺，坦白說還真不錯。雖然不能用言語溝通，卻能確實感受到對方的心意。

沒想到在這座島上竟然可以擁有如此舒心的「普通」生活，左牧真不愧是能動搖主辦單位的「王牌」。

「回來的時候我會順便幫你找個新平板，沒辦法對話真的有點麻煩。」

兔子的雙眸閃閃發光，就像是要到糖果的小孩子，相當開心的樣子。

就這樣，兔子揮舞著受傷的雙手送羅本出門。要不是親眼看過繃帶下的灼傷，兔子那充滿活力的樣子真的會讓他懷疑對方是在裝病，果然不能把普通人的狀況套在他身上。

「那傢伙……應該就在之前發現他的那個地方吧。」

自己究竟是想報仇還是想知道真相，老實說羅本也不太清楚。但是當他見到左牧和那個男人一起行動的時候，點燃他怒火的並不是為呂國彥報仇的恨意，而是左牧瞞著他窩藏對方行蹤的這個事實。

在房間裡沉澱一晚後，羅本慢慢冷靜了下來。

昨晚因為腦袋太過混亂，沒有好好觀察左牧的狀況，要是知道他的傷勢這麼嚴重，他絕對不會一聲不吭地鑽回自己的房間。

不過在替左牧重新處理傷口的時候，羅本發現他恢復的狀況很好。雖然有點感染，但這也在所難免，畢竟在那種情況下也只能應急處理。

從左牧傷口的緊急處理可以看出，那個男人是真心想保護他。而且在那種情況下，他大可放左牧自生自滅，卻仍舊出手相救。

所以，他想好好和那個人談談。

他不想再當一次那個完全不知道真相的旁觀者。

伸手不見五指的黑暗中傳來穩定的腳步聲。

原本盯著火光的高仁傑慢慢抬起頭，與站到亮光之中的羅本四目相交。

不知道是不是早就料到羅本會來找他，高仁傑仍戴著面具和項圈，用羅本熟悉的面貌迎接他。

當羅本出現的瞬間，面具底下的嘴角微微上揚，如同自嘲。然而，此時此刻的他已經沒有任何反抗或逃走的想法。

「你是怎麼找到我的？」

羅本嚇了一跳，「為什麼你能……說話？」

高仁傑不打算繼續隱瞞，用食指輕輕敲項圈，「算是主辦單位給我的獎勵，畢竟我可是幫他們解決掉了呂國彥。」

這話聽起來像在故意惹他生氣，但羅本並沒有如他所願，只是輕聲嘆氣。

「左牧突然在這裡消失後，就想到利用地下水道的想法，所以我就想說你會不會是躲在地底下。」他回答高仁傑最開始的問題，冷靜到不可思議。

見羅本毫無反應，高仁傑意興闌珊地拿起杯子，緩緩喝起咖啡。

「這座島的地下水道錯綜複雜，沒那麼簡單就能找到我的位置。」他的口氣像是和朋友交談般悠哉，也不忘調侃，「你是確定我的位置之後直接過來的吧?呵，真的不能給你任何線索呢，你那可怕的追蹤能力就跟警犬一樣。」

坦白說，羅本和高仁傑沒有什麼特殊交情。比起總是待在呂國彥身旁的高仁傑，羅本不過是呂國彥手下的眾多罪犯之一，他和高仁傑說話的次數少得可憐。

但其實在這之前，羅本就已經進入高仁傑的視線。羅本優秀的射擊能力及乾淨俐落的戰鬥風格，讓他在罪犯中鶴立雞群，高仁傑總是下意識地在意著這個男人的存在。

如果羅本知道的話，肯定會嗤之以鼻，他就是這樣的一個男人。

「我原本以為自己能原諒你做的事情，但看來我也只是在硬撐。」

羅本一直無視內心的感受，就算左牧說要把這個男人找出來當證人，他也不曾動搖。直到真的和對方面對面，他心裡緊繃的弦才瞬間崩裂。

這時他才意識到，高仁傑的背叛對他來說有多不能接受。

在聽見邱珩少提供的情報時，呂國彥笑著待在高仁傑身邊的畫面瞬間閃過腦海。他不想讓同樣的事情再次發生，所以才會失去冷靜。

看來他早在不知不覺中把左牧當成了重要的人。

「既然你討厭我的話，就殺了我吧。」

「……雖然我很想這麼做，但左牧說過要讓你當證人。」

「證人？」高仁傑摸摸下巴，回想著左牧對自己說過的話，這才恍然大悟。

怪不得那傢伙不希望他死掉，原來是想讓他成為對付主辦單位的底牌之一。

「雖然當時阿龐說是你背叛了呂國彥，但其實我心底還是希望不是你，所以才會調查那件事。」

「我們的交情沒那麼好吧？你居然相信我？」

「眼見為憑。」羅本皺起眉頭，「還是說你希望我恨你？」

「總比被你幫助來得好。」

羅本無奈地扶額，輕聲嘆息，「你這男人就是這樣，嘴硬得很。」

「既然不是來復仇，那你到底為什麼要來見我？」

「原本是想感謝你幫助左牧，但是因為不爽所以改變主意了。」

高仁傑睜大眼眸，噗哧一聲笑出來。

「你是不是和那個叫左牧的男人相處太久了，思考的方式和他真像。」

「少廢話，我的目的從最開始就沒有變過。」羅本在他的正對面盤膝坐下，輕聲說道：「把實情告訴我吧，包括你此時此刻在盤算的事。」

羅本的眼神是認真的，高仁傑發現自己沒辦法拒絕。

明明是想讓這個男人殺了自己，但他渴求真相的態度，慢慢改變了高仁傑的想法。

「以前我就覺得你是個不錯的傢伙。」

「我可不想被你這種人奉承。」羅本皺緊眉頭，「而且你老好人的程度也不比我差，竟然會幫左牧，以前的你可不是這種人。」

「面對受傷的人，我不可能丟下不管吧？再者，他說要我活著見證他如何推翻主辦單位，要是他死掉的話我不就看不到了？」

藉口聽起來很牽強，不過羅本聽得出來對方語氣中的開心。

就算看不見表情，聲音仍然能透露心情。

「呂國彥在失蹤三個月後才被確認死亡，這段時間是你在保護他的吧？」

高仁傑抬起視線，與羅本四目相交。

羅本的表情就跟之前的左牧一樣，這兩人真的很有默契，甚至讓人有些忌妒了。

「我什麼也沒做。」

「除了你之外我想不到任何可能性，你跟我都很清楚，呂國彥自己一個人不可能在外面存活好幾個月的時間。」

「光是這樣你就斷定是我在保護他，會不會太武斷了？」

「你覺得我是憑藉想像就做出結論的人？」

高仁傑陷入沉默。他不知道羅本究竟調查到多少真相，這男人的情報蒐集能力果然可怕。

於是他放棄掙扎，長嘆一聲。「就算是這樣，也不能改變我背叛他的事實。」

「簡單來說，就是被主辦單位利用了吧？就像島上的其他人一樣。」羅本雙手環胸，仔細地分析，「反正只要我們還待在這裡，就沒有自由與人權。」

「呃，這麼簡單？」

「就是這麼簡單。」

高仁傑眨眨眼，煩躁地用力搔頭。

「搞什麼啊，我還以為你會更抓狂，結果冷靜得跟什麼一樣……真掃興。」

「我沒事幹嘛抓狂？」

「如果是昨天的你，肯定會立刻殺了我。」

「就算是昨天那種情況，我也不可能朝你開槍。就像左牧說的，我雖然討厭你，但是從沒認真想過要奪走你的命。」

「噗哈——」高仁傑忍不住笑出聲，「無論是你也好、左牧那傢伙也罷，全都是沒辦法預測的傢伙啊。」

想死的欲望，在聽見左牧跟羅本接二連三的意外發言後，已經煙消雲散。

這時他才注意到，原來自己的死意一點也不強烈，不過是對現況倦怠而產生的絕望念頭罷了。

而現在的他，真的有點想親眼見證這個故事的結尾。

「那我就陪陪你們吧。」高仁傑說完，主動問道：「你想從哪邊開始聽？」

「可以的話，擷取重點就好。」羅本看了手表一眼，「我得在宵禁前回去。」

「噗……居然還有門禁嗎？」

「左牧中的可是槍傷，我還得回去看他的狀況。而且他醒來時要是發現我不在，百分之百會猜到我跑來見你了，我不想讓他操多餘的心。」

「你是他媽嗎？」

「閉嘴。」羅本黑著臉，不滿地回嘴，「好歹說我是爸爸。」

高仁傑忍不住大笑。他不知道已經有多久沒有這麼輕鬆，也不知道自己到底有多久沒有展現出笑容。

如此快樂自在的時光，要是能一直持續下去的話該有多好？

他打從心底深深渴望著。

當羅本回到「巢」時，左牧已經下床了，正窩在客廳閱讀大量的書面資料。

他不是很高興地皺著眉，立刻把目光轉向端著熱茶從廚房走出來的兔子。

兔子見到他立刻冷汗直冒，心虛地移開目光。不用想也知道，絕對是這傢伙心軟放左牧下床的。

「你可是帶著槍傷又發高燒，為什麼不好好休息？」

羅本順手把左牧正在看的資料抽走，直到這時左牧才注意到羅本回來了。

「真慢。」他勾起嘴角，像是知道他去了哪裡，賊笑的表情讓羅本的拳頭有點硬。

「你為什麼——」

在羅本開始碎碎念之前，左牧起身搶回他手裡的資料，輕輕地往他的腦袋拍下去，阻止他繼續抱怨。

「我沒事，用不著大驚小怪。」

「虧我還給你打了麻醉，你醒得真快。」

「你的劑量沒算準，所以我提早醒來了。」左牧不忘調侃他，「和高仁傑聊得怎麼樣？你應該沒有一槍把他打死吧？」

「誰？」

「就是那個傢伙、背叛呂國彥的面具型罪犯。」

「你為什麼會知道他的名字？他告訴你的？」

「算是我強逼出來的。」左牧笑嘻嘻地回答，「他吃軟不吃硬，而且也沒有想像中那麼壞，否則我現在早就死了。」

「哼……」

「怎麼？因為被我說中所以不爽？」

「嘖，你的個性真的很討厭。」

「你也是個嘴硬心軟的傢伙啊。」

說不過他，羅本只能乖乖閉嘴。反正不管怎麼樣，左牧就是有辦法把問題丟回來，這男人的交談技巧好到讓人火大，卻又沒辦法真的討厭他。

「既然你還有心力和我鬥嘴，就表示你跟高仁傑之間沒問題了吧。」

「……暫時沒有。」

「那麼從現在開始，你得好好專注在現況上。我們有更重要的事情得處理。」

「是指什麼？」羅本長嘆一聲，坐在旁邊的沙發上，順手拿幾張紙起來看。上頭全是主辦單位在這座島上的設施和內部構造等資料，甚至連人力配置都有。

「為什麼會有這些情報？」

「是徐永飛給的，還好他還活著，否則我們也拿不到這些情報。」

「他不是自己毀掉硬碟了嗎？」

「那是因為資料都被他記在腦海裡，我也是剛剛才知道那傢伙的記憶力好到讓人害怕。」

當初選擇幫助徐永飛果然是正確的決定。此時此刻，這些情報對左牧他們來說非常重要，畢竟不是時隔多月的舊資料，而是「現在的情形」。

徐永飛一直躲在島上監控中央大樓的行動，所以才會如此清楚。

「不可能是徐永飛自己拿來給你的吧。」

「邱珩少派人送來給我的，幸好我醒著，否則兔子差點就把人殺掉了。」

兔子憨厚地瞇起眼，看起來唯唯諾諾的，有些心虛。

羅本看了他一眼，向後靠在椅背上。

「然後呢？要做什麼？」

他不認為邱珩少會只是單純地把情報送來，那傢伙絕對有什麼意圖。

果不其然，左牧露出笑容，摸著下巴回答：「要先想辦法對付主辦單位在島上藏匿的設施，這就是我們接下來的目標。」

邱珩少雖然沒有明說，但送來的資料卻昭然若揭。

那個男人雖然表面上看起來對這件事沒有興趣，其實意外認真。

不會叫的狗，不代表不會咬人。

更不用說這座島上飼養的都不是家犬，而是充滿野性的狼群。

BEFORE THE END OF THE GAME

規則八：嚴禁破壞島嶼上設施

ゲームが終わる前に

就如同羅本說的那樣，隔天一大早黃耀雪就跑來探望左牧，接著博廣和與邱珩少也默契地同時出現。兩人還是老樣子關係緊張，只和左牧交談，彼此間完全沒有對話。左牧覺得無所謂，總之別在他家裡互砍就好。

最後來的是正一，似乎是主辦單位突發的獵殺遊戲讓他改變了主意，決定和其他人聯手。但他的態度還是很謹慎，不打算直接提供協助。

這些人當中，和左牧談得最多的人就是邱珩少，而他也是當天才知道，邱珩少並沒有把昨天給他的那些資料給其他人。

「為什麼只讓我知道？」

「其他人都不相信我，所以乾脆不要有交流。」邱珩少笑著回答，聽起來還真有幾分道理。

不過，這種作法很可能會被當成私下串通，可是就算現在告訴其他三人，也不見得會被理解，尤其是博廣和。

於是兩人在私下商議後，決定只把「破壞設施」的目的告訴其他人，並在之後的三天緊密討論各自的任務和行動的時間。

他們的目的是要讓這座島脫離主辦單位的操控，但是一旦這麼做，馬上就會被察覺，所以時間一定要抓得很準。

在那之後必須立刻進攻中央大樓，不能有延誤，就算拋下其他人也必須執行，因為這是他們唯一的機會。

這場獵殺遊戲讓五人各自有傷兵和人力減少的情況，就算他們現在去新增人手，找不到人的機會也很高。

就連自己手下的罪犯都不一定會加入，更不用說其他人了。

不過萬幸的是，博廣和、邱珩少和正一手下的罪犯忠誠度都相當高，沒有什麼反對的聲音。也可能是那些反對的人都被私下處理掉了吧。

至於黃耀雪，可能是傻人有傻福，他的隊伍狀況也很穩定，甚至比人數眾多的其他隊伍都還要積極，只差沒有直線衝進敵營。

而左牧這邊就更不用說了，羅本和兔子的忠誠度比之前高了好幾倍，尤其是在這次中槍後，兩人對他的態度簡直和老爸老媽差不多。

不准他亂走、不准他熬夜、吃東西必須少量多餐、按時服藥和頻繁更換紗布——在這兩人的輪流照看下，左牧過著相當健康的生活，連皮膚都變得比以前更水嫩了。

他都快不知道自己是在保養身體還是在治療槍傷。

「主辦單位又沒動靜了。」羅本在晚餐時又開始抱怨這件事，「他們該不會是在等我們出手？」

「像上次那樣大規模的計畫都沒成功殺死半個人，我想他們接下來應該不會再用這麼費功夫的方式出手。」

左牧夾起炸蝦放入口中，光聽這喀滋喀滋的聲音就知道有多美味。

羅本皺起眉頭，「他們為什麼要這麼迂迴，不如直接把整座島的人殺光就好了。」

「殺完還要善後和補新血，花費的成本、人力和時間都不划算，主辦單位畢竟是個營利組織，不會做虧本的事。而且只要我們逃不走的話，就沒有曝光的問題。」

「那為什麼還是定時提供補給……」

「關注我們行動的不只主辦單位，還有參與賭注的有錢人。要是主辦單位突然改變方式，肯定會被懷疑是不是出了差錯。夠謹慎的話，他們就不會突然改變遊戲內的設置。」

「這麼說起來，我們倒不是完全沒有優勢？」

「所以才能夠像現在這樣悠哉地吃炸蝦配牛排。」

左牧吃得津津有味，不單是食材好的關係，還有羅本的高超廚藝。

這傢伙不當廚師跑去當軍人真的是太吃虧了！

「總之，不需要著急，但也不能拖太久。」

「……你們已經談好什麼時候行動了？」

「嗯，而且我的傷也好得差不多了，兔子似乎也行動自如了。」

「那隻兔子的復原能力是不是有點誇張？」

「他的身體能力確實有點出乎我的意料，不過這也是好事，萬一兔子沒辦法行動，光靠我跟你兩個人根本不行。」

兔子比左牧更早恢復，雖然現在雙臂還纏著繃帶，可是行動起來就像是沒受過傷的樣子，這讓羅本十分在意。

至於左牧這邊，雖然槍傷不是短短幾天就能痊癒的小傷勢，但他的恢復狀況還算不錯。再者，他也不想讓大家為了自己繼續拖延行動的時間。

得在主辦單位進行下一次的行動前率先出手，絕對不能給太多喘息的時間，否則吃虧的反而是他們。

羅本聽出左牧沒有把高仁傑列入戰力，也就是說接下來還是只有他們三個人一起行動。

晚餐過後，他們各自回到房間。

最早吃完的兔子坐在雙人床上，仔細研究羅本帶回來的新平板，似乎很滿意的樣子。

左牧已經很累了，所以直接鑽進棉被，小聲咕噥：「記得關燈……我先睡了。」

兔子轉頭看著左牧，迅速跑去關燈後回到床上，連同棉被一起將左牧緊緊抱在懷中。

羅本說得對，這雙手臂完全不像是受過重傷的樣子，但此刻的左牧已經懶得運轉腦袋，就這樣昏昏沉沉地睡過去。

這次的計畫是由邱珩少負責，在左牧的背書下，除了博廣和之外的人都願意全力配合。

邱珩少列出兩個重要地點，一個是裝成普通罪犯的私人軍隊在島內駐紮的營地，另一個則是維持島內用電需求的發電廠。

這兩個地點必須先控制住，之後進攻中央大樓時才更有保障。不過相對而言危險性也比較高，因為這兩處的戒備絕對是最難突破的。

私人軍隊的營地大大小小總共有四至五個位置，分布得有點廣，比較需要大量人力去處理，於是就交給邱珩少、博廣和以及正一負責攻陷，而發電廠的部分則是由左牧和黃耀雪兩人去應對。

五人同時行動，就選在今天。

大部分的人說到突襲就會聯想到夜晚行動，不過他們選擇在白天進行。畢竟要動用的人數很多，夜晚行動的話，光是要蒐集到足夠的防毒面具，時間就會被拖延很久。

對他們來說，無論白天還是晚上行動都沒有什麼差別，因為主辦單位絕對會做好萬全準備等他們出手。

行動的時間一到，五隊分成兩組朝目的地前進。

黃耀雪和左牧這組在發電廠附近的空地會合，這時左牧才發現黃耀雪手下的罪犯數量比之前還要多很多，不過面具型罪犯倒是沒有增加，還是原本的男人。

「小牧，你確定沒問題？」黃耀雪不敢質疑左牧的安排，但是也沒辦法放心。

左牧的槍傷剛好沒多久，兔子的雙手也嚴重灼傷，一度無法自由行動，就連羅本也帶著傷。簡單來說，他們這個三人小組狀況都不是很好。

「不用擔心，兔子和羅本都很擅長潛入作戰，再說你的人手比較多，比我還適合當誘餌。」

「唔嗯——」黃耀雪皺緊眉頭，看來還是有點不太願意，但最後還是只能乖乖聽話，「那好吧，萬一出狀況的話要立刻通知我，絕對不可以逞強！」

「知道了。」

黃耀雪在知道左牧受傷後，心情一直很糟糕，還在他休養的時間裡不斷給予醫療幫助。甚至派人在他的「巢」周圍戒備，以防主辦單位趁兔子受傷對左牧出手。

雖說那樣有點太過杞人憂天，但左牧還是接受黃耀雪的安排。因為要是不接受，黃耀雪會直接賴著不走，兔子也會因為他的關係而變得心浮氣躁，讓他更難好好休息。

在說服黃耀雪之後，兩人分開行動。

他們的計畫很簡單，就是先讓黃耀雪佯裝要偷偷進入發電廠，讓大部分的敵人都把注意力放在他身上，左牧三人再趁這個空檔從後門潛進去。

黃耀雪的行動有三個重點，一、要維持想闖進去的態度；二、不能離開發電廠太遠，做出想要把敵人帶離附近的舉動；最後一點也是最重要的——盡可能削弱敵方的戰力。

如此一來，敵人不會認為他們使用的是調虎離山之計，而是單純地認為他們的目的就是帶大批人馬來占領發電廠。

即使主辦單位可以透過手表和監視器察看玩家的位置和行動，可是他們就算注意到他們的目的，也沒辦法即時反應。

而左牧瞄準的，就是這段「時間差」。

「主辦單位發現我的位置後，就會開始應對，所以我們的時間不多。」

左牧三人在走廊上奔跑，他們很清楚時間有限，一秒都不能浪費。

根據牢記在腦海中的建築地圖，他們一邊清除在走廊上巡邏、穿軍裝戴面具的敵人，一邊往主控室的方向前進。

他們的目的不是毀掉發電廠，是占領這個地方、取得控制權。畢竟他們不能失去這座島的電力來源，同樣的，主辦單位也不能。

左牧會帶著傷勢來負責執行這次的任務，主要是因為他知道這些人不敢隨便在發電廠內開槍。任何一個失誤都可能會造成損傷，那瞬間，中央大樓不但會斷電，同時也會失去控制手段。

島內的發電廠雖然不只這一座，不過這裡有全部發電廠的主控權，所以他們才需要拿下這裡。

雖然發電廠周圍的戒備是很森嚴沒錯，甚至還埋藏不少地雷，可是羅本和兔子輕輕鬆鬆就帶著左牧突破，好像這些只是不起眼的小把戲，完全難不倒他們。

可是，發電廠內滯留的敵人數量比預料的還多，讓兔子和羅本花費了不少時間。

敵人似乎察覺左牧的目的，於是在主控室周圍的樓梯和走廊增派人手，不過從黃耀雪回報的情況來判斷，這些人並不是從外面調度進來的。

也就是說，對方把廠內的所有人力全部集中到這裡，怪不得他剛才在走廊上遇見的敵人數量不如預料。

「嗚哇……真麻煩，要是能用C4直接炸一炸就好。」

「能這麼簡單的話，我們幹嘛還要特地闖進來。」

抱怨著有炸藥但不能用的羅本，被左牧狠狠瞪了一眼。

「對方守得密不透風，要怎麼辦？」

「我大概猜到會變成這樣，所以有準備。」

面對羅本困惑的目光，左牧勾起嘴角，指向頭頂的通風口。

羅本再次皺起眉頭。

兔子的身材比較壯，鑽不進通風口的入口，而帶著槍支的羅本更不可能。最後剩下的人選，就只有左牧。

「不行。」

他立刻否決這個糟糕的點子，可兔子已經開始協助左牧撬開通風口，讓持反對意見的羅本孤立無援。

「兔子！你在幹嘛！」

兔子眨眨眼，亮出平板回答。

「依命令行事。」

簡而有力的五個字，令羅本百般無奈。

「別那麼擔心，我只要偷偷摸摸的就不會被發現。」

就算他們現在是在監視器的死角，主辦單位看不見他們正在做什麼，可是左牧只要戴著手表，就不可能成功『偷襲』任何人。

羅本不覺得左牧部會漏掉這麼重要的事，但是又沒辦法不去擔心。

就在他猶豫的那幾秒，左牧已經鑽進通風口，從兔子手裡接過自己的包包。

他發現羅本回過神來之後用很可怕的表情瞪向自己，只好苦笑。

「不會有事的，相信我。你們去當誘餌，趁他們把注意力放在你們身上的時候，我會把主控室奪過來。」

說完，他亮出手中的一臺黑色小機器給羅本看。

羅本愣了愣，「那是什麼？」

「遮蔽器，能讓我們有三十分鐘左右的時間可以自由行動。」

「這東西哪來的？」

「是高仁傑『好心』借給我的。」

羅本沒想到左牧之後竟然還有和高仁傑見面，對方甚至還把這麼方便的道具「借」給他們使用，畢竟這機器可不是隨隨便便就能取得的。

「不過這東西只能干擾手表的訊號和通訊裝置，影響不了發電廠的內部設備，而且我們自己的通訊器也會沒辦法使用。」

「那我們要怎麼確定你是不是拿下主控室了？」

左牧神祕地勾起嘴角，笑彎雙眸，調皮地回答：「到時候你就知道了。」

他那張笑臉真的有夠欠扁，讓羅本拳頭發癢。

接著左牧又對兔子說：「兔子，我們這次的另一個目的是減少敵人數量，所以不用手下留情，能解決多少就是多少。」

這個命令對兔子來說是天大的好消息，他的眼眸閃閃發光，像個孩子般興奮，甚至開始在原地轉圈圈。

羅本和左牧無視那隻兔子高興到跳舞的模樣。說真的，沒人能理解他腦袋裡在想什麼，但可以肯定的是，下令讓兔子殺人的結果，絕對比驚悚電影還要可怕。

「就這樣，晚點見囉！」

左牧笑咪咪地說完後，直接打開遮蔽器，接著人就鑽進通風管道，羅本和兔子只能站在原地聽著爬行的聲音越來越遠。

「誘餌嗎？這麼單純的計畫怎麼可能騙得過專業的傭兵……喂！兔子！」

兔子在羅本碎碎念的時候已經飛快衝出走廊，筆直地朝前面的第一群敵人進攻。

他的速度很快，加上幾乎沒有聲音，等那些人發現兔子持刀衝過來的時候，根本來不及反應，才剛舉起槍就被刀刃劃破喉嚨。

當第一個人的脖子噴血倒地的同時，其他人終於看清楚兔子的身影，可是卻沒有人成功扣下扳機。

短短不到一分鐘，五人小隊就這樣被兔子輕鬆解決。

大片血色染紅走廊的牆壁和地板，而兔子灰白色的工作服也沾滿這些人的鮮血。

他站在血泊中，對被自己殺死的人沒有半點興趣，眼眸彎起，繼續往前衝。

從頭到尾把所有畫面看入眼底的羅本，一句話都說不出來，甚至沒來得及阻止那隻兔子離開。

「我到底該不該跟在那傢伙屁股後面？」

羅本忍不住自問，同時也開始懷疑會不會在左牧取得控制權之前，兔子就已經先把走廊上的敵人全部殺光。

「早知道應該跟著左牧硬鑽……總覺得兔子不需要我支援。」

羅本一邊碎碎念，一邊悠哉地沿著血跡前進。

從通風管道裡可以聽見走廊上吵雜的人聲以及槍響，不過左牧沒有半點興趣，依靠記憶中的路線，好不容易來到預定地點。

他用雙腳把通風口的鐵網踹飛，輕盈地跳下去。

聲音稍微有點響亮，不過外面的戰鬥聲音太有存在感，所以左牧完全不擔心會有人聽見。

這裡是主控室隔壁的主機房，電腦運轉的風扇聲很大。因為有空調的關係，室內溫度偏低，更重要的是這裡沒有半個人。

進入這裡需要刷門禁卡，但是出去的話則不用，對左牧來說這是最好的潛入地點。而這都要多虧徐永飛的協助，否則他沒辦法如此了解發電廠的內部藍圖。

他拿起手槍檢查彈夾、裝好消音管，接著小心地穿過強化玻璃門來到主控室。

此時主控室內所有人的視線都集中在走道的兔子和羅本身上，尤其是在看見強大的兔子之後，他們全都無心顧慮其他事，更不會發現左牧已經站在他們身後。

這些人全都戴著面具，看起來不像是普通工作人員的樣子，應該也是主辦單位安插進來的傭兵之類的人。

面對手持衝鋒槍的對手，光靠手槍根本不可能打得贏，所以左牧必須看準時機、攻集對的人，否則就會讓自己吃子彈。

他可不想再享受一次中槍後的高燒滋味。

觀察幾秒後，左牧判斷出負責指揮的人是誰，立刻鑽到對方身後，往他的小腿開槍。

對方痛苦地大叫後跪在地上，讓其他人注意到左牧的存在。

在衝鋒槍對準自己之前，左牧用手臂架住跪地之人的脖子，用他當擋箭牌。

果然，沒有人敢開槍。

左牧早就料到他們不會出手，於是立刻就朝那些人的大腿開槍。子彈無聲地貫穿他們的大腿，痛苦的傭兵們也不敢大意，就這樣集體朝左牧掃射。

左牧立刻躲到鐵櫃後方，而前一秒被他架住脖子的人也在這場槍彈雨林中被打成蜂窩，滿身是血地倒在地上，沒了呼吸。

一名死亡，還剩四人。

由於通訊被阻斷的關係，這些人沒辦法呼叫支援。在剛才的掃射中，門口的裝置也受到波及，爆出火花。

主控室頓時成為密室，裡面的人出不去，外面的人也進不來。

剩餘的四人也不管外面的情況，分成兩路慢慢繞到鐵櫃後面，打算包夾左牧。

但他們連人都還沒看見，左右兩側就各拋出一枚閃光彈。所有人的視線被瞬間遮蔽，接著出現什麼東西扎進皮膚裡的感覺，很快便失去意識。

藉著閃光彈掩護，左牧用麻醉藥直接放倒左邊的兩個人，只剩下另外兩個。

他取下護目鏡掛在脖子上，對方的視線也已經恢復，再次朝左牧開槍。

左牧撿起被麻醉的人手持的衝鋒槍，滾進旁邊的桌子底下躲避。

很快的，對方停止射擊，不敢大意地將槍口對準左牧躲藏的地方，小心翼翼地靠過去。

結果當他們走到剛才左牧躲藏的鐵櫃前面時，左牧按下引爆器，黏貼在鐵櫃後面的炸藥瞬間就將最後的兩個人炸飛。

他們撞上牆壁後又重摔在地，不過因為炸藥的威力不是很強，他們只有受到撞擊傷害，意識還很清楚，卻痛到爬不起來。

左牧趁機將另外兩劑麻醉藥注入他們的後頸，不到三秒，這兩個人就昏睡過去，就算狠踹或是從身上踩過去都沒有半點感覺。

緊張的心情總算放鬆下來，原本以為自己的計畫太過簡單，沒想到進行得這麼順利，看來他的身體並沒有因為之前的工作而變得遲鈍。

他將手槍暫時放在旁邊，透過監視器，發現外面的走廊全都是鮮血和屍體，怎麼找都沒看見兔子和羅本的身影。

正當他打算關閉遮蔽器聯繫那兩人的時候，主控室的大門被人用力踹飛，一隻腿高高懸在半空，停滯幾秒之後慢慢放下來。

渾身是血的兔子走進來，手裡拽著某個人的頭髮，把他當成破布般拖著走。

左牧嚇了一跳，兔子的雙手和刀尖都還在滴著鮮血，他本人卻用天真無邪的笑容，瞇著眼眸望向他。

兔子果然是隻不能隨便野放的殺人魔，光是命令他「殺死」這些雇傭兵，就能讓他做到這個地步，這可不是開玩笑的。

「兔、兔子……」

左牧發覺自己的聲音有些顫抖，這才意識到，他其實有點害怕兔子的這副模樣。

兔子看向被左牧麻痺倒地的士兵，鬆開拽著頭髮的手，眼裡閃過厲光，舉起軍刀衝過去。

碰！

子彈擊中刀刃，讓軍刀從兔子的手裡高高彈飛後，掉落在兔子的正後方。

兔子的瞳孔放大，迅速轉頭看向持槍對準自己的左牧，彷彿受到了傷害，甚至不明白左牧為什麼要這麼做。

他不過是照著左牧的命令，將這裡的所有人「清除」掉——

「住手，兔子。」左牧把槍放下來，因緊張而冒出冷汗。

要不是他對自己的槍法有點自信，也不敢隨便開槍。剛剛除了開槍阻止兔子之外，他實在想不到其他方法。

「已經可以了，不需要趕盡殺絕。我們已經達成目的……兔子！」

左牧還以為只要不讓他持刀就不會有問題，而兔子也會像之前一樣乖乖聽自己的話——沒想到兔子竟然直接抬起腳，狠狠地用軍靴踩碎躺在地上的人的頭骨。

骨頭斷裂的輕脆聲響，加上從對方耳鼻口中流出的鮮血，讓左牧瞪大雙眼。

還沒回過神，剩下的三個人也被兔子徒手扭斷脖子，徹底斷絕氣息。

在終於把所有人殺死後，兔子這才彷彿從夢中清醒，眼神不再凶惡，和以往一樣笑咪咪地回到左牧身邊。

他沒有察覺到自己做了什麼，只是因為待在左牧身邊而感到高興與安心。

而左牧，卻是連一句話都說不出來。

「兔子，你……」

他冷汗直冒，不由得開始懷疑自己是不是從來沒有了解兔子真正的本性。

奪下發電廠之後，左牧透過加密通訊向邱珩少回報，接著黃耀雪就態度強硬地逼他早點回去休息。

原因很簡單，因為他發現左牧肩膀上的傷口有點滲血，大概是剛才在閃躲子彈的時候不小心扯開了傷口。黃耀雪黑著臉責罵了幾句。

沒辦法，左牧只好乖乖帶著羅本和兔子回「巢」休息。

明明一切都很順利，全都按照自己的計畫進行，就連負責在外面牽制其他敵人的黃耀雪也沒有出什麼狀況，不但成功將敵人數量削減大半，還把人全部趕入森林，左牧卻有一種失敗的錯覺。

兔子在發電廠的屠殺行為，令他覺得眼前的男人既陌生又可怕。

姍姍來遲的羅本沒有說什麼，似乎認為一切都很稀鬆平常，只有稍微抱怨滿地都是血害他差點滑倒。

兔子摸摸自己的後腦向羅本點頭，像是在道歉，模樣和剛才殺紅眼的態度完全就是不同人。

只有目睹兔子殘忍殺死所有人的左牧，下意識地和兔子保持距離。

就算兔子垂頭喪氣，看起來很難過的樣子，也沒辦法讓他清除烙在記憶中的畫面。

是啊，兔子本來就是個殺人魔，為什麼他直到現在才開始害怕？因為他向兔子說過「不用手下留情」，所以他就一個不剩地把敵人全部殺掉，甚至不顧他的阻止，一心一意「完成目標」。

那時的兔子就像個殺人機器，這也讓左牧再次懷疑起他的身分。

「喂，你要是再不理那隻兔子，他大概就要因為太過寂寞而死掉了。」

羅本身穿圍裙、手裡拿著鍋鏟，雙手環胸站在廚房門口，很不高興地抱怨。

「你到底是怎麼了？從發電廠回來後就不太對勁。」

左牧抬起頭，沒有老實告訴羅本原因，只是有點畏縮地看向縮在角落、被陰沉氣氛環繞的兔子。

「沒什麼，我會處理的。」

「那就好。」羅本沒有繼續追問，只是提醒左牧，「你可別太小看那隻兔子，無論是他還是我，都是因為犯過罪而來到這座島的罪犯。」

「……我當然知道。」

「是嗎？看你的反應不太像。」羅本瞇著眼，懷疑地看著他，但最後只是晃了晃手中的鍋鏟就離開了。

左牧嘆口氣，搔搔頭，思考自己該怎麼樣調整心情才好。

兔子確實有點問題，可是並不是沒有辦法控制，只要小心下達命令就好。

他起身看了一眼時間，對窩在角落的兔子說：「兔子，拿著平板跟我過來。」

兔子豎起耳朵，聽見左牧跟他說話，立刻興奮地跳著步伐來到他面前。

左牧指指天花板，勾起嘴角。

「趁羅本煮飯這段空檔，和我到頂樓去走走，我有話對你說。」

雖然他沒有辦法改變兔子，但至少，要先從現在開始試著了解這隻兔子。

這是做為「飼主」的他此時能做的事。

BEFORE THE END OF THE GAME

規則九：島上的夜空布滿星光

ゲームが終わる前に

兔子不知道自己哪裡做錯了，他只是照著左牧的命令行動，沒想到任務完成後左牧對他的態度大變，也沒有像以前那樣稱讚他。

更重要的是，左牧不再對他笑了。

「你知道自己做錯了什麼嗎？」

兔子低著頭，輕輕地左右搖晃。

「我想也是。」左牧嘆口氣，盤腿坐在木製躺椅上。

「巢」的頂樓有一座玻璃屋頂的小空間，可以欣賞夜空的美景，不過他們幾乎沒有上來過。

畢竟他們都專注在遊戲上，不是來度假的，沒人有心思來這裡賞景。

左牧也沒想到會在這個情況下到這裡來，不過老實說，這裡確實滿漂亮的。

無汙染的島嶼天空，能夠清楚看見閃閃星光，那是在都市的黑夜中見不到的美景。

兔子對夜空完全沒有興趣，他的目光直勾勾地盯著左牧，一點都不想移開。

「你知道我為什麼要朝你開槍嗎？」左牧直接了當地切入重點，因為他很清楚，不老實講的話兔子是聽不懂的，「我開槍是為了阻止你，但你卻沒有聽我的話。」

兔子很緊張，冷汗直冒，但是看起來又好像有些不知所措。

他用平板回答：「我不太記得了。」

左牧的腦袋裡跳出許多問號，對兔子的回答半信半疑。

「不記得……是什麼意思？」

「記憶模糊。」

兔子很努力地想解釋，但就是沒辦法想到適合的詞彙。

看到兔子這麼苦惱，左牧突然有些於心不忍，總感覺自己像是在虐待寵物。

根據兔子的反應以及剛才說的話，他像是醫生問診一樣地詢問：「我問你，你記得我朝你開槍這件事嗎？」

兔子抖了一下肩膀，低著頭，看起來不打算用平板回應。

於是左牧便說：「老實回答我，要不然你今天就給我睡房門外。」

不能跟左牧一起睡覺對兔子來說是很嚴重的事，於是他立刻搖頭。

「所以，你記得嗎？」

兔子在平板上打了個叉叉。

左牧接著問：「你最後記得的是什麼？」

「殺。」

簡潔有力的字，像是說明了一切。

左牧的眉頭皺得更緊了。

以兔子的行動來看，他很明顯受過軍事訓練，但那種判斷能力和順從的態度，就像是被人「特別訓練」過。

他知道軍中有特殊訓練的暗殺單位，也曾聽說他們會對受訓士兵進行精神控制的謠言，但沒有證據。

之所以略有耳聞，是因為他以前處理的某個案件和這單位有關，所以稍微調查過，可惜能找到的線索並不多。

兔子的狀況讓左牧連想到「精神控制」這四個字，不過又好像有點不一樣。

他清楚記得當時兔子的模樣，和平常完全不同。萬幸的是，似乎只要是被他認定為「主人」的對象，他就不會攻擊。否則早在他開槍把軍刀彈飛的時候，兔子就應該殺過來了才對。

但是，為什麼兔子只有這次開啟了「殺戮模式」，以前卻都沒有？

難道說，是因為之前他沒有要兔子殺人的關係？

「左牧先生。」兔子心驚膽戰地打出這幾個字，「還在生氣？」

左牧嘆口氣，「沒有，只是我得留意別再讓你暴衝了。」

看來對兔子來說，「殺掉敵人」的命令是禁語，他必須多注意。

「忘掉吧，明天過後還有更重要的事情要擔心。」左牧起身走向兔子，溫柔地摸摸他因沮喪而垂下的頭。

好巧不巧，找了整間屋子都沒看到人的羅本，一上來就撞見了這幕，嘴角不自覺地上揚。

「噗！你真把這隻兔子當寵物？」

聽見羅本的笑聲，左牧不爽地回頭瞪他。

「你少在那邊加油添醋，兔子都在瞪你了。」

「我是來叫你們吃飯的，兔子，你再瞪我就把你的三明治加滿辣椒。」

兔子原本還想逞凶鬥狠，在食物被威脅後只能乖乖收回殺氣，態度也跟著放軟許多。

「去吃飯吧。」左牧拍拍他的背，笑嘻嘻地說，「等到之後你能順利拿下防毒面具，也不用顧慮項圈的威脅時，我們再一起吃飯。」

兔子很高興，笑彎著眼眸，可以感覺得出他相當期待。

三人一同下樓，自然又和諧的氣氛讓人無法想像他們正身處於死亡之島。

「今天晚餐吃什麼？」

「我做了東坡肉，而且是從一大早燉到了現在。」

「哇賽，你確定你以前不是廚師嗎？」

「有哪個廚師會拿狙擊槍打爆人的腦袋？」

兩人邊拌嘴邊走向餐桌，左牧和兔子的胃袋和心再一次臣服在羅本的料理之下。

左牧的職業是私家偵探，但這是在他離職後的第二份工作。

他原本是名刑警，專門處理那些沒辦法公諸於世的刑事案件——也就是俗稱的地下調查部門。

雖然這份工作他只做了短短兩年，卻也親眼目睹許多檯面下的黑暗世界，以及貪汙與腐敗。

至於他為什麼離開公家機關，轉而當起薪水少又沒有保障的私家偵探？很簡單，因為只有這樣他才能夠自由地調查公家機關無法涉入的案件。

而且他並沒有辭職，「私家偵探」這個招牌不過是用來掩人耳目的假身分。實際上，現在的他仍舊是名刑警，只不過知道這件事的除他之外，就只有下令要求他這麼做的直屬上司。

左牧扮演著由長官設定的角色，表面上是個貪財的私家偵探，實際上卻利用各個委託來調查犯罪事件。

畢竟他經營的形象就是個錢多好辦事的無賴，加上確實能夠解決問題，來找他幫忙的不只有錢人、企業家，甚至還有政治人物。

這次的委託也是，他看上去是被迫接受，但實際上他們部門早就對這座島的存在有所耳聞，只不過礙於沒有實質證據，無法進行調查。

正因如此，左牧才更想抓住這個機會。

這也說明了他為什麼能這麼快進入狀況，還可以如此冷靜地面對島上發生的所有事。

原以為謹慎的主辦單位可能會對他以前是刑警的身分有所警惕，沒想到他這麼順利就能踏上這座島。但是接二連三發生的事情，早就超出他的預料範圍。

就算沒有得知呂國彥的目的和他所做的一切，左牧也已經決定要徹底揭發這座島的存在——不能再讓主辦單位為了提供娛樂給那些變態投資者，繼續奪取他人的性命。

晚上左牧和邱珩少進行了私人通訊，他們在客廳裡討論了快一個小時，大部分時間都是在爭論，不過最後還是取得了共識。

每次和邱珩少討論，總是會讓他死不少腦細胞。

這傢伙不但很擅長計畫，對主辦單位所使用的殺人裝置也都很清楚。所以他趁這個機會詢問之前在校園裡遇到的那個怪物，以及連人都稱不上的「守墓人」。

「沒想到你會在意那些東西。」邱珩少摸著下巴，似乎早就把這些怪物拋在腦後，完全沒想到左牧會提起，「那就是所謂的生化實驗製造出來的怪物，外表雖然不像，但他們都是貨真價實的人類。」

「那個怪物有很強的細胞再生能力，我有點在意，所以想問問你的意見和看法。」

「主辦單位有長期合作的藥商，偶而會利用這座島上的人進行人體實驗，和我一樣。只不過他們的做法比較商業化，就算失敗也能夠把失敗品拿來投入遊戲。有時我覺得他們似乎根本就不希望實驗成功，因為『失敗品』能為他們創造更多商機。」

邱珩少毫不猶豫就把自己喜歡做人體實驗的事情說出來，輕鬆的態度令左牧只能苦笑。

「你的意思是，你不一樣？」

「當然，我成功的機率比那些傢伙高很多，所以『失敗品』的數量很少。」邱珩少說完，突然問道：「倒是你，除了在學校見到那東西之外，還有看見什麼嗎？」

左牧停頓幾秒後，決定老實回答。

「啊啊，有某家企業丟棄的廢棄化學物和鐵籠。」

「也就是說，那些傢伙拿走我的研究成果，卻繼續製造出這些垃圾扔到島上。」

左牧愣了愣，瞪大雙目，「什麼意思？難道你以前——」

「那個黑心企業就是我的前雇主，我會被送到這座島上成為玩家，也是那些傢伙搞的鬼。」邱珩少邊說邊露出令人顫抖的可怕笑容，「他們想讓我死在這座島上，但我可沒打算讓他們如願，我可不是隨隨便便就能殺掉的男人。」

左牧眨眨眼，邱珩少的話勾起了他的回憶。

以前他在調查這間企業的時候，曾收到內部人員提供的線索，不過當他想找對方來佐證的時候，那人卻已經人間蒸發。

難道說，當時提供線索給警方調查的，是邱珩少？

坦白說左牧很想問清楚，可是現在還不行。尤其是不能曝光他刑警的身分，這樣只會帶來更多麻煩。

「就是這樣，所以我才對那些東西如此了解。」

看來邱珩少只是想要藉由這個事實來證明自己對這些怪物的了解程度，並沒有將左牧糾結的表情看入眼底。

「那麼你知道這座島上有多少像那樣的生物存在嗎？」

「數量不清楚，但可以確定有很多。」邱珩少攤手道，「其實原本你沒提的話，我也打算說出來。雖然這次的行動解決掉不少主辦單位的人，可是那些傢伙對他們來說才是主要戰力，之後的行動很可能會直接派出來。」

「看來我們的壓力並沒有減輕多少。」

「至少現在掌握的發電廠，能確保我們住的地方不會受到影響。』

「電力是這樣沒錯，但系統還是掌握在中央大樓吧？」

「嗯，那就是我們接下來要攻破的點。」

邱珩少看起來相當興奮，他的腦袋裡在盤算著什麼，左牧也不想去猜測。

總而言之不會是什麼好事。

結束通訊後，左牧發現兔子老早就趴在沙發後面等待，似乎真的很擔心左牧今天會拒絕讓他進臥室。

左牧打了個哈欠，起身朝他招手，「睡覺時間到了，兔子。」

兔子立刻跳起來，黏答答地貼著左牧。

畢竟今天他耗費了不少體力跟精神，像這樣突襲某個地方的事情也很久沒做了，總覺得只要一躺下來就會立刻睡著。

果然，當頭碰到枕頭的瞬間，左牧就進入夢鄉，睡得又香又甜。

夢裡的他躺在雲朵上，軟綿綿的又很溫暖，整個世界是由藍色天空和白雲所組成，給人一種心曠神怡的感覺。

更重要的是，他躺著的雲朵還有種棉花糖般的甜味，好像可以直接吃進嘴裡一樣。

他嘴饞地舔舔舌頭，口腔自然分泌出唾液，就在他想張開口試試看雲朵的味道時，眼前的雲朵突然撲過來捲住他的身體，用力地左右搖晃。

左牧驚醒過來，看到兔子恐懼地晃動他的身體，接著他發現房間裡瀰漫著一股沒聞過的味道。

額頭全是汗水，腦袋也有些暈眩，這時左牧終於察覺到異樣。

是毒氣！

在意識到這個味道是什麼東西的同時，左牧開始咳嗽，完全使不上力，緊接而來的是找不到空氣的窒息感。

「兔……面具……」

左牧虛弱地發出聲音，兔子立刻明白了他的意思，快速衝向掛在旁邊的背包，拿出防毒面具後替左牧戴上。

打開呼吸器之後，左牧大口喘息，花了好幾分鐘的時間才總算穩定下來。

噁心和暈眩感卻沒有消失，但現階段只要能夠順利呼吸就好。

兔子似乎還沒意識到發生了什麼事，手忙腳亂的樣子，相當慌張。

左牧抓住他胡亂揮舞的手，抬起頭。

「去、去找羅本……」

兔子跳下床，咚咚咚地衝出房間。

左牧沒有力氣追過去，選擇留在原地稍作喘息。

等到腦袋終於可以開始運轉之後，他第一件事情就是把布魯揪出來。

「布魯，這是怎麼回事？『巢』不是絕對安全嗎？」

他吸到的是毒氣，如果不是兔子搖醒他的話，恐怕就會這樣在睡夢中死去了。

但這是不可能的，畢竟「巢」是隔離措施，就算夜禁時間島內布滿毒氣，也不會洩漏進來。

也就是說，要不就是「巢」的隔離設備出現異常，就是有人特意直接把毒氣灌入「巢」內。

兩種可能性都存在，但究竟是哪一種？

「……布魯？」

這是第一次布魯沒有立刻回應玩家的提問，左牧有些驚訝。

腦袋下意識便將現在的狀況與主辦單位連接起來。

看來這件事八九不離十是主辦單位搞的鬼。

然而刻意將人工ＡＩ關閉、利用玩家的睡眠時間來偷襲，這可不太像那些傢伙的操作方式。

是因為發電廠被占領的關係，所以加深他們想要「盡快」剷除玩家的意圖嗎？

還以為他們不敢明目張膽地更動遊戲的規矩，沒想到竟然真的下手，而且還是挑這種陰險的時間點！

左牧拿起放在床頭櫃的平板，使用緊急通訊向其他玩家發出警告。

這是博廣和為了以防萬一而設置的私密通訊路線，和他之前用來偷偷聯繫他的是同一個系統，能夠避開主辦單位的耳目。

當五人確定合作後，博廣和就將這個通訊系統增設警報模式，為的就是在無法口頭聯繫的狀況下發出警告或求救訊號。

失去原本的平板後，博廣和還特地帶新平板給他，並當面把羅本之前隨便撿回來的平板開槍打爛，之後還用笑咪咪的表情威脅他別再隨便亂撿。

左牧努力站起身，沒多久兔子就背著昏迷的羅本衝進房間。

兔子把羅本重摔在床上後就不理他，直接跑過來攙扶左牧虛弱的身軀。

眼看這隻笨兔子對兩人的差別待遇這麼誇張，左牧突然覺得羅本昏過去還比較幸福，否則這兩人肯定又要吵起來。

萬幸的是，兔子至少還有記得幫羅本戴上防毒面具，否則扛過來的可能就是一具屍體了。

「我不要緊，只是吸了一點毒氣。」

他原本是想讓兔子安心，沒想到他卻露出驚恐的眼神，轉頭從背包裡挖出許多瓶瓶罐罐，全攤開在床鋪上。

看起來兔子似乎是想讓他從這裡面找出解毒的藥品，但他並沒有相關知識，根本不可能找到解毒的方法。

現在該慶幸的是，他吸入的毒氣量不多，不致於死掉——大概吧。

他拿起平板，快速檢視「巢」的狀況，確認了一件事。

這個毒氣就是夜晚遍布島內的那個毒，會如此肯定，是因為「巢」的隔離網不知道為什麼自動取消了，所以才讓毒氣直接進入室內。

左牧不悅地咂嘴，看來跟他猜想的一樣。

「兔子，帶上羅本跟我過來。」

兔子再次抓住羅本的衣領，原本打算就這樣用拖行的方式把人帶走，但是被左牧發現後立刻受到責罵，只好改成扛在肩膀上。

左牧走到地下室的武器庫，用平板手動操作武器庫的門，讓它關閉後再利用抽風系統把武器庫內的毒氣抽出，並連接「巢」內的獨立空氣循環系統。

確認武器庫內的空氣品質正常後，左牧這才取下防毒面具，安心呼吸。

能呼吸到乾淨空氣的感覺真好。

兔子對左牧能夠自由操控系統這件事感到驚訝，瞪大眼睛盯著他看，完全忘記自己還扛著羅本。

左牧將羅本的防毒面具取下，示意兔子把人放在旁邊的躺椅上。

武器庫是和醫療室相連的，所以他可以直接替羅本治療。

在缺乏布魯協助的情況下，他只能用手動方式操作，而這對他來說並不是難事。

既然是晚上覆蓋在島內的毒氣，相對來說就很單純。

主辦單位原本就有在「巢」存放解毒劑，只要施打就沒問題了。但看羅本的情況，恐怕短時間內沒辦法隨便移動。

他推測，主辦單位認為突如其來的襲擊不會讓玩家有機會使用解毒劑，而且依照玩家們所持有的罪犯數量，解毒劑絕對不夠用，甚至有可能會為了取得它或是防毒面具而自相殘殺，造成混亂。

就算毒氣沒有殺死玩家，也能夠造成不小的傷害。

看來這就是主辦單位對他們進攻發電廠的「回禮」。

替羅本施打完畢後，羅本的臉色稍微好了一點，不過還是病懨懨的，沒有恢復意識。

左牧將剩下的解毒劑另外取出安置，並嘗試用加密通訊和其他人聯絡，但是都沒有收到回應。

「巢」的安全系統關閉，也就是說不只是毒氣，就連其他罪犯、甚至是主辦單位的雇傭兵，都很有可能趁這個機會殺進來。

就在左牧準備做最壞的打算時，終於有人回應了。

「小牧！你沒事吧！」

「我沒事。」左牧從沒想過自己會這麼高興聽見黃耀雪的聲音，他鬆了口氣，緊接著連忙確認，「你那邊的狀況怎麼樣？」

「我的『巢』已經一片混亂，不過我人不在那。」

「不在？那你……」

「我在發電廠。」

「你為什麼會在那裡？」

攻下來的發電廠最後是由黃耀雪負責守備，他原本還以為黃耀雪只會派人留守，沒想到他竟然沒回自己的「巢」。

「我覺得這裡比『巢』安全，所以就乾脆住在這裡了。」

「現在看來你的判斷很正確。」

「是啊……真沒想到事情會變成這樣。」

發電廠是主辦單位持有的重要設施之一，相對來說這裡的安全性比島上任何地方都要高許多。大概就是因為這樣，黃耀雪才會選擇留在那。

有點像是誤打誤撞，但不得不承認，真的是傻人有傻福。

「你有接到其他人的聯絡嗎？」

「在你之前我已經和正一聯繫過，不過後來斷訊了，他那邊的狀況似乎不太好。」

「徐永飛呢？」

「不清楚。」

「嘖……他可是我們手裡很重要的一張牌，不能讓他出事。」

「雖然不想這麼說，但我覺得邱珩少有辦法保住他的命。倒不如說，他現在的處境恐怕比我們還要安全。」

左牧也同意，不過沒有親自確認，還是很難安心。

他和黃耀雪的通訊還沒結束，兔子突然露出銳利的眼神，抓起玻璃櫃裡的軍刀，小心翼翼地觀察頭頂的情況。

左牧將通訊暫時靜音，在安靜無聲的空間裡，隱隱約約聽見上方有幾道腳步聲。

三個……四個……

不，人數似乎在這之上，看樣子應該是一個小隊。

腳步很穩，踩得特別輕，如果不是兔子有反應，他根本不可能注意到。

「傭兵嗎？」左牧嘖嘴，取消靜音對黃耀雪說：「我這邊有狀況，晚點再跟你聯絡。」

「什——小牧，你別亂來！」

黃耀雪看見左牧拿起旁邊的手槍和彈夾，緊張到慌了。

雖然透過螢幕看得不是很清楚，但左牧的臉色明顯不太好看。

左牧直接切斷通訊，連給他抱怨的機會也沒有。

他戴起防毒面具，穿起肩掛式槍套，取槍的姿勢和動作十分俐落，完全不像是個不懂使用槍械的菜鳥。

兔子看著左牧的動作，只是眨眨眼睛，並沒有感到意外。

因為早在最開始成為搭檔的時候，左牧就有提過他以前是刑警的事，會使用槍械並不奇怪。

左牧準備完之後來到兔子身邊，重新將防毒面具戴上。

「兔子，你知道怎麼捕獵嗎？」

兔子再次眨眼，接著點頭。

「在不被發現的情況下，把全部人擊暈，你做得到嗎？」

這次兔子的頭點得很快，看起來相當有自信的樣子。

「我要活捉那些人。」這一次，左牧小心翼翼地下達指示，「盡可能不要被發現，我會跟在你後面。」

確認目的後，左牧打開武器庫的門，再迅速關好。

暫時把門封鎖後，他將平板藏在牆角，和從武器庫裡帶出來的遮蔽器放在一起。

幸好他為了安全起見，把從高仁傑那裡「借」來的遮蔽器事先收在武器庫。要是沒有這東西幫忙，就算是在晚上、他們熟識的地形中，也不見得能夠占上風。

既然對方趁著夜色偷襲，那麼就一定會準備相應的設備。夜視鏡、熱感應器，甚至可能還有更多，所以保險起見，左牧必須先讓這些設備暫時報廢。

在確定要跟主辦單位硬碰硬之後，左牧就把很多東西準備好，並藏在武器庫。因為他知道如果出狀況了，「巢」內最安全的地方就只剩這裡。

武器庫不但可以手動操控，同時還有隔離、防彈的功能，唯一的缺點就是這裡只有一個出口，若是被逼到這裡困住，就只能等死了。

所以，武器庫頂多可以做為保險箱來利用，並不能當做躲藏處。

不管這裡再怎麼安全，他們還是必須主動出擊，絕對不能被逼退到武器庫裡。

「我們最多只有三十分鐘，但我需要控制在十分鐘內解決掉。」

兔子點點頭，繼續安靜地聽左牧說話。

「沒時間去確定有多少人，所以必須全靠我們的聽力和應變能力。留意屋內視線死角的地方，還有二樓的情況，他們一定會先去臥室檢察，如果發現玩家沒有在那裡，肯定會開始全面搜查。」

左牧走在兔子前面，來到門口後事先觀察一樓的情況，不再說下去。

聲音從廚房傳來，客廳也有，不過他不確定有多少人。

兔子輕輕拍他的肩膀，接著比出手勢。

廚房方向有一個，客廳則是兩個。

接著兔子突然走出去，輕而易舉地從背後偷襲，在對方意識到之前便重擊後頸。

不到一分鐘，三名敵人就這樣全身癱軟倒地，兔子甚至還抓住他們的身體慢慢放倒，避免發出巨大聲響讓其他敵人察覺。

接著他回到左牧面前，眼眸與高采烈地彎起，似乎是在等他稱讚自己。

左牧哈哈苦笑，順勢摸摸他的頭當作獎勵。兔子很開心地扭著身體，接著充滿期待地等候左牧的下一個指令。

看到兔子一副等主人丟棍子出去的模樣，左牧都覺得快看到他的屁股後面長出尾巴了，完全就是條傻狗。

不過，兔子這次的行動就很「正常」，不像之前在發電廠那樣殺紅了眼。這證明他的猜測是正確的，而只要兔子一直保持「正常」，那麼他們就擁有絕對優勢。

接下來只要把闖入者一個一個處理掉，他們就能暫時解除危機。

BEFORE THE END OF THE GAME

規則十：規則允許夜晚偷襲

ゲームが終わる前に

左牧沒有打算上二樓去把剩下的敵人處理掉，而是選擇待在一樓的廚房，先把三名昏倒的傭兵雙手反扣，用束帶捆住兩手拇指。

保險起見，左牧額外從他們的大腿注入麻藥，確保他們不會在這段時間內突然醒過來。

廚房有個很大的櫃子，正好能夠把三個成年男人塞進去。

完事後，兔子有點擔心地一直朝樓梯的方向警戒。

那道樓梯是通往二樓的唯一方法，除非那些傢伙從窗戶跳出去，否則絕對會從那邊出現。

但是，在他們解決掉一樓這三人的情況下，加上通訊設備、夜視鏡等等裝置受到干擾無法使用，敵人肯定也已經察覺到問題，所以左牧不認為他們會正大光明地從那裡走下來。

——才剛這麼想，就有兩個人一前一後舉槍走下樓梯，立刻讓左牧自打嘴巴。

不是吧！這些傭兵有這麼菜嗎？

左牧很驚訝，不過當他發現兔子有意要過去把那兩個人也處理掉的時候，反而拉住了他。他們側身躲在視線死角處，等那兩個人走過去。

麼。

「一樓沒人。」

「果然……那個玩家打算暗中把我們收拾掉。」

兩人討論的聲音很小，加上和左牧有段距離，所以聽不太清楚他們在說什麼。

左牧不在意，選擇繼續等待，沒想到兔子趁在他專心觀察的時候，從背後緊緊抱著他開始磨蹭。

「兔子，你在幹嘛！」他用氣音怒道。

兔子似乎是想把之前被左牧冷落的那段時間補回來，只不過選錯了時間地點，對左牧造成了極大的困擾。

左牧一邊想辦法用手肘推開他的下巴，一邊聽見有腳步聲往廚房靠近，急忙把兔子的頭用力往下壓。

兔子委屈地駝背看著左牧，完全不把手持危險槍枝的敵人放在眼裡，緊張感為零。直到他發覺左牧用眼神暗示他行動，這才從暗處走出去。

對方雖然也有留意身後情況，但是當他們看見身材高大、眼眸發光的兔子站在那的時候，已經來不及了。

兔子一手抓住男人的脖子，而那名察覺到動靜、轉過身來的同伴，則是立刻就被兔子用臂彎扼緊喉嚨。

兩人完全掙脫不了，甚至連聲音都發不出來，就這樣輕而易舉地被制住。

接著左牧走出來，乾淨俐落地朝兩人的大腿注入麻醉針，輕輕鬆鬆放倒了兩名身材壯碩的成年男性。

到目前為止已經捕捉五人，還算順利，不過左牧覺得有點太簡單了。

「總覺得好像哪裡不對——」

話還沒說完，當左牧轉頭看向兔子的時候，赫然發現有個高大的男人出現在兔子身後。

那是全身穿著防彈盔甲、黑漆漆的傢伙，更重要的是，他竟然沒有持槍，直接掐緊拳頭朝兔子的腦袋揮過來。

兔子似乎也沒察覺到這個人的氣息，直到他看見左牧的表情才意識到，立刻鬆開手裡的人往旁邊閃避。

拳頭從兔子的髮梢掠過，他亮出軍刀，反握在手中，將左牧護在身後。

新敵人頭盔上的綠色鏡片閃閃發光，巨大的身體看起來很笨重，更不用說他還穿著重裝備。可是，他卻能無聲無息地出現在兔子的身後。

左牧觀察兔子的反應，發現他比平常還要緊張，顯然也驚訝著這人竟然能從背後偷襲自己。

「別輸給那種傢伙了，兔子。」左牧壓低聲音提醒，「你說過會保護我的，對吧？」

不知道這句話是不是起了作用，兔子沒有剛開始那麼毛燥，握刀的手也漸漸冷靜下來。

沒有點燈的室內視線不佳，加上現在是半夜、對方又穿得一身黑，想要在這麼狹小的空間裡和人肉搏，多少還是有些困難。

——才剛這麼想，兔子就突然衝上去，直接迎向對方揮出的拳頭。

藍色的眼眸一閃，迅速壓身體，以最極限的距離閃避攻擊，接著單手抓住對方的肩膀靈活地翻到身後，再用大腿夾住脖子。

兔子原本想反握軍刀插進頭盔與盔甲的縫隙，卻被對方整個人硬扯下來，往餐桌的方向重摔。

桌子瞬間被砸爛，兔子看起來很痛苦地倒在地上，緩緩爬起身。

一發現這個高大的男人準備靠近左牧，兔子也顧不得身體的疼痛，馬上站起來擋在中間，攔阻對方的去路。

「兔、兔子……」

左牧嚇了一跳，他還沒見過兔子這麼狼狽的樣子，總覺得他的狀況有些不太對勁？

兔子再次主動出擊，對方也擺好架式等他衝過來。

兩人近距離地相互揮拳攻擊，可是雙方實力不相上下，幾乎沒有造成傷害，消耗的只有彼此的力氣。

這樣下去不是辦法，左牧知道自己不能只在旁邊觀戰。

時間拖得越久對他們越不利，尤其是遮蔽器的使用時間有限，更別說屋內不知道還有沒有其他敵人。

「嘖，沒辦法了。」

左牧迅速掏出手槍，朝男人的綠色鏡片扣下扳機。

預先裝好的消音裝置避免了巨大聲響，不料射出的子彈卻沒有在對方的頭盔上造成傷害。

而那對綠色鏡片下的眼眸，瞬間把注意力集中到了左牧身上。

正因為看不見對方的視線，格外讓人恐懼，尤其是在黑暗中發光的鏡片，簡直就跟鬼故事沒什麼不同。

左牧可沒那麼容易就被這點氣勢嚇破膽，不過這槍也證實了對方的裝備是有高防彈效果的特殊戰鬥服。

那可是軍用等級的裝備，一般企業拿不到。而每個月分配給玩家的資源當中，也有一些相當稀有的武器——看來主辦單位的客戶當中，百分之百有武器製造商。

兔子的刀子劃出一道銀光，逼迫對方收回放在左牧身上的視線。

他不允許有任何人對左牧抱持殺意，而他，會把左牧的敵人全部清除。

開槍的事不過是件小插曲，兩人很快又互不相讓地纏鬥起來，左牧則是繼續觀察兩人的攻擊路線，順便好好打量這個敵人的狀況。

就算是全方位的護具，也還是會有弱點，而且是絕對不可能「保護」得了的地方。

左牧再次舉起槍，這次他瞄準的，是絕對能夠阻止對方的位置。

「兔子！幫我製造一秒的空檔！」

兔子立刻彎下身軀，整個人塞進對方懷裡，用盡全身力氣限制住他的行動。

左牧毫不猶豫地把握兔子製造的機會，開了第二槍。

這次瞄準的是對方的軍靴，子彈直接從腳背貫穿。

果然就和他想的一樣，防彈的裝備只有身體和頭部，下半身的部分永遠是最薄弱的。

腳部受到槍擊後，那副高大的身軀半跪在地，頭盔裡傳出痛苦的哀嚎。

兔子趁機一把抓住對方的頭盔，直接拔掉能隔絕毒氣的過濾棉。

在劇毒的空氣中失去防毒的配備，對方卻沒有動搖退縮，反而單手掐住兔子的脖子，將人高高舉起來。

兔子面不改色地反手一刀，在對方的手腕留下深可見骨的刀痕。

大量的鮮血噴出，那男人不得不鬆開手，痛苦地跪在地上。

頭盔底下依舊是那難聽的沙啞哀嚎，兔子手裡拿著沾滿鮮血的軍刀，藍色眼眸背對著從窗外透進來的月光，更顯得冷冽無情。

他舉起刀，直接刺進子彈穿透不了的綠色鏡片。

鮮血溢滿頭盔，對方的身體僵直，倒地不起。

看樣子不單單只是失血過多的關係，毒氣也開始影響了他。

雖然毒並不會立刻致人於死地，但會讓人痛苦許久、充分感受到缺氧的滋味後再慢慢步向死亡。

他剛才只有吸入一點，已經是不幸中的大幸，羅本就是吸入過多才會陷入昏迷。

兔子在把軍刀拔出來之後才回過神，當他意識到自己又在左牧面前殺人，嚇得臉色發白，不知道該如何是好，急忙回頭想解釋清楚。

他不想再被左牧無視、甚至是討厭，這樣他會難過得想殺了自己。

左牧沒有說什麼，看到兔子慌張的模樣後，只是慢慢靠近他。

兔子嚇了一跳，看起來畏畏縮縮的，很怕會被左牧罵，因為他違背命令殺了人。

「沒事，我知道的。」左牧拍拍兔子的肩膀，「不用擔心，這傢伙是例外。如果不殺掉他的話，死的就是我們，而且我也有開槍，所以責任不全在你。」

就算兔子沒有給予致命一擊，左牧也會選擇把那男人留在那裡，到最後他不是被毒氣所殺，就是失血過多死亡，所以就結果來說都是一樣的。

「都弄出這麼大的動靜了，屋內應該是沒有其他人了。」左牧很快就回歸正題，對兔子說：「走吧！我們去徹底檢查一下。」

兔子振作起來的速度很快，不知道跟左牧沒有生氣這點有沒有關係。

他們以最快速度巡視房子，雖然沒有發現其他人，但也不能保證徹底安全無虞。

這些傭兵沒有定時回報的話，他們的總部肯定會發現不對勁，到時候只會派來更多的敵人。

現在可沒有時間去應付傭兵，因為他無法確保早上到來時毒氣會消失。

主辦單位若是真想把整座島「清理乾淨」，恐怕毒氣會一直存在。

在防毒面具數量不夠的情況下，最後所有人就會集中在絕對安全的地方——例如黃耀雪所在的發電廠，接著只要直接把這些場所全部炸掉，他們存活的機會就等於是零。

如果是他的話，就會這樣做，確實又有效率地把想殺的人趕盡殺絕。

「果然還是得先和其他人取得聯繫，再來想辦法。」

左牧皺緊眉頭，十分認真地癟嘴思考，但是現在得以眼前的危機為重。

至少也要等到天亮後才能確認他的猜測是否正確，以及主辦單位的目的究竟是什麼。

「兔子，我們先回武器庫看看羅本的狀況有沒有好轉。」

左牧轉身招呼兔子一起回地下室，沒想到兔子呆呆地站在原地，完全沒有反應。

不祥的預感油然而生，他靠過去，伸手扶著他的背。

這時他才發現，兔子的背後摸起來溼溼的，急忙把人拉到月光下查看。

兔子的背後滿是鮮血，衣服也早就被染紅，他卻完全沒有注意到。

「該不會是摔在桌上的時候……怎麼會？你沒那麼細皮嫩肉吧！」

防毒面具底下傳來兔子有些急促的呼吸聲，但他仍倔強地站著，不肯倒下。

左牧沒辦法，直接把他推倒在沙發上，強行脫掉他的衣服。

他找來手電筒，含在嘴巴裡檢查他背上的傷勢。

有個比較大的傷口，看起來像是穿刺傷，不過創口裡沒有卡著侵入物，所以才會這樣大量流血。

怪不得兔子的模樣從剛剛看起來就有點不太對勁，前不久他的雙手才受過傷，照道理來說身體應該還很虛弱，本來就認為他有些逞強，看來是猜對了。

兔子似乎很習慣勉強自己，這大概也和過去「飼養」他的人有關係吧。

「躺著別亂動，我幫你止血。」

左牧把小手電筒從嘴裡拿出來放在旁邊，接著撕開衣服，將他的傷口塞住後用脫下來的衣服綁緊。

「還能走嗎？我們去樓下治療，我記得血庫裡應該還有幾包血可以用。」

左牧邊走邊思考，單手扶著兔子的身體，傷者本人倒是完全沒有虛弱的感覺，反而一直磨蹭他，看起來很高興的樣子。

左牧有些無奈，畢竟他的力氣沒那麼大，要完全撐住他的身體有些困難。

「你給我自己走，不要壓著我。」

兔子很顯然沒在聽，不知道是不是因為失血太多導致神智不清醒，看起來有點像是喝醉酒。

下樓之後左牧還順便查看了電子時鐘，在心裡估算遮蔽器的時效。

「應該差不多快失效了，嘖……不能留在這裡。」

如果羅本醒過來的話倒是比較省事，但問題就在現在能夠行動的只剩下他了。

嚴格來說，他的槍傷也才好沒多久，身體也不是戰鬥的最佳狀態。

現在想想，他當初真該多找幾個人手才對，三個人真有些吃緊。

「沒辦法……走一步算一步吧。」

扛著兔子的左牧正打算朝通往地下室的樓梯走，沒想到有發強而有力的子彈突然貫穿他身旁的牆壁，留下巨大的彈孔和槍響。

這槍雖然沒有打中他們，但也讓左牧嚇住了。

他立刻轉身躲到另外一側的牆壁後面，扶著兔子壓低身軀，坐在地上。

是重型狙擊，從射擊角度來看是從屋外射進來的。但這附近並沒有高地能夠狙擊，也就是說，是從樹林的地面上朝屋內射擊的。

「可惡，這武器可不是開玩笑的。被打中的話可是當場死亡啊！」

屋內雖然安全，但屋外的情況卻沒有辦法探查。不過以他們目前的情況來說，光是確認屋內就已經很吃力了，更不用說是危險度翻倍的「外面」。

「遮蔽器還在作用，也就是說，這些人是在遮蔽器的影響範圍之外開的槍，嘖……這下有點棘手。」

重型狙擊槍雖然裝填子彈需要時間，但問題就在於他不認為外面只有這一個狙擊手。

果然，沒過多久他就看見在滿屋牆壁上飄移的雷射紅點，不斷搜索他們的所在位置。

「兔子，貼著地面往地下室的方向靠過去，那些傢伙想要甕中捉鱉，就是打算把我們困在裡面。」

左牧對兔子說出行動方案，可是緊接而來的第二發重狙直接打在他們躲藏的那面牆上，瞬間粉碎牆壁。

這速度和時間，表示有兩把以上的重狙存在！

雖然是在預料之中，他卻沒有其他辦法應對。

擋住他們的牆壁粉碎後，瞄準用的雷射紅點全都集中到他們身上。兔子見狀況不對，立刻撲過去把左牧抱起來，以最快的速度往旁邊衝刺，躲過連續射擊的子彈。

左牧努力轉動腦袋，試圖想辦法脫離現在的情況，卻發現抱著他的兔子被幾發子彈擊中，不斷流血。

他瞪大眼睛，「兔、兔子，你沒事——」

左牧還來不及詢問兔子的情況，兔子就突然腳步不穩，身體稍稍歪向一邊。一發子彈精準命中左牧的面部，慶幸的是沒有貫穿他的臉，但不巧地打壞了防毒面具上的過濾棉。

毒氣瞬間灌入，左牧也立刻屏住呼吸。

兔子發覺因為自己的失誤而讓左牧的防毒面具損壞，毒氣正在威脅著左牧的性命。

他的眼珠已經開始有些搖晃，意識漸漸模糊，甚至連自己的身體被子彈打中也沒有感覺。

即便如此，他還是要保護左牧。

因為只有左牧不僅是把他當成「武器」使用，同時也把他視為「人」。

兔子毫不猶豫地抓住自己的面具，用力扯下。

銀白色的短髮半掩住那張俊美的臉龐，毫無表情地讓左牧戴上自己的防毒面具。

微微張開的雙唇流出鮮血與喘息，輕輕撫摸左牧的臉，直到他的呼吸慢慢穩定下來。

左牧總算能夠正常呼吸，當他睜眼看見那張陌生的臉龐時，稍微有些嚇到。直到被那雙熟悉的藍色眼睛注視，才意識到這個人是誰。

「兔、兔子？」他驚恐地問，「你怎麼……拿下防毒面具了！」

兔子搖搖頭，揚起嘴角，露出一抹好看的溫柔微笑。

他的笑容烙印在左牧的眼裡，接著他聽見項圈開始閃爍紅光，「嗶嗶」的警報聲響起。

「快把面具戴回去！」

兔子沒有聽從命令，把左牧輕輕放在地上，緩緩站起身。

白色的衣服上全是鮮血，明明傷得很重，他卻毫不動搖地站在那裡。

所有的紅光聚集到他的身上，可是兔子的手中只有一把小小的軍刀。

他大步走出屋子，獨自站在黑夜之下，將他的殺意毫不保留地展露在那些狙擊手眼裡。

當那些人透過狙擊鏡看著兔子的時候，全都失去扣扳機的勇氣。等回過神來，兔子也已經消失在原地。

沒有人知道發生了什麼事，也沒有人看見兔子到底跑去哪了。唯一可以聽見的，只有那如同死亡預告的「嗶嗶」聲迅速接近。

在這之後，是一片寧靜。

左牧吸入的毒氣量並不是很多，多虧兔子的防毒面具，他很快就能坐起身來。

可是當他環顧四周時，紅點不但消失，周遭也變得十分安靜。

他扶著旁邊的櫃子站起來，終於想起兔子的事，急忙抬起頭到處尋找，卻怎麼樣也看不見人影。

旁邊的電子時鐘完美地避開了子彈的攻擊，同時也顯示出遮蔽器的時效已經過去，他大概恍惚了兩、三分鐘左右。

地上還能清楚看見兔子的血跡一直延伸到屋外，這讓左牧嚇了一大跳。

他沒有對兔子下任何指示，兔子卻取下自己的防毒面具，甚至還獨自衝到外面去解決敵人？

「那個笨蛋！」

左牧不顧重型狙擊槍可能還在蓄勢待發的危險，沿著血跡追出去。面具型罪犯隨便取下防毒面具的話是會引爆項圈的！兔子的行為根本就是自殺！

他不知道離引爆時間還有多久，也不確定兔子究竟是往哪個方向走，只能呆呆地望著漆黑的樹林，無能為力。

兔子就這樣消失在黑夜之中，再也沒出現過。

一個小時過去，兔子依舊不見人影。

疲倦加上毒氣，更別說左牧的身體狀況還沒完全恢復，無能為力之下，他只能先回到武器庫喘口氣。

原本他以為攻擊會繼續，但是這段時間卻相當安靜，安靜到不可思議。

雖然很擔心兔子，不過也不能把注意力全放在他身上，得讓羅本盡快醒過來，才能移動到更安全的地方去。

他再次和黃耀雪取得聯繫，黃耀雪得知他的狀況後，堅持要派人手來護送他過去，但被左牧拒絕了。

「你必須專心守著發電廠，絕對不能減少人力。」

「那你的意思是要我眼睜睜看著你被殺掉嗎！」

「我不會死，這點你不用擔心。」

「你的兩個搭檔一個失蹤一個昏迷，是要怎麼逃出來？」

沒有兔子跟在左牧身邊，黃耀雪根本就不相信左牧還能平安無事。

但理智思考後，他也只能承認左牧的決定是正確的，於是提議：「讓正一派人去接你，這樣總可以吧？」

「正一那邊不也自顧不暇？現在每個人的情況都一樣，不能因為我的關係讓其他人遭遇危險。主辦單位是真的想『清理』這座島。」

「你為什麼老是這麼固執？」

「一個人行動的話，存活下來的機率比較高。放心，我沒那麼容易死掉。再說還有羅本，等他醒來之後我會立刻行動。」

「羅本？誰知道那傢伙死了沒。」

「……別隨便咒人死啊混帳。」

手掌大力壓在平板上，面無血色的羅本突然介入兩人的交談。他緊皺眉頭、頭痛欲裂，但還能保持清醒的意識。

黃耀雪不悅地咋舌，「保護不了玩家的搭檔，等同於廢物。」

「吵死了，這種突發情況誰想得到……」

左牧有預感這兩人又要吵得不可開交了，於是他捂住羅本的嘴，對黃耀雪說：「教育搭檔也是玩家的職責，我的人輪不到你來指責。」

黃耀雪最終還是沒辦法反駁左牧，只能乖乖順從他的決定。

結束通訊後，羅本無力地坐到旁邊的椅子上。

「兔子呢？」

「不知道。」

「什──」羅本驚訝地看著左牧，這才發現他身上的新傷口。

從對方髒兮兮的模樣來看，在他昏迷的這段時間裡，似乎發生了不少事。

「我昏迷了多久？」

「大概一個多小時。」

「嘖，現在狀況怎麼樣？」

「我和兔子解決了幾個入侵者，但屋外似乎有狙擊手蹲點，貿然出去會有危險，但是我們必須移動。」

「同意。只是我沒想到那些傢伙竟然會突然偷襲，毒氣是怎麼進入『巢』的？」

剛清醒過來的羅本還有許多問題，於是左牧就把自己所掌握的資訊和情報一一告知。聽完後，羅本的臉色變得越來越難看。

「那些傢伙有夠陰險！」

「有時間咒罵還不如快點準備，我們要盡快移動到發電廠那邊去。」

羅本知道時間緊迫，也很感激左牧沒有丟下他不管。就算身體還沒完全恢復，他仍努力撐起精神。

他們的目的是「短時間內轉移」，所以帶的東西很少。羅本也難得地沒有選擇最喜歡的狙擊槍，只攜帶近戰武器和手槍。

左牧的選擇也一樣。

在準備離開前，他們個別帶上防毒面具，這時羅本才發現左牧的面具很眼熟。

「你那個面具不是——」

「嗯，是兔子的。」

左牧沒有多說什麼，羅本也沒有繼續追問。

他有預感，那不會是什麼好結果。

兩人離開武器庫的時候，左牧順手拿走遮蔽器。畢竟這東西還是挺好用的，

·

雖然使用一次後需要關機一段時間才能再啟動，但是也幫助了他兩次。

「能像之前一樣讓布魯偵測周圍的熱源嗎？」

「不，怎麼呼叫它都沒有回應。」

「看來主辦單位是決心要把我們趕盡殺絕了。」

雖然沒辦法使用大規模的偵測，但還是有其他辦法。

在這種情況下，羅本比左牧更有經驗、也更專業，於是他帶著左牧從房屋的狙擊死角處偷偷溜走。

「你怎麼確定這裡沒問題？」

「從那些彈孔可以大概判斷出開槍位置，也就是那些傢伙的站位，只不過現在我的精神狀況沒有很好，也有可能判斷錯誤。」

「我相信你，所以一點也不擔心。」

「呵，壓力還真大。」

羅本邊笑邊在前方帶路，雖然不是第一次兩個人行動，但沒有兔子跟在身邊的感覺，還是有點奇怪。

順利進入樹林後，算是暫時安全了，不過他們都很清楚不能大意。

很快羅本就發現附近有人，示意左牧蹲下。

對方有三人，不過沒有察覺到他們的樣子，不要有動靜的話就可以順利躲過去。

他們前進的方向是正一的「巢」的位置，這時左牧想起黃耀雪提過正一那邊的情況也不太好。

「看起來應該是放棄進攻你的『巢』，所以轉移到其他地方去了。不過就小隊來說，只有三個人感覺有點少。」

羅本還在思考著對方的人數問題，沒發現左牧皺起了眉頭，直到聽見他低聲說道：「我們也跟過去。」

羅本傻眼，張大嘴看著他。

「你瘋了嗎？我們就兩個人，你難不成還想去幫忙？」

「不，我只是想觀察一下狀況。」

「觀、觀察……你這傢伙，我們又不是帶著爆米花去影廳看電影的人。」

「如果說我這邊有安排重狙手的話，那邊也會有。你難道不想看看那些傢伙是用什麼樣的狙擊槍？」

「呃，為什麼我要……」

「那些傢伙使用的裝備比主辦單位提供的武器還要新，你剛才應該也看見牆壁上的彈孔了吧？那種子彈和你使用的那把完全不能比。」

「就算你這樣說我也……難道你忘記我才剛解毒沒多久嗎？你的狀況也沒有好到哪裡去，之前的槍傷傷口裂開了吧。」

「已經止血了，其他地方也只是小擦傷。」

「別以為這樣說我就會點頭同意。」羅本拍額頭嘆氣，「難道你不管兔子的死活了嗎？」

左牧愣在那，垂下眼簾，沒有說話。

羅本也不是故意要提起這件事，只是他希望左牧能夠稍微思考一下自己的安危，而不是總想著去幫助別人。

就算人再好也要有限度，更不用說現在他們連兔子的死活都不清楚。

氣氛變得有些尷尬，沒有辦法取得共識，也對接下來的方向感到迷網。就在這個時候，左牧的手表突然閃爍綠光。

「嗶嗶，系統上線。正在重新登入，請稍待片刻。」

奇怪的狀況讓左牧和羅本的注意力迅速轉到手表上，接著便聽見熟悉的聲音傳了出來。

「左牧先生，不好意思讓您久等了。我是布魯。」

「布魯！你怎麼……這是怎麼回事？」

左牧很驚訝，照理來說ＡＩ系統應該被主辦單位關閉了不是嗎？

「很抱歉沒能幫上忙，我是來彌補的。」

「彌補？」

「是。」

左牧總覺得有點奇怪，因為「布魯」感覺起來和平常不同。就好像是在跟「人」交談，沒有那種程式系統的無機感。

「我的時間不多，沒辦法詳細說明，現在請兩位先到我說的地點去。」

「什麼意思？」

「動作快點。」布魯沒有解釋，而是用十分嚴肅的口吻說道，「如果您不希望自己飼養的寵物就這樣沒命的話。」

左牧和羅本立刻就明白了布魯的意思，兩人迅速對視一眼，默契地做出決定。

「說吧，布魯。」左牧抽出手槍，「我會以最快速度衝過去的。」

搞不懂的事情還有很多，掌握的情報依舊遠遠不夠，但有件事情是肯定的——

他不希望再看見身邊的人死去了。

——《遊戲結束之前04》完

BEFORE THE END OF THE GAME

後記

各位好，我是宅在家裡享受趕稿人生的坑草。

首先要感謝大家對這部作品的支持和喜愛，然後我要說作者是兔子派的所以很愛兔子這個角色，會努力給他更多登場機會（喂）。不過之前看到羅本累積了不少粉絲，因此在第四集增加了一些獨秀鏡頭。無論是兔子派還是羅本派，都請安心品嘗吧！

左牧表示：你是不是忘記我才是主角！

坑草回答：不，當然沒忘記。這集當然也是虐你虐到爆哦！（拇指）

《遊戲》的劇情已經來到尾聲，所以這次的故事增加了更多主角和主辦單位的對決。雖然最開始是受委託來找尋失蹤者的下落，但現在已經變成必須「活下去」的狀態了。這集裡面還有幾個小爆點，坑草就先賣個關子，大家看完劇情後就會懂了。另外還有關鍵的新角色堂堂登場，至於對方會成為伙伴還是敵人？這就要看左牧能不能順利把人收服了。

這部作品只會有五集，所以下一本就是完結篇啦！左牧究竟能不能把大家平安帶離這座死亡島嶼？請大家繼續關注接下來的故事、持續追蹤坑草的消息，並期待第五集的登場！

我們下集後記再見♥。

草子信FB：https://www.facebook.com/kusa29

草子信

高寶書版集團
gobooks.com.tw

輕世代 FW353

遊戲結束之前04 - 絕望禁止 -

作　　者　草子信
繪　　者　日　々
編　　輯　林雨欣
校　　對　薛怡冠
美術編輯　彭裕芳
排　　版　彭立瑋
企　　劃　李欣霓

發 行 人　朱凱蕾
出　　版　三日月書版股份有限公司
　　　　　Printed in Taiwan
地　　址　臺北市內湖區洲子街88號3樓
網　　址　www.gobooks.com.tw
電　　話　(02) 27992788
電　　郵　readers@gobooks.com.tw（讀者服務部）
傳　　真　出版部　(02) 27990909　行銷部 (02) 27993088
郵政劃撥　50404557
戶　　名　三日月書版股份有限公司
發　　行　英屬維京群島商高寶國際有限公司台灣分公司
　　　　　Global Group Holdings, Ltd.
初版日期　2021年 5 月
三刷日期　2021年12月

國家圖書館出版品預行編目(CIP)資料

遊戲結束之前. 4, 絕望禁止/草子信著.-- 初版. -- 臺北市：三日月書版股份有限公司出版：英屬維京群島高寶國際有限公司臺灣分公司發行, 2021.05-
面；　公分. --

ISBN 978-986-06233-4-5(第4冊：平裝)

863.57　　　　110004356

三日月書版

三日月書版

GOBOOKS
& SITAK
GROUP©